The Norman's Heart

by Margaret Moore

Published by Harlequin K.K., Tokyo, 2000

赤毛の貴婦人

マーガレット・ムーア 作
井上　碧 訳

ハーレクイン・ヒストリカル・ロマンス

東京・ロンドン・トロント・パリ・ニューヨーク・アテネ・アムステルダム
ハンブルク・ストックホルム・ミラノ・シドニー・マドリッド
ワルシャワ・ブダペスト・プラハ

主な登場人物

マイナ・チルコット……………………貴族の娘
ロジェ・ド・モンモランシー…………騎士　モンモランシーの領主
レジナルド・チルコット………………マイナの異母兄
アルベール・ラクール…………………ロジェに仕える騎士
ドゲール男爵……………………………ロジェが忠誠を誓う大領主
ダドリー…………………………………モンモランシー城の家令
ヒルダ……………………………………モンモランシー城の召使い
ジョゼリン・ド・ボウテット…………ドゲール男爵の親戚の貴婦人

1

雨がモンモランシー城の城壁に激しく叩《たた》きつけ、閉めた鎧戸《よろいど》を打っている。風は狭間《はざま》胸壁のまわりで悲しげにうなり、厚い雲があとからあとから満月を足早に横切っていった。

城の大広間では、サー・ロジェ・ド・モンモランシーが人々を無視して、いらいらと歩き回っていた。無視されたひとり、サー・アルベール・ラクールはたくさん並べられた架台式テーブルのひとつに寄りかかって、腕を組み、考え事に没頭しているように頭を垂れていたが、ときおりサー・ロジェに投げかける鋭い視線は、彼も同じく不安に駆られていることを表していた。

新しい暖炉には火が赤々と燃え、婚礼の客人たちはほとんどがその前に集まって、暖をとりながらサー・ロジェの花嫁を歓迎する豪勢な晩餐《ばんさん》の開始を待っている。やってきた貴族たちの色鮮やかな旗印が掛けられた壁。リネンをかけ、花を飾ったテーブルの上で燃える上等な蜜蝋《みつろう》の蝋燭《ろうそく》。この宴《うたげ》を祝して、摘んだばかりの香草が床に敷いた藺草《いぐさ》の上にまき散らされていた。

これまでずっとド・モンモランシー家に仕えてきたサクソン人の家令ダドリーは、卒中の発作でも起こしそうな顔で、厨房《ちゅうぼう》に通じる廊下とテーブルや扉のあいだをせかせかと動き回っていた。料理を出すのをぼんやりと待っている召使いたちは廊下の近くに立って、ささやきを交わしていた。ダドリーは女たちを黙らせると、わずかに残った白髪に手をやりながら、また夜の闇《やみ》を透かして吹き降りの雨をのぞき見た。その物問いたげな目を見れば、ある言葉

が舌の先まで出かかっているのは誰の目にも明らかだ。花嫁はなぜ来ないのだろう?

いつものように何を考えているのかうかがい知れない顔をしているサー・ロジェが、ふいに歩き回るのを止めた。「もう充分待った。みんな、座ってくれ」

婚礼の客たちは不安げに目を見交わした。この成り行きは、ド・モンモランシー家とチルコット家の未来の同盟にとってはよい前兆ではないからだ。もっとも、客人たちは長いこと待たされてひどく空腹だったので、めいめい自分の席に移動した。人々が動くと、その陰から壁にもたれてだらしなく眠りこけている年配でひ弱そうな聖職者の姿が現れた。

「ダミアン神父、食前の祈りを」サー・ロジェは大声で言って、一段高い上座のテーブルに設けられた自分の席に向かった。神父がなんの反応も示さないので、サー・ロジェはもう一度彼の名前を怒鳴った。

ダドリーは急いで神父のもとへ行き、そっと揺り起こした。「神父、食前の祈りをお願いいたします」家令はやさしく丁重に声をかけたが、肉づきのいい肩ごしにサー・ロジェを不安そうにちらりと見た。「お祈りの時間ですよ」

「なんですと? やっと花嫁がご到着か?」ダミアン神父は目を細めてあたりを見た。「して、どこに? わしには誰も見えんが」

「花嫁はまだ到着していないが、もうこれ以上待たないことにしたのだ」サー・ロジェが大声で言った。

「そうですか。しかし、待つべきでは……」ダミアン神父は甲高い声で言った。

「待たない!」

大広間の全員がちょっと飛び上がり、神父はそそくさと短い祈りの言葉をつぶやき始めた。

祈りを終えると、ダミアン神父は驚くべき敏捷《びんしょう》さでテーブルの自分の席に移り、サー・ロジェは古

くからの友人に顔を向けた。「アルベール、おまえがここに座れ」有無を言わせない口調で言うと、花嫁が座るはずの席を指し示した。

サー・アルベールは見るからにしぶしぶといった態度で、言われたとおりにした。

召使いたちもすばやく動き、最初の料理が運ばれてくると、ダドリーはいくらか緊張を解いたように見えた。出すのは遅くなったが、料理は少しもいたんでいない。

アルベールはいつもは柔和な茶色の目に非難の色を浮かべてロジェを見た。「あなたの客人たちはこの嵐《あらし》で遅れているのでしょう。それに……」

「だとしたら、使いを出してこちらにそう知らせるべきだろう」

「あなたのいらだちはよくわかりますよ、ロジェ。わたしだって、自分の花嫁が婚礼に遅れたりしたら心穏やかではいられない。ともかく、一行はどこかの旅籠《はたご》で嵐が過ぎるのを待っているのでしょう」

「そうするのが賢明というものだ」ロジェは言った。

豊満な胸をした召使いが彼の前にあぶった雄鶏《おんどり》を置いたが、ロジェが彼女を無視すると、形のいい唇をとがらせた。

ロジェは腹だたしげに肉をナイフで突き刺した。

「しかし残念ながら、チルコットは賢明な男ではない。一行は彼とわたしの領地のあいだのどこかにいるはずだ」

「少なくとも、チルコットには半分血のつながった妹に立派な夫を選ぶだけの分別はありますよ」

ロジェは軽蔑《けいべつ》もあらわにふんと鼻を鳴らした。

「そのお世辞はほかの人間のためにとっておくんだな、アルベール。わたしがこの結婚に同意しなかったら、あいつは、わたしの妹が彼との婚約を破棄した件でひと悶着《もんちゃく》起こしたかもしれないんだ」

「だったらなぜマデリン様と彼をなんとしても結婚

させなかったのです？　あのウェールズ人と結婚するのをやめさせることもできたはずです。なにしろ、あの男はチルコットになりすましていたのだから。実を言えば、あのときわたしはあなたが礼拝堂の階段のところであのダーヴィズを殺すだろうと思ったんです。あなたがダーヴィズに騎士の爵位を授けると申し出たときは、心臓が止まりそうになりましたよ。彼が断ってくれてよかった。ドゲール男爵がなんと言うか、考えてもごらんなさい！」

「あのウェールズ人がわたしに臣下の忠誠を誓っていたら、男爵も納得してくれただろう。ともあれ、客人には楽しんでもらいたい。この祝宴にはかなりの金をかけたのだから。皆、わたしが声をかけるまで彫像のように暖炉のそばに座っていた。だが、そんなことはもうどうでもいい」ロジェは目の前の木皿をパンのかけらで拭《ぬぐ》った。「わたしがこんな心やさしい愚か者のようなことをするのは、これが最初で最後だ」

「あるいは、情け深い人間のような真似《まね》をするのは」アルベールは小声でつぶやきながら、あぶったあひるから手羽先をむしり取った。

「今なんと言った？」

「あなたの苦境はわかりますよ。それでも、ドゲール男爵はこの同盟が結ばれれば喜ぶでしょう」

　歩兵がひとり、大広間の広い戸口に現れた。警告の叫びは聞こえなかったので、ロジェは何か家政上のささいな問題でも起きたのだろうと思った。ダドリーが歩兵の話を聞きにあわてて近寄った。

　一瞬、ロジェは家令を気の毒に思った。ダドリーはもう若くはない。彼はロジェがまるで国王か何かのように細心の注意を払って、自分の主人の婚礼の計画を立てた。その準備で重ねた気苦労と、こうしてなぜか花嫁の到着が遅れていることとで、ひどく老けてしまっていた。

チルコットに対するロジェの怒りが増した。定刻に到着する礼儀すら守れないとは、自分とその家令に対する侮辱以外の何物でもない。

　ダドリーがずんぐりした脚を精いっぱい動かして高座のほうへやってきた。「旦那《だんな》様！」家令は城が今にも頭上に崩れ落ちてくるのではないかと心配しているような顔で言った。「皆様がお着きになりました。中庭に！　チルコット卿《きょう》と妹君とお供の一行が！」

　アルベールはロジェを探るように見たが、ロジェが迎えに出るどころか、立ち上がろうともしないので、その視線はいっそう険しくなった。しかし、ロジェは気にかけてもいない。「一行を彼らの部屋に案内させるように」ロジェはそっけなく命じた。

「そこでワインと果物を出せ」

　ダドリーは両手を固く握り合わせて、唇を噛《か》んだ。

「旦那様、恐れながら、皆様にご挨拶《あいさつ》なさってはいかがでしょうか。せめて大広間にお通しして、ご一緒にお食事を。長旅をしてこられたのですし、それに……」

「到着が遅すぎた。もっと食べ物が欲しかったら、このテーブルに加わるがいい。そうでないなら、彼らの好きにさせろ。わたしは、予期せぬどんなことが起こったにせよ、それを知らせてよこす礼儀も持ち合わせず、のこのこと遅れてやってきた連中に食事を邪魔されたくないのだ」

　ダドリーは、あきらめたように小さく肩をすくめたアルベールを恨めしそうな目で見ながらうなずくと、おろおろした様子で両手を握り合わせて、急いで大広間をあとにした。

「こんな不作法な真似をされて、どういうおつもりなんです？」アルベールが静かに尋ねた。

「おまえはわたしが非礼だと非難しているのか？」

「ええ。彼らが遅れた理由はいろいろあるはずです。

あなたがもう少し待っていさえすれば……」

「彼らの言い訳など聞きたくない」

「ですが、彼女はあなたの花嫁ですぞ」

「おまえに言われるまでもなく、知っているさ」

「彼女に会いたくないのですか？」アルベールは声にいらだちをにじませて尋ねた。

ロジェは少し驚いた顔で友人を見た。「少しも会いたくないね。きっと彼女も気取り屋のチルコットに似て、虚栄心の強い、ごてごてと着飾った澄まし屋だろう。彼女の浪費癖は、しつけてその悪癖を取り除くまではわたしの悩みの種になりそうだ。むろん、遅刻癖をそそのかすつもりもない。今もこれからも。そんなに彼女に関心があるなら、どうしておまえが挨拶しに行かないのだ？」

「なぜなら、わたしは花婿ではないからです」アルベールはやり返した。

「それに、石を穿《うが》つほどの激しい雨が降っているからな」ロジェはぼそりと言い足した。

アルベールは小さくにやりとしたが、すぐに顔をしかめた。「だからといって、あなたの非礼は正当化されませんぞ」

「わたしはこの先長く彼女と顔をつき合わせることになるんだ」ロジェはこれで議論は終わりだとほのめかすような口調で言った。「それに、この食事は遅刻で台なしにされるには金がかかりすぎている」


先祖が征服王ウィリアムとともに海を渡ってきたというレジナルド・チルコット卿は、王国の騎士にして、いくつかの荘園《しょうえん》の領主だ。彼は今、モンモランシー城の暗い中庭に震えながらたたずみ、サー・ロジェの家令を悲しげに見つめていた。ぐっしより濡《ぬ》れたベルベットのマントから雨が滴り落ち、香水をつけてきちんと撫《な》でつけてあった髪は痩《や》せた肩に垂れて張りついている。チルコットは、雨ばか

りか、鼻水まで垂れている鷲鼻《わしばな》をぐいと拭った。うしろで供の者たちが不満そうにつぶやき交わし、荷馬車も濡れそぼっている。湿った馬のにおいは耐えがたいほどだった。

「われわれに挨拶に来ないって？」チルコットは信じられないといった口ぶりで繰り返した。これで四度目だ。「何かの間違いではないのか？」

「はい、さようで。お察しいただきたいのですが、時間も遅くなりましたし、サー・ロジェは待たされるのが嫌いなのです。伝令でも遣わしていただいておりましたら……」

「わたしたちは、サー・ロジェが領地の橋をまともに修理していないために、夏の嵐でそれが流されてしまうことを知らなかったのです」女性の声が割って入った。ダドリーはチルコット卿の背後を透かし見て、かなり見劣りする馬に乗った、マントを着てフードをかぶっている女のほうへ目をやった。

「マイナ！」チルコットは女を振り向き、嘆願とも警告ともつかない声でたしなめた。

女は馬から降りた。「本当のことよ、レジナルド。お兄様だってわかっておいででしょう」

女はそれとなくフードの下を見ようとしているダドリーに顔を向けた。

「主人の申しつけで、皆様をお部屋にご案内します。そこにワインと果物を運ばせますので」ダドリーは言った。

そのとき、召使いのひとりが大広間から出てきた。開けた扉から光がぱっと中庭にこぼれ、たくさんの水たまりに反射した。同時に、大広間に集まっている人たちの騒々しい笑い声やおしゃべりが聞こえてきた。木皿や金属の杯がかたかた鳴る音も、もはや分厚い樫《かし》の扉で妨げられなくなった。

マイナ・チルコットはゆっくりとダドリーのほうを向いた。「晩餐はまだ終わっていないのね」

「はい、さようで」ダドリーはどうしていいかわからずにつぶやいた。

「でも、こんな格好じゃ大広間へは入れないぞ！」レジナルド・チルコットは悲鳴のような声で言った。「ずぶ濡れなんだから！　ぼくの服は目も当てられないほどひどいありさまだし、おまえのスカートも泥だらけだ」

「この天候を考えれば、それは仕方ないわ。それでも、レジナルド、わたしはこちらのなんとも礼儀正しい騎士の大広間に入っていくつもりよ」花嫁は皮肉めいた口調で言った。

　この人は、どんな男の心もとらえる物静かでおとなしい婦人ではなさそうだ。むろんサー・ロジェの心もとらえることはできまい。ダドリーは落胆しながらそう考えた。

「ねえ、レジナルド、供の者たちに馬を馬屋に入れるように言ったらどう？　それから厨房に行って、寝る前に食事を出してもらうようにしてやったら？　この方からどこに寝るように言われるにしてもね。あなた、お名前は？」マイナはだしぬけに尋ねた。

「ダドリーと申します」彼は答えたが、彼女の思いもかけないやさしい声に面食らっていた。「この城の家令です」

　マイナはうなずき、顔を少し上向けた。「雨がやみそうだわ」そして、かぶっているフードをうしろへ払った。

　とうとうダドリーはマイナの顔を見たが、うめき声をあげたくなった。ドゲール男爵が本気で花嫁選びをしたのなら、これほどサー・ロジェに不似合いな花嫁は選ばなかったろうに。ああ、このご婦人は赤毛だ――それも、赤褐色でも、金色がかった赤い髪でもない、野蛮なアイルランド人のような真っ赤な髪だ。しかもなお悪いことに、そばかすがある！　サー・ロジェはとりわけ、しみひとつない肌のご婦

人がお好みなのに。背も高すぎる。花婿と同じぐらいの身長があるではないか。

「ありがとう、ダドリー」マイナはそう言うと、またしても鼻をすすっているレジナルドに顔を向けた。「ここはお兄様がおっしゃっていたより小さいわね。でも、なんと言ったかしら？　物もらいにえり好みは禁物、だわよね。サー・ロジェはたぶんご馳走《ちそう》を出しているでしょう。わたし、おなかがぺこぺこだから、お食事をいただくつもりよ」

「でも、マイナ」レジナルドがあわてて言った。「前触れもなしにロジェ・ド・モンモランシーの大広間に入っていくことはできないぞ！」

「わたしの許婚《いいなずけ》がわたしに会うのを喜ぶとは思わないの？」レディ・マイナ・チルコットはあからさまな冷笑を浮かべて尋ねた。そして返事も待たずにくるりと振り向き、大広間に向かった。

ダドリーは低く口笛を鳴らしたが、レディ・マイナの身内がまだその場にいることに気づき、はっと口を閉じた。

「たしかにそうだな」レジナルドはつぶやき、供の者たちに顔を向けた。「マイナの言うとおりにするんだ。さもないと、ひどい風邪をひいてしまう」

「して、あなた様はどうなされますか？」ダドリーは慇懃《いんぎん》に尋ねた。

「もちろんマイナについていくよ。妹が何もかも台なしにしないように見張っていなくては」レジナルドはお手上げといった口調で言うと、自分の濡れた衣服を見下ろした。「もちろん、着替えをすませてからだが」

マイナは不安な気持ちでモンモランシー城の大広間の入り口に立った。父親の城の大広間ほど広くはないが、まぶしいほど明るく照らされ、暖かくて、三角旗や花で飾られていた。立派な身なりの貴族が

何人か、長テーブルについて食事をしている。そのおいしそうなにおいに食欲をそそられて、マイナはさらに歩を進めた。

そのときふと、高座の中央に座った端整な顔の男性がじっとこちらを見つめているのに気づいた。その席から判断すると、彼こそサー・ロジェ・ド・モンモランシー――わたしの許婚にちがいない。

でも、なんという目つきかしら！　冷たくて、値踏みするようで、傲慢《ごうまん》そうだ。わたしが誰かわかっているはずなのに、席を立って挨拶に来ようともしない。じっと座って、あんな暗い、悪意に満ちた目でわたしを見つめている。

あんな目つきでわたしをすくみ上がらせることができるとでも思っているのかしら？　わたしは甘やかされて育った箱入り娘ではないのよ。貴族の身分や富に圧倒されるような小作人の娘でもない。わたしはレディ・マイナ・チルコットよ。その気になれば、どんな男性にも負けず劣らず自信たっぷりで横柄になれるんだから。お父様からはそんなふうに育てられた。もっとも、それはお父様の本意ではなかったようだけれど。

そこでマイナは見つめ返した。許婚はすこぶる立派な体格をしていた。筋肉隆々とした肩、広い胸、その下に続く引き締まった胴。装飾のない濃緑色のチュニックを着て、装身具はおろか宝石も何ひとつ身につけていない。この人はよけいな装飾品などいらないのだ。

そう気づいて驚きながら、マイナは許婚の非の打ちどころのない端整な顔に視線を戻した。意外なことに、彼の髪型はノルマン風ではなかった。レジナルドがしている耳元で髪を切りそろえた、まるで頭に鉢を伏せたような髪型ではなく、野蛮なケルト人のような長髪だ。実際、彼は、マイナが見慣れているノルマン人貴族やレジナルドよりも、ああいう厚

かましい戦士たちと共通点があるように見えた。

中庭では虚勢を張り、到着したことを知らせるのを拒否し、まわりにふんだんに食べ物があるのを見て空腹感をさらに募らせていたにもかかわらず、マイナは、自分の部屋へ行くようにという家令の忠告に従わなかったのは間違いだっただろうか、と不安になった。

いいえ、わたしは正しいわ。マイナは断固としてそう思った。彼は中庭でわたしたちに挨拶をし、手厚く歓待するべきだったのだ。それなのに、わたしたちを商人や旅芸人並みに外に放《ほう》っておき、客として敬意を払わなかった。

そう考えて勇気を奮い起こすと、マイナはひとつ大きく深呼吸し、あごをつんと上げた。そして、わたしは母親はサクソン人だけれど、騎士の嫡出の娘なのよ、と自分に言い聞かせてから、テーブルのあいだを縫って大広間の中央をまっすぐ進んでいった。

サー・ロジェの右手にいる白髪まじりの貴族が歓迎の笑みを浮かべて立ち上がった。その感じのいい、心配でやつれた顔は、暖炉の火のようにマイナの心を暖めた。大広間に集まっている男女が次々とおしゃべりをやめ、興味津々で成り行きを見守った。ひとり年配の聖職者だけが邪魔が入ったのも気づかない様子で、食事を続けていた。

それでもサー・ロジェはじっと見つめたまま、不機嫌そうに眉をひそめただけだった。ここにいる人人の前で自分に恥をかかせようという女を、サー・ロジェはどう思うだろう？ この取り決めによる結婚を自分がどう考えていようと、わたしは結婚を承諾した。未来の夫を怒らせるのは賢明なことだろうか？

マイナは歩みをゆるめて、控えめに目を伏せた。湾曲している大広間のいちばん奥の高座に着くと、深々とお辞儀をした。「突然入ってまいりましたこ

とをお許しください、サー・ロジェ」マイナは静かに言った。「誰もわたしたちが到着したことをあなたにお知らせしていないのではないかと思ったものですから」

ついにようやくサー・ロジェ・ド・モンモランシーは立ち上がったが、相変わらず値踏みするような目でじっとマイナをにらんでいる。腿丈のチュニックは腰のところでベルトで締め、すらりとした長い脚があらわになっていた。両の手も細長く、がっしりしていて見るからに力強く、どんなに重い武器でも軽々と扱えるのは間違いない。

「きみたちは遅れたのに、それを知らせてもこなかった」サー・ロジェは顔の表情と同じくよそよそしい声で言った。「わたしたちは晩餐を待っていられなかったのだ」

「ここから五マイル足らずのところの橋が流されていたのです……旦那様」マイナは一瞬言葉を切り、サー・ロジェを見上げて言い添えた。わたしの目を見るがいいわ。わたしや半分血のつながった兄に許しがたい無礼を働いたことを、彼に気づかせてやる。兄は彼より身分が高いのだ。

サー・ロジェのこめかみの血管がぴくぴくと脈打ち始めたのを見て、マイナはうまくいったと思った。

「よもやあなたのせいではないでしょうけれど」甘ったるい声で言う。「領民は往々にして、寛大な領主につけ込みたがるものです」ああ、なんというしらじらしい嘘《うそ》をついているの！　マイナはサー・ロジェの反応を待ちながら思った。彼が小作人をどんなふうに扱うかは容易に想像がつく。虐待とはどういうことか、その意味を知っている女主人を小作人たちはたぶん歓迎してくれるだろう。

サー・ロジェは返事もしなければ、表情を変えもしなかった。

とびきり威勢のいい悪態がマイナの口をついて出

そうになった。客人が見ている前で、どうしていつまでもそんなに無礼を続けていられるの？ 彼らの非難など少しも怖くないとうぬぼれているの？ サー・ロジェを見て、マイナはたぶんそんなところだろうと思った。「座ってよろしいかしら？」彼女は尋ねたが、頼むような口調ではなかった。

「これは失礼。どうぞ、わたしの席にお座りください」白髪まじりの騎士がすばやく脇《わき》に体をずらした。またにっこりほほえむ。やさしい、それでいて訳知り顔の笑みだ。「わたしはサー・アルベール・ラクール。あなた方が無事に到着されたのはもちろんうれしいですが、あなたはずぶ濡れではありませんか。着替えをしなくてもよろしいのかな……」

「わたしは未来の夫に会いたくてたまらなかったのです」マイナは静かにさえぎり、テーブルの端を回りながらマントを脱いだ。そしてふいに、濡れたドレスが体にぴったり張りついていることに気づいた。恥ずかしくて頬が紅潮した。大広間の客人たちをすばやく一瞥《いちべつ》すると、自分が恥をさらしているのがわかった。年老いた神父までが、まるで女を見るのは初めてだという目で見つめている。マイナが裸同然の格好でいることを考えると、案外それは本当かもしれなかった。

　しかしそれでもマイナは押し黙って、何事もなかったかのように席についた。

「道中はつつがなく過ぎたものと存じます。最後はさんざんでしたでしょうが」サー・アルベールが話しかけた。

「ええ、おかげさまで」

　豊満な胸をした召使いが厚かましい態度で、肉の皿を音高くテーブルに置いた。自分の仕事は大広間での給仕にとどまらず、主人の寝室にまで及ぶのよと言わんばかりだ。

　マイナはサー・ロジェを振り向き、彼の視線が自

分の胸に釘《くぎ》づけになっていることに気づいた。「あなたも空腹のようですわね」マイナは淡々とした口調で言った。

許婚は一瞬むっとして顔をしかめたが、すぐに目の前の木皿に注意を向けた。

「ひどい嵐だったので、あなた方は途中どこかで雨宿りをしているのだろうと思っていたんですよ」サー・アルベールが気まずい沈黙を破った。

「そうしてもよかったのですが、レジナルドがこちらで大歓迎を受けるだろうと思い込んでおりまして、旅を続けようと言い張ったものですから」マイナは言葉に刺《とげ》を含めないようにして、正直に答えた。

やっとレジナルドが大広間の入り口に姿を現した。遅れた理由はすぐにわかった。服を着替えて、髪も乾かせるだけ乾かしている。今着ている厚手の長い紋織りのチュニックは、彼をたくましく見せるどころか、むしろその痩せた体を強調しているようだとマイナは思った。レジナルドは入り口に落ち着かなげに突っ立ち、必死に髪を指でカールしようとしている。

マイナにとって悔しいことに、サー・ロジェはすぐさま立ち上がると、レジナルドのほうへすたすた歩いていった。「チルコット卿！」彼は張りのある声でうれしそうに言った。「またお会いできてうれしいかぎりです」

マイナは顔が赤くなるのを懸命に抑えようとした。そしてすぐに立ち上がり、サー・アルベールに声をかけた。「よろしかったら失礼させていただきますわ。やはりとても疲れているようですので。おやすみなさい、サー・アルベール。あなたとお近づきになれてうれしかったわ」マイナは、またテーブルを回ってワインを注《つ》ぎ足している豊満な胸をした召使いを見つめながら言った。「わたしの部屋に案内してほしいんだけれど」

「かしこまりました」召使いが言った。さっきまでの横柄さは影もかたちもない。サー・ロジェとレジナルドが近づいてくる足音が聞こえたが、マイナはふたりを見もしなければ、言葉もかけなかった。

マイナは召使いのあとについていった。召使いは濃い蜂蜜《はちみつ》のような色の長い髪をなびかせて、二階の広間と思われるところへ続く階段を先に立って上っていった。

大勢の客人たちから離れると、マイナはほくそ笑んだ。何はともあれ、力のあるサー・ロジェ・ド・モンモランシーに、わたしを震え上がらせようとしても無駄だということを見せつけてやれたわ。

ロジェはレジナルド・チルコットと並んで自分の席に戻るとき、花嫁がヒルダのあとについて階段のほうへ滑るような足取りで向かうのを見た。彼女は中座する断りを言わず、おやすみの挨拶すらしなかった。わたしはいったいどんな女と結婚することを承諾してしまったのだろう？

「さあ座って、食べてください」ロジェはめかし込んだレジナルドにうなるように言った。レジナルドの顔は着ている深紅のチュニックと同じくらい赤くなっている。手のこんだ衣装は、半分血のつながった妹の恐ろしく地味なドレスとは好対照だ。マイナ・チルコットは兄ほど虚栄心が強くないか、あるいはあの服は冷たい性格の延長にすぎないかだろう。

義理の兄弟になったも同然のチルコットが気まずそうに咳払《せきばら》いをした。「マイナは、その……ときどき扱いにくくなって」ためらいがちに釈明する。

「でも、父が自分で領地を管理できなくなった晩年には、マイナがすばらしい手腕を発揮して、領地を管理してくれた。たぶん結婚したら、妹もきっと……性格が温厚になるだろう」彼は期待をこめて締めくくった。

ロジェは、マイナ・チルコットのような髪の色と気性の女を温厚な人柄に変えられるわけがないと思ったが、アルベールの探るような目に気づき、こってりしたソースのかかった格別に香ばしい鹿肉《しかにく》を年下の貴族のほうへ押しやった。「どうぞ、これを」

レジナルドは感謝の笑みを浮かべて、ほっそりした体のわりには驚くほどの量を平らげた。幸いにも、レジナルドはしゃべるより食べることのほうがいいらしい。アルベールも黙っており、ほとんどの客は静かにおしゃべりしている。

やっとレジナルドが上品にげっぷをして言った。「とてもおいしい料理だったよ。料理人によろしく伝えてください。さてと、よろしければわたしも下がらせていただこう」

「お望みなら、あなたの部屋に温めたワインを運ばせるが」レジナルドが大広間から出ていこうとしたので、ロジェは手厚いもてなしを示した。そして、ダドリーに合図して自分のテーブルに来させた。

レジナルドは目を丸くしてうなずいた。「ええ、サー・ロジェ。ぼくの好物なんだ。本当にありがとう」

ロジェはおかしくてたまらなかったが、顔には出さなかった。この若い愚か者は温めて甘くしたワインのもてなしを、広大な領地でも拝領するかのように大げさに受けようとしている。

「失礼します、サー・ロジェ」レジナルドは立ち上がってダドリーのあとに続きながら続けた。「ありがとう」レジナルドとダドリーは階段のほうへ向かった。レジナルドはときどき立ち止まっては、客たちに挨拶した。

ふたりが行ってしまうと、ロジェはワインをひと口ごくりと飲んだ。

「実に子供っぽい、おもしろい見世物でしたな、ロジェ」アルベールが皮肉っぽく言った。「もっとも、

あなたがまったくの礼儀知らずでないことがわかったのは、わたしにはうれしい驚きですが」

「理由はどうあれ、食事を邪魔されるのは嫌いだと率直に言うことが子供っぽいことなのか？　遅れるなら前もって知らせてほしいと思うことが子供っぽいことなのか？　知りもしない人間に自分の大広間で小作人や領内の橋について非難されて愉快に思わないことが子供っぽいことだろうか？」

「あの橋についてはわたしが何度も繰り返し警告したでしょう。それに、彼らはあなたの客人だ」

「橋があろうとなかろうと、彼らは遅れて来たんだ」

「橋がかかっていなかったら、伝令をよこそうにもよこせないではありませんか」

「だったら旅籠に泊まるべきだ」

「彼女はあなたに会いたくてたまらなかったと言っていました」

ロジェはこの言葉に嘲《あざけ》りのうめき声をあげただけで、さらにワインに手を伸ばした。

「彼女はさほど魅力的ではないが、特別な何かがある……」

「あの女は気性が荒い。小うるさいかもしれない。おまえは彼女をなんとでも呼べばいいさ。わたしは赤毛が嫌いだし、しみのある肌も気にくわない」

「彼女は自分のほうが正しいことを知っていて、そのように振る舞ったのです」アルベールは友人を見つめながらきっぱりと言った。「わたしから見れば、彼女はかなり新鮮ですよ。それに、あれはそばかすで、しみではない。しかも、たった十個ほどだ」

「数えたのか？」ロジェは片方の眉を思わせぶりに上げた。「それほど彼女がすばらしいと思うなら、どうしておまえが彼女と結婚しないのだ？」

アルベールは真っ赤になって顔をそむけた。「その理由はご存じのはずだ。だいいち、結婚の取り決

めを結んだのはあなたで、わたしではありません」

「あのばかなレジナルドとな。きっとわたしは頭がどうかしていたんだ」

「取り決めはいつだって破棄できますよ」

「なかなか心をそそられる考えだな」

「彼女はいい体をしている」アルベールは猟犬係のブリードンのほうに視線をさまよわせながら言った。ブリードンはお気に入りの猟犬たちに骨を投げている。犬たちは吠《ほ》え声をあげて、おいしい食べ物に突進し、奪い合った。

「客人たちの前で披露したいい体か」ロジェはまだ腹だたしそうな口調で言った。実を言うと、マイナの優美な肢体を思い出していたのだ。実際、彼女は裸も同然だった。濡れたドレスが体にぴったり張りついていた様子といったら。寒さで、胸の先がきゅっとすぼまっていた。

「わかっておいでだろうが、もっとひどいことになっていたかもしれんのですぞ」アルベールが言った。「もっとずっと醜い女だったかもしれないのです」

「もっとずっと美人だったかもしれない」ロジェは座っていた椅子をぐいとうしろに引いて立ち上がった。「いちおうの礼儀として、花嫁の一行がきちんと世話を受けているか確かめに行ってくる。ダドリーはまだ戻らないか？」

「はい、旦那様、ここに」家令が急いで進み出た。

「客人たちをどこに通した？」

「階上《うえ》の新しいふたつのお部屋に」

「よろしい。さあ、何か食べて、着ているものを乾かせ。さもないと風邪をひくぞ。また別の家令を探すのは願い下げだからな」

「はい、旦那様」

ロジェはほかの客人たちを無視して、この一年のうちに増築した真新しい階上の広間へ続く階段に向かった。この城はさほど大きくはないが、彼が成年

に達してドゲール男爵に忠誠を誓い、荘園の領主として承認されてからというもの、拡張を続けてきた。

ロジェの計画には、半分サクソン人の血がまじったレジナルド・チルコットの妹と結婚する予定はなかった。レジナルドは妹を嫁がせることに大乗り気だが、ロジェは自分の容貌《ようぼう》と評判をもってすればあんな赤毛で気の荒い女よりもずっと金持ちで勢力のある家の女と結婚できたはずだと確信している。

マイナはわたしをレジナルドみたいなまぬけだと思っているのだろうか？　後悔しているそぶりをちょっと見せただけでころりとだまされるような愚か者だと思っているのか？　マイナが大広間に入ってきて自分のほうに向かってきたとき、彼女の目には尊大で断固としたものがあった。あの大きな緑色の瞳はすべてを物語っていた――わたしは頑固で傲慢な人間よ。侮辱されたら、思い知らせてやるわ。彼女が従順な女のふりを見せたのは、最後のほうになってからだ。

マイナも、わたしがそう簡単にはだまされないことに、じきに気づくだろう。もっとも、彼女のあら捜しの巧みさからして、聡明《そうめい》であることは認めなければならないが。

だが、それにしても！　彼女はわたしが望んでいるような妻ではない。わたしが望んでいるのは、立派な家柄と富、そして美人で従順であることだ。この城を支配しているのは誰か、それをはっきり理解できる妻だ。

むろんそういう服従には埋め合わせがある。初夜の床で、彼女の夫は妻を愛撫《あいぶ》する技を出し惜しみするつもりはない。これまでサー・ロジェ・ド・モンモランシーに愛された女たちはひとり残らず、わたしが最高だと言ったものだ。

マイナ・チルコットは、今夜ここで見せたような振る舞いをわたしが黙認しないことを学ぶ必要があ

る。そしてその教訓を与えるには、すぐに始めたほうがいいだろう。

　ロジェは階上の部屋に続く短い階段を二段ずつ上ると、狭い廊下をずんずん進んだ。木の床に、まるで戦いの開始を告げる太鼓のように靴音が反響した。

　しかし、マイナ・チルコットが埋め合わせを得るには、もっとあとまで待たなければならなかった。

2

　ロジェは許婚《いいなずけ》の寝室の扉を一度叩《たた》き、それから押し開けた。客を迎える準備が整っているか、わざわざ確かめたことなどこれまでないが、一瞥《いちべつ》して、暖がとれる青銅製の火鉢から壁に掛けた真新しいタペストリーやベッドの分厚い上掛けまで、すべてがとても居心地よく整えられているのがわかった。彼はこの部屋に絨毯《じゅうたん》まで買い求めていた。これはほとんど前例のない贅沢《ぜいたく》で、婚礼のあとは自分の部屋に移させようと考えていた。

　ヒルダがなかにいて、半ば振り向いて、戸口の人影が誰かわかるとくすくす笑った。ロジェはヒルダの向こうに目をやって、花嫁の冷たい視線にぶつか

った。ぐっしょり濡《ぬ》れた白いシュミーズしか着ていないマイナ・チルコットは、ロジェをにらみながら、部屋にひとつしかない椅子に引っかけて乾かしていたドレスに手を伸ばした。ロジェはその濡れたドレスが彼女の体の線をくっきりと浮き立たせていたのを思い出した。そしてすぐさま、濡れたシュミーズなどまさに着ていないも同然だということに気づいた。マイナのピンク色がかった胸の先も、脚のつけ根の赤みを帯びた三角形の茂みもはっきりとわかったのだ。

ふいにロジェは、赤毛の女とはかつて一度も愛を交わしたことがないのに気づいた。それが経験できるのだと思うと、まんざらでもなかった。

マイナはドレスを握り締めて慎み深く体にぎゅっと押しつけたが、しょせん無駄な努力で、もはや手遅れだった。「突然入っていらして、いったいどういうことですか？」

ロジェは強いて平静な表情を装い、マイナの顔に視線を戻した。花嫁は先ほどよりも魅力に欠けているようには見えなかった。もう寒さに震えてはいない。肌は滑らかで、ほんのりと差した赤みがそばかすを隠している。乾いた髪は華奢《きゃしゃ》な肩に垂れて張りついているどころか、ハート形の顔のまわりにカールして波打っている。階下の大広間では緑色に見えた瞳は、蝋燭《ろうそく》のちらちらまたたく明かりの下では青みがかった灰色に見えた。彼女の顔で圧巻なのはその目で、ふっくらして官能的な唇を目立たなくしている。どうやらわたしは性急に彼女を判断してしまったようだ。

「ヒルダ、階下《した》に行け」ロジェは命じた。妻になる女の値踏みを続けているので、口調はやわらかい。

ヒルダは頭をぐいとそらして命令に従ったが、扉に向かう途中、数えきれないほど幾夜もふたりで喜びを分かち合ったことを思い出させるかのように、

必要以上にロジェのそばまで寄ってきた。しかしヒルダにとって残念なことに、ロジェはふたりの関係に終止符を打とうとすでに心に決めていた。ひとつには、この去り際の態度が如実に示しているように、ヒルダの厚かましさが目に余るようになったからだ。もうひとつは、いったん妻に貞節を誓ったら、当然その誓いを忠実に守るつもりだからだ。たとえ特別な思いを抱いた女ではないにしても、彼の名誉心が不貞を働くことを許さなかった。ロジェは、どんな理由であれ、いかなる誓いも絶対に破らない人間だった。

「サー・ロジェ、突然入っていらして、いったいどういうことですか？」マイナ・チルコットは繰り返した。初対面のときより、そしてほんの少し前より、口調は穏やかになり、目もずっと謎《なぞ》めいていた。

サー・ロジェ・ド・モンモランシーは、許婚に彼女の立場を思い知らせるつもりだったのを思い出した。彼は無条件で服従されることに慣れている。絶対的に尊敬され畏怖《いふ》されることに慣れていて、それは妻といえども例外ではない。「召使いたちがきみをきちんと世話しているか、この目で確かめに来たのだ。きみはわたしに監督不行き届きな点があるとほのめかしたから」

マイナは握り締めたドレスをもう少し高く引き上げた。「ヒルダはとても有能なようね。いろいろな意味で、ね」そう何気なく締めくくったが、その目にはロジェの気に入らない非難の色がちらついていた。

ロジェはわざとゆっくりとマイナに近づいた。「わたしはここの主人だ」彼は命令口調で言った。怒鳴ったわけではないが、張りのある、よく響く声だ。「わたしは名誉を汚さない範囲内で自分の好きなようにやる。きみにあげつらわれたからやるわけではない。わたしの妻になったときには、わたしは

相手から服従されるのに慣れた人間だということをくれぐれも忘れないように。わたしが受け入れるのは服従だけだ」

「そして、わたしは折檻《せっかん》されることに慣れているのよ、サー・ロジェ」マイナは穏やかに答えた。「今はまだ、わたしはあなたの従僕でもなければ妻でもないから、もう一度頼みます。お願いですから、部屋から出ていってくださいます？」そして、サー・ロジェ・ド・モンモランシーにとってひどく悔しかったことに、マイナ・チルコットは彼に背を向けた。

　だがロジェの腹だちは、マイナのシュミーズの首際に走る傷跡を見た瞬間、ショックに変わった。白い絹のような肌には、鞭《むち》か小枝で打たれたような細長い幾筋もの傷跡が走っていた。ロジェは一瞬、誰が彼女にこんなことをしたのだろうと考えて、言葉を失った。マイナにしろ誰にしろ、女性にこんな真《ま》似《ね》をするとは。「誰がきみにそんなことをしたんだ？」ロジェはかすれ声で尋ねた。

「わたしを服従させたかった男よ」マイナは味もそっけもない声で答え、首をひねって肩ごしにロジェを見た。顔は無表情だったが、あのすばらしい目だけは例外で、反抗心に満ちあふれ、非常に立ち直りの早い芯《しん》の強さを見せている。ロジェには、あのきらきら輝く青灰色の瞳が、ただの女のものだとはどうしても信じられなかった。「おやすみなさい、サー・ロジェ」マイナは言った。

　ロジェは今見たマイナの傷跡に愕然《がくぜん》としていて、なんと言っていいかわからなかった。彼は部屋を出て、乱暴に扉を閉めた。

　緊張から解放され、マイナの体がぶるっと震えた。マイナはゆっくりと両の腕を下げると、ドレスを椅子の上に放《ほう》り投げた。濡れた冷たいドレスを握り締めていたあとなので、少しでもぬくもりを取り戻そうと、両腕をさする。それでも震えは止まらなかっ

た。マイナは火鉢の石炭の火をかき立てながら、過去の記憶と――とりわけ最愛の母が亡くなったあとの恐怖に満ちた年月の記憶と必死に闘った。あのころを思い出すと、いつもぞっとする。

　マイナは濡れたシュミーズも脱いで、椅子にかけた。ベッドからどっしりした上掛けをはがすと体に巻きつけ、細長い窓に近寄って、雨の夜に目を凝らした。雲はもう完全に月を覆い隠し、いちばん近い壁の向こうはすっぽりと闇《やみ》に包まれている。

　この城は、レジナルドがサー・ロジェのことを話すときの畏敬の念をこめた口ぶりからマイナが想像していたのとは、まったく違っていた。異母兄は、マイナの許婚がドゲール男爵にどれほど気に入られているか、そして、ド・モンモランシー家がどれほど古くからこの地を支配してきたかをくどくどと念を押した。だからマイナは、一重の城壁の内側に建物が立ち並ぶだけの簡素な造りの城ではなく、もっとはるかに壮大なものだと信じていたのだ。実際、初めて城壁内に入ったとき、マイナはまだ外庭にいるとばかり思っていた。

　月が雲間からまた顔を出すのを見ながら、マイナはふと、モンモランシー城のことで強烈な印象を受けるものがあるとするなら、それは城そのものではなく、その主人だ、と思った。

　サー・ロジェ・ド・モンモランシーも城と同様、マイナの想像とはまったく違っていた。男の常で、彼もうぬぼれが強く、傲慢《ごうまん》だが、彼の場合、多少の理由がなくもない。それに、彼が絶対服従を期待しているのも意外ではなかった。

　マイナはそっとため息をついた。わたしはそういう期待には慣れている。だからといって、それに屈服する気は毛頭ない。もちろんロジェにも……。わたしはあまりに長いあいだ人のなすがままになってきた。沈黙して耐えること、自由になれる日が来る

ようにと祈ることを学んできた。

でも、未婚の女にどんな自由があるというの？　何もない。父が死んだあとでやっとそれがわかった。敬意を払ってほしいなどということは望むべくもなかった。彼女は、できるだけ面倒のない結婚で厄介払いするか、あるいは修道院に入れて隠遁《いんとん》生活をさせるしかない無価値な商品にすぎなかった。

結婚か修道院暮らしか、ふたつの不幸を比べると、結婚のほうがはるかにましに思われた。貴族の妻になれば、少なくとも夫に払われるべき敬意のおこぼれにあずかれる。

サー・ロジェは明らかに深い敬意を払われることを求め、そう命じている。だとすれば、その点でわたしのもくろみは達成されるだろう。けれど、彼がわたしからその敬意を勝ち取れるかどうかはまだわからない。これまでのところ、そんなことはありそうに思えない。

でも、もっとひどいことになっていたかもしれないのだ。マイナは火鉢のほうに戻りながら思いにふけった。サー・ロジェは野心家だ。それはわたしが配偶者に求めるもうひとつの特質でもある。野心がなければ、そもそもチルコット家と縁組を結ぼうなどという気は起こさなかったろう。チルコット家の最大の財産は富でも権力でもなく、由緒ある家柄なのだから。そして、わたしにも野心がある。少なくとも強い向上心だけは。

マイナはまた、未来の夫の自制心を、たぶんほかのどんな貴族の女よりも高く評価した。サー・ロジェは腹をたてたが、わたしに手を上げなかった。お父様はちょっと腹をたてただけでもわたしを殴ったものだ。もっとも、お父様は理由もなくわたしを殴ったけれど。

それよりもっと不可解なのは、サー・ロジェが花嫁をどうするかということだ。わたしは彼を怒らせ

た。そして彼は、わたしが階下の大広間で本当に心に感じたまま振る舞ったのではなく、わたしの立場にいる女が当然するだろうと思われる行動をとったことをよくわかっていた。わたしのお芝居を見抜いた人間がいるなんて、初めてのことだ。

マイナは、背中に傷跡をつけたのは誰かと尋ねたときのサー・ロジェの口調を思い起こした。怒っている口ぶりではあったが、それはその張本人を罰したがっているような別の種類の怒りだった。

それとも哀れみだったのだろうか？　マイナは眉をひそめ、腕を組んだ。哀れみなど欲しくもなければ必要でもなかった。欲しいのは自分の居場所、そして敬意だ。

マイナはベッドに向かった。シーツを調べ、見事な上掛けにそっと手を滑らせた。ほかの調度品に視線をさまよわせる。素朴だが立派な作りの、たしかな目で選ばれたものばかりだ。夜も更けていた。マイナは突然、ひどく疲れていることに気づいた。蝋燭を吹き消し、ベッドにもぐり込もうとした。

するとそのとき、女の忍び笑いと男の低い声が廊下から聞こえてきた。サー・ロジェの声のようだ。マイナは好奇心に駆られた。面倒を未然に避けるため、よく扉に聞き耳をたてたこともある。そこでマイナはベッドから抜け出し、上掛けをまた体に巻きつけると、扉を細めに開けて、廊下に目を凝らした。戸口の外の松明《たいまつ》は鉄製の差し口からはずされて、近くにある手桶《ておけ》の砂に突っ込んで消されている。だから明かりは、螺旋《らせん》階段のそばで燃えているもう一本の松明しかなかった。

しかし、マイナはふたつの人影を見分けることができた。壁に背をもたせかけているのは女で、大柄なほうは明らかに男――サー・ロジェだった。女は低い耳障りな笑い声をあげて、華奢な両腕を彼のたくましい腕に滑らせた。「旦那《だんな》様はわたしなしです

ますつもりだとばかり思っていました」女がささやいた。それはなんとヒルダの色気たっぷりの声だった。

マイナは顔をそむけて静かに扉を閉めると、口をぎゅっと引き結んだ。

ロジェはヒルダの腕を肩から払いのけた。「いや、わたしたちの関係はこれで終わりだ」彼は静かに、だがきっぱりと言った。

ヒルダははっと息をのんだ。暗くても、彼女の目に狼狽《ろうばい》が走るのが見て取れた。

ロジェは、わたしが結婚することになった今、ヒルダは自分の置かれた立場を知りたくて、わたしを待ち構えていたのだろう、と推測した。ロジェは自分を喜ばせてくれた女を彼女のわが家ともいうべきこの城から追い出して罰するつもりはさらさらなかった。「何も心配しなくていい。おまえは大広間の召使いとして残っていいんだ」

「そんなこと、できません！」ヒルダは言い返した。両手で顔を覆って、泣きじゃくる。「あの方はそんなことを許さないでしょう！　もうすでにわたしを憎んでいます。わたしを見るあの目つきといったら！　あの方はわたしたちの関係に気づいています。察しぐらいはついているはずです。それも、正確に。わたしはここを出ていかなくちゃならないんだわ！」

ロジェはヒルダの二の腕をつかんで、彼女が涙の筋がついた顔から手を離すまで待った。そして、自分の誠意をわかってもらえるようにゆっくりと慎重に言った。「わたしがおまえはこの城に残っていいと言っているのだ。おまえはいい女だ、ヒルダ。申し分のない召使いだ。誰もおまえを無理やり追い出すことはできない。いいな、わかったか？」ロジェはマイナ・チルコットに批判がましい目つきで手厳

しく非難されたことを考えた。ヒルダから手を離して後ずさる。「だが、これからはわたしと距離を置いたほうがいい」

ヒルダはこっくりとうなずき、おどおどした微笑を浮かべた。「ええ、そうします。ありがとうございます」ヒルダのいつもの蠱惑《こわく》的なしながちょっぴり表れた。「わたしたち、楽しかったですよね、サー・ロジェ？　もしも、あの人があなたをちゃんと扱わなかったら……」

「わたしは妻に誠実でいるつもりだ」

「わかりました。そうにきまってますよね」ヒルダはもう一度ため息をつくと、戻ろうとして背を向けた。「どうかお幸せに、旦那様」

ロジェは返事をしなかった。いったいなんと言えばいいのだろう？

「すみませんが、わたしにお供をつけていただけますか？」翌朝、マイナは朝食をとるために高座のテーブルにいる男たちに加わったとき、サー・ロジェに頼んだ。ミサは幸いにも短時間で終わったが、ちょっとした試練となった。ダミアン神父の祈りはぶつぶつと聞き取りにくく、しかも彼は途中で居眠りすらする始末だった。

サー・ロジェの隣の席がマイナのために空けられていた。前夜のことから考えれば、大した進歩だ。サー・アルベールは空けられた椅子の隣に座っていた。その感じのいい表情とやさしい笑みに、マイナはまた元気づけられた。サー・ロジェの左側に座っているレジナルドは、ご機嫌取りのにやにや笑いを浮かべっぱなしだ。その様子からすると、この城の主人に相当圧倒されているらしい。

サー・ロジェはといえば、どんな表情をしているのかマイナにはよくわからなかった。最初にちらりと見たあとは、恥ずかしくて彼の顔を見る気になれ

なかったからだ。彼の顔を見ただけで、顔が赤くなり、ゆうべ彼が召使いとみだらな逢引《あいびき》を楽しんでいるのを見たときのことがありありと思い出された。これでは明らかに、わたしのほうが彼自身よりも彼の行動を恥じているではないか。

あの男の野放図な傲慢ぶり。許婚のいる寝室のすぐ外で、別の女と愛し合うのも同然の行為に及ぶとは！ 彼から引き離すために、あの女は解雇しなくてはならないだろう。

「きょうは馬に乗って外に出たいんです」マイナは宣言した。「嵐《あらし》もやんだし。ゆうべは雨が降っていたのと暗かったのとで、お城の周囲の土地を見られなかったので」

「わたしには城の外を馬でぶらついて時間を無駄にする余裕などない。やらなければならない仕事があるんだ」ロジェはぶっきらぼうに、そして待ってましたとばかりに言った。

大広間が昨夜のように客でごった返していないのが、マイナはうれしかった。サー・ロジェからすげなく扱われるところを誰にも見られたくなかったからだ。「そうですとも、もちろん」マイナは愛想よく答えた。本当に連れは欲しくなかった。ひとりだけで城を離れたかった。気分が落ち込んでいるときは以前もよくそうしたものだが、今の気落ちは、きのうの嵐をついての困難な旅と慣れないベッドのせいだろう。絶対にほかの理由があるはずがない。

「あなたは橋の修理を監督しなければなりませんものね」マイナは上機嫌で続けた。「それからもちろん、嵐で崩れた立派な建物の監督もあるでしょうし」

ヒルダがテーブルのそばをぶらぶらとやってきて、マイナの前にパンと果物の大皿を置いた。

「それに、きっとお疲れでしょう」マイナはしらばくれてつけ加えた。

ロジェはむっつりした物問いたげな視線をマイナに向けた。ヒルダはあわてて離れていった。マイナは意地の悪い、勝ち誇ったような笑みを浮かべたまま、大皿からりんごを取ってかじり、りんごの甘さと果汁を堪能《たんのう》した。

「わたしが喜んで……」アルベールが口を出しかけた。

「おまえにはわたしのほうで用がある」ロジェがさえぎった。

「お心遣い、ありがとうございます、サー・アルベール。ですが、わたしはひとりで出かけるほうが気楽なんです」マイナは笑顔で言うと、サー・ロジェの脇《わき》にある香水入りの水鉢に優雅に指を浸し、ナプキンで水を上品に拭《ぬぐ》ってから立ち上がった。「ごきげんよう、皆さん。ひと乗りして戻ってまいりましたら、また夕食の席でお仲間に入れていただきますわ」

「わたしは供の者などつけてやらんぞ」ロジェがやり返した。

「初めてあなたという人がわかったわ」マイナは淡淡とした口調で答えた。レジナルドが必死になって首を振り、目配せして、サー・ロジェの要望におとなしく従うように警告しているのが目に入った。しかし、マイナは異母兄をあっさり無視した。

ロジェがレジナルドにさっと一瞥をくれた。すると、レジナルドは顔を真っ赤にして気まずそうに咳《せき》払《ばら》いをした。「マイナ、おまえはきょうはここにいたほうがいいよ。大変な長旅だったんだから、休息を取ったほうがいい」

「わたしの健康を気遣ってくれるなんて、なんてやさしいんでしょう、レジナルド。めったにないことだから感謝するわ。でも、わたしは出かけるつもりよ」マイナはしとやかに膝を曲げて、娘らしくお辞儀をした。

しかし、ロジェはごまかされなかった。ちょっと強情そうな笑みも、その目に表れた固い決意の光も見逃さなかった。

ロジェは彼女が浮かべているような表情はよく知っている。それは最も優れた騎士しか持ち得ないもの、いかなる困難な状況下でも勝とうとする確固とした願望を表すものだ。そんな不屈の精神は貴族にとってはあっぱれな特質だが……女には必ずしもそうとはかぎらない。彼が女に求めるのは、たったひとつのものしかない。

マイナ・チルコットはうしろを振り返りもしないで大広間から風のように出ていった。ああ、なんたることか、彼女はわたしがこれまでお目にかかったこともないような女だ。

レジナルドがまた咳払いをして、熱を込めて言った。「ごらんのとおりだ、サー・ロジェ。マイナは聞き分けのよいときもあるんだが」

「それはよかった」ロジェは答えたものの、マイナが自分にだろうとレジナルドにだろうと素直に従う気があるとはとうてい思えなかった。あの微笑、相手を見下すようなあの小さな微笑――ロジェに兵法を教えたフィッツロイは、ロジェがしくじりそうだと予想するや、きまってあんな微笑を浮かべ、ほとんどの場合、その予想は的中するのだった。ロジェはフィッツロイのその微笑が大嫌いになった。

「よろしければ失礼させていただくよ。今朝はあまり食欲がないので」レジナルドは席を立ち、外の扉のほうへぶらぶらと歩いていき、それから中庭に出ていった。

「あんなにたくさん食べて、それで食欲がほとんどないと言うのなら、食料貯蔵庫の中身が心配になるな」ロジェはいやみを言った。

アルベールが椅子の上で体をもぞもぞ動かした。

「あなたの許婚には気骨がありますな。溌剌《はつらつ》として、

情熱的な気性の持ち主でもあるようだ」

ロジェはいささか驚いて友人を見やった。「どうしたんだ、アルベール？　おまえが女について何か言うのは何年かぶりだ」

「そして、あなたが必死に無愛想な態度を通そうとしているのも」

「わたしは自分らしくやっているだけだ。わたしの妻になろうというのなら、彼女はわたしという人間に慣れたほうがいい」

「わたしはほかの女には魅力を振りまくあなたを見てきたんですよ、ロジェ。あなたはもっと許婚のために努力をするべきだと思いますが」アルベールはやんわりとたしなめた。

「まさに彼女がわたしの許婚だからこそ、わたしはなんの努力も払う必要がないのだ。彼女は婚礼の夜、望もうと望むまいとわたしとベッドを共にする。ついでに言えば、わたしが彼女を望もうと望むまいと、な」

「あなたは薄情者だ、ロジェ！」アルベールはすっかり失望して言った。

「わたしは自分らしくやっているだけだ」ロジェは平然と繰り返しながら立ち上がった。わたしが薄情者だとしても、それはわたしのせいではない。神のせいか、運命のせいか、あるいは、両親を早くにわたしから奪った造物主の気まぐれのせいだ。それはまた、両親の友人たちのせいでもある。彼らはわたしをジェルヴェ伯爵のもとに預けて騎士道の修行をさせ、妹のマデリンを修道院に送るのが最前の方法だと考えたのだから。

「あなたを怒らせるつもりはなかったのです」アルベールが言った。「わたしはあなたがもう少し彼女にやさしくしてやれないものかと考えただけで。あることを小耳に挟んだのですが……彼女は安楽な生活を送っていたのではないらしい」

ロジェはマイナの背中の傷跡を思い出した。無関心な傍観者から見れば、彼の顔は無表情に見えただろうが、アルベールにはその言葉で友人の心が動いたことが見て取れた。

「なるほど。では、礼儀正しく振る舞うように努力しよう。それでおまえが喜ぶならば」

「そうしていただけるなら」

　ふたりで扉に向かったとき、ロジェはアルベールに小さくにやりとしてみせた。「レジナルドの面倒をみるのは相当に骨が折れるだろうな」

　アルベールは同感だというようにくすりと笑った。

「とにかく、ゆうべの嵐でどんな被害が出たか調べなくては」ロジェは言った。「とくに気がかりなのは、川沿いの製粉所だ。川の流れが橋を流してしまうほど激しかったとすれば、水車にも被害が出たかもしれない」ロジェは中庭をのぞいて、いきなり足を止めた。

　マイナ・チルコットが、カメレオンのようにくるくる色を変える瞳を早春の青空のように見せる青色の長マントを羽織って、見たところひとりの供もつけずに馬にまたがっていた。その馬はといえば、若かったころはさぞかしいい馬であったろうが、今は老いぼれて、レジナルドの乗っているすばらしい馬とは雲泥の差だ。

　レジナルドがあわててマイナと馬に近づき、いらだたしげに呼びかけた。「マイナ！　ぼくは供をつけてやらないぞ、いいな」

「そんなにやきもきしないで、レジナルド」マイナは腹だたしいほど冷静な笑顔をロジェに向けて言った。「わたしは誰かさんたちと違って、なしですますことを知っているの」

　ロジェはマイナをにらんだ。ヒルダがゆうべ廊下で彼を待ち構えていたとき、それと同じような言葉を使ったことに気づいたからだ。

ロジェはマイナのほうへ歩いていった。供の者をつけてやる気はないが、女は——たとえこの小生意気な女でも——警護の者もなくひとりで馬に乗るべきではない。しかし、彼がマイナのそばに行く前に、マイナは馬の脇腹を蹴《け》って、全速力で城門から出ていってしまった。馬は彼が思っていた以上の速さで駆けていく。

「止まれ！」ロジェは二、三歩追いかけながら叫んだ。

だが、マイナには聞こえなかった。というより、たぶん彼を無視して走り去ったのだろう。

「わたしの馬に鞍《くら》をつけろ！」ロジェは馬屋の戸口からぼんやりと見ている若者に叫んだが、ふいに自分がみっともない真似をしていることに気づいた。

少年はあわてて主人の言いつけに従った。

ロジェは振り返ってレジナルドをにらみつけた。

「きみの妹はきみやわたしの言いつけに従わないのがいいことだと思い込んでいる」食いしばった歯のあいだから押し出すように言う。「わたしは彼女を追いかける。見つけたら、それは賢明な判断ではないとたっぷりわからせてやるつもりだ！」

3

マイナは高笑いしたいのをこらえた。馬に乗った男たちの一団が、道の脇《わき》のぶなの森に隠れた彼女の前をひづめを轟《とどろ》かせて通り過ぎていく。サー・ロジェの端整な顔が苦虫を噛《か》みつぶしたような表情に変わっているのがよく見えた。レジナルドは怯《おび》えた顔をしている。並足より早い速度が大嫌いなのだ。マイナを追って全速力で突き進むこの速さに恐れをなしているにちがいない。

かわいそうなお兄様！　サー・ロジェはレジナルドに一緒に来るように強く言う必要はなかったはずだ。レジナルドはサー・ロジェが直接命令するか、じろりとひとにらみするかしただけで、黙ってついてきたにちがいない。

ほかの兵士たちは主人に遅れずについていくことで頭がいっぱいのようだ。遅れようものなら、サー・ロジェからどんな手厳しい言葉で叱《しか》りとばされるか、マイナにも容易に察しがついた。

馬のひづめの音が遠くに消えると、マイナはごわごわの頭巾《ウインプル》を取り、見知らぬ森の小道に沿って馬を進めた。城が立つ高台の周囲は平坦《へいたん》で起伏がないが、少し離れると森になり、山裾《やますそ》の小さな丘からわずかに隆起が見られるようになる。りすが頭上で駆け回り、ときおり近くでかけすのさえずりが聞こえた。

のんびりと森の散策を続けるうちに、マイナは未来のわが家がすばらしく美しい田園地帯にあることに気づいた。曲がりくねった小道は丁寧に耕された畑のそばを通り、農民たちの会話がところどころ聞こえてくる。農民たちはこれから迎える収穫や家族

の話をしたり、冗談を飛ばしたりしている。サー・ロジェはいい領主にちがいない。でなかったら、お城の誰かに聞かれているはずはないと安心しきっている農民たちの口からは、不平不満が聞こえてくるだろう。

　やがてさらさらと音をたてて流れる小川に着いた。土手は紫色の松虫草や河原松葉や藺草《いぐさ》で覆われている。マイナは身をかがめて、澄んだおいしい水を飲んだ。それから腰を下ろして、満足そうにため息をつき、周囲の美しい景色に見入って、つかの間の安らぎを楽しんだ。マイナはずっと昔に、こういうめったにないひとときを堪能《たんのう》したら、それを記憶にしまっておいて、つらくなったときに思い出すことを学んでいた。

　この先どれくらいこうしてひとりで散策を楽しめるだろう？　まずほとんど無理だろう。森の散歩は安全だし楽しいし必要なのだとサー・ロジェを説得できれば別だが。説得はできるかもしれないが、サー・ロジェは決してそんなふうには思わないだろう。彼が足を止めて、夏の明るいさわやかな一日に感激したり、鳥やりすたちが冬支度にいそしむ光景を観察したりすることは絶対にないだろう。

　ただ楽しいというだけで彼がすることが何かあるだろうか？　マイナは難なくあることを思いつき、顔をしかめた。彼女の許婚《いいなずけ》の腕のなかにいたヒルダを思い出して、楽しい気分がぶち壊しになった。そうよ、あれはたしかに彼を楽しませているわ。でも、それで心の安らぎが得られるのかしら？

　物思いにふけりながら、マイナはゆっくりと本街道のほうへ馬を歩かせた。ときどき身をかがめて野の花を摘み、花束にする。なんて甘い香りかしら。暖かい空気のなかで、さまざまなにおいが足元の大地や落ち葉でできた分厚い絨毯《じゅうたん》のにおいとまじり合う。

兎《うさぎ》が一羽、下生えの藪《やぶ》から用心深く顔をのぞかせたのを見つけて、マイナはほほえんだ。食べ物を探しているお母さん兎かしら？　それとも、連れ合いを探している雄兎？

すると突然、その兎が怯えたようにぱっと小道を横切った。マイナの耳に、馬のひづめの音が聞こえてきた。

案の定、それはサー・ロジェとレジナルドの一行だった。マイナはもう目的を達したので、隠れようとはしなかった。

「マイナ！」レジナルドが叫んだ。サー・ロジェが止まれの合図をしたので、声に安堵《あんど》の色がにじんでいる。「どこに行っていたんだ？」

「お花を摘んでいたのよ」マイナはにらみつけるサー・ロジェを無視して静かに答えた。兵士たちが鞍《くら》の上で神経質に腰を浮かす。「警戒する必要はないわ」

サー・ロジェがひらりと馬から飛び降りた。口をへの字に曲げ、黒い目をぎらつかせて、マイナのほうへ歩いてくる。「貴婦人がひとりで遠乗りに出るのは危険だ」その恐ろしい視線はきりきりとマイナを突き刺すように思えた。

「そうかしら、サー・ロジェ？　あなたの領地は安全ではないの？　無法者たちはあなたの名前を聞いても震え上がらないの？」

ロジェは、彼のことを領民の安全すら守れない男だとほのめかしている、澄んだ瞳の愚かな女を見つめた。「どんな森も、女のひとり歩きには安全ではない」

「そうだったわ。それを忘れるとは、わたしってなんておばかさんなのかしら」

マイナはサー・ロジェのそばを通り過ぎようとしたが、彼に腕をつかまれ、引き寄せられた。馬の手綱がマイナの手から離れ、もう一方の手に持ってい

た花束が彼の胸に押しつぶされた。「きみはおばかさんではなく、貴婦人だ。貴婦人らしく扱われたかったら、そのように振る舞うんだな」ロジェがさらにマイナを抱き寄せたので、マイナの胸は彼の硬い胸板に押しつけられた。「それとも、貴婦人らしく扱われないほうがいいのかな？」ロジェはしわがれ声でささやいた。「それでもいいぞ。わたしがきみを森のなかに引きずり込んだら、あのまぬけなレジナルドが助けに来ると思っているのか？　それとも、きみは森のなかに引きずり込まれたいのかな？」

「あなたはそんなことはしない――」

「わたしはなんでもやりたいことをやる。ここはわたしの領地だし、きみはわたしの妻になる。またわたしを怒らせたくなかったら、言われたとおりにするがよい」

「さもないと、どうするつもり？　わたしを力ずくで奪うの？」マイナは問いただした。まわりに聞こえないほどに声は低かったが、その真剣な語調の裏には紛れもない情熱と確信があった。

ロジェがその無遠慮な言葉に驚いて呆然《ぼうぜん》とマイナを見つめているので、彼女は体をよじってロジェから離れた。彼はただ脅してマイナを従わせようとしたにすぎなかったのだ。

「たしかにあなたはなんでもおできになるでしょう。ですから、わたしが貴婦人らしく振る舞うとしたら、あなたは紳士らしく振る舞ったらいかがかしら？」マイナはつぶれた花束を投げ捨てて、腕を組んだ。

「レジナルドのことであなたが言ったことは正しいわ。そのことはわたしもわかっています。たぶん、もっとよく知っているでしょう。ご安心ください、サー・ロジェ、結婚したら、人前では素直で従順な妻になりますから。でも、わたしの気持ちを無視してわたしを抱こうとはしないで。わたしに残されたわずかばかりの尊厳まで打ち砕こうとしたら、きっ

と後悔するわよ」マイナはそう言うと、垂れ下がっている手綱をつかんで、馬に乗ろうとした。

ロジェがマイナをぐいと振り向かせた。

マイナの視線が、腕をつかんでいる彼の力強いほっそりした指から険しい顔へと矢のように動いた。

「痛いわ、サー・ロジェ」

ロジェはマイナの腕を放した。マイナはすばやく馬にまたがり、全速力で城に向かって駆けていった。

ロジェは自分の馬のところへのろのろと戻った。怒りと困惑のあまり、皆が興味津々の驚いた顔をしているのにも気づかなかった。いや、参った。マイナには驚かされた――それも、彼女の言葉にばかりではない。

最も威圧的なときのわたしを怖がらない女がいたとは。彼女はどうやってああした振る舞いを身につけたのだろう？　あの信じられないほど断固とした決意と、きらきらした灰色の瞳に宿る激しさは、いったいどこから来たのだろう？　彼女には度肝を抜かれたが、もっと驚いたのは、ロジェが感じたもうひとつのことだった。

ロジェはマイナが気に入った。彼女の威厳ある態度と自信に感嘆した。彼女に敬意すら覚えた。

鞍に手をかけて、馬の背に飛び乗ろうとしたとき、もうひとつの感情がロジェを襲った。彼女が欲しかった。そんな自分の欲望に気づいて、ロジェは激しく動揺した。

だが、自分が感じたもの――彼女の体を自分の胸に抱き寄せたときに初めて感じたものを否定することはできない。森のなかで、かぐわしい花の香りに包まれて、髪を乱し、頬を薔薇《ばら》色に染めたマイナは、野性的で、飼いならされていないように見えた、自由で、奔放で。ああ、あの情熱を少しでもわたしに振り向けさせることができたら……。

「妹の無礼な振る舞いをもう一度お詫《わ》びするよ」レ

ジナルドが言った。ロジェははっとして、集まっている男たちに一瞥《いちべつ》をくれ、馬にまたがった。「妹は独立心が旺盛《おうせい》で、父はそれを抑えつけようとしたんだが」

「お父上はどのようにやられたのだ？」ロジェは馬を並足で進めながら尋ねた。「彼女を殴ったのか？」

「もちろん」レジナルドはロジェも当然その矯正方法を用いるものと思い込んでいる口ぶりで言った。

「しかし、ほとんど効果がなかったようだ」

「食べ物を与えなかったりもしたんだろうな」

「父は断食が精神修養によいと考えていて、誰もがやらなければならないと言っていた。幸い、ぼくは叔父にフランスに連れていかれたので、老いぼれた暴君の奇行を免れたが」

明らかにマイナはその容赦ない奇行から逃れられなかったのだ。殴られたとすれば、あの傷跡の説明もつく。いったいどんな親がわが子をあそこまで激しく殴れるだろうか？

「まさか……まさか婚礼を中止するつもりではないだろうね？」レジナルドは城が見えてきたとき尋ねた。

「いや」ロジェはそっけなく答えた。マイナやレジナルドの父ゴウベア・チルコットがすでに死んでいてよかったと思った。さもなかったら、彼に苦痛のなんたるかを思い知らせてやりたくなっただろう。

その夜、マイナはサー・ロジェの右手の主賓の席に座った。そして料理に気持ちを集中しようとしたが、隣の男が気になって仕方がなかった。サー・ロジェの服からほのかに漂う、押しつぶされた野の花のにおいに鼻をくすぐられて、昼間のふたりの対決を思い出させられたのだ。

あの出来事のあと、マイナはレジナルドが、サー・ロジェが彼女と結婚するのをやめることにした

と、息せき切って知らせに来るものと期待していた。ところが、許婚は何事もなかったかのように彼女の隣に座り、家令のダドリーはすでにあしたの結婚披露宴の準備を始めている。結婚式は礼拝堂の外で正午に、ダミアン神父の手で執り行われる予定だ。

　ふと見ると、大広間で落ち着かない気分でいるのは自分だけではなかった。集まった誰もがサー・ロジェの様子をうかがっているようで、彼はといえば、むっつりと黙りこくっている。マイナは自分の行動がサー・ロジェの気分に影響を与え、ひいては大広間に集まった人たちの気分にも影響を与えていることにいやでも気づいた。マイナの責任は重大だったが、かといって、今はどうしてもおしゃべりをする気にはなれなかった。視線がサー・ロジェの右手に釘《くぎ》づけになっているのだから、なおさらだ。きょうの午前中、わたしの腕をつかんだ、引き締まったしなやかな指。このほっそりした指であしたの夜は愛《あい》撫《ぶ》されるのだろう。

　われ知らず、視線は彼の端整な横顔へとさまよっていった。黒々とした眉と目。まっすぐ通った鼻筋。ふくよかな唇。力強いあごの線。

　ふいにサー・ロジェがこちらを向いた。マイナが赤くなってすばやく顔をそむけると、彼は、顔の表情と同じ落ち着いた口調で話しかけた。「また遠乗りに出たいときは、いつでもきみの供をする者をひとり手配しておいた」彼は張りのある低い声でマイナの耳元にささやいた。

「その必要はないわ」マイナはまっすぐ前を見つめたまま答えた。

「わたしは命令しなければならないのかな？」

「ご親切は感謝しますわ、サー・ロジェ。でも、わたしはもうすぐ、やることがありすぎて好きなときに遠乗りに出かけることはできなくなると思うの」

「なるほど」

彼はがっかりしたのだろうか？　サー・ロジェに少しでも失望を味わわせられたと思うと、奇妙な、なじみのない喜びがわき、胸が高鳴った。こんな単純で率直な拒絶が彼に効果覿面《てきめん》だとは思ってもいなかった。「自分の新しい仕事や責任に慣れるために、とても忙しくなるでしょうから」

「ほかに何かきみがやりたいことで、要望はあるか？」一瞬ののち、サー・ロジェが尋ねた。

「いいえ、何も」マイナは心から答え、小さくほほえんだ。サー・ロジェの唇がかすかにひくついた。まるで、笑顔を返したいけれど、どうやっていいかわからないといった顔つきだ。あるいは、そんなことをしたらどう受け取られるかわからない、と思っているのかもしれない。

マイナはこの城へやってきて初めて、サー・ロジェが彼女について高い買い物をしたとも、彼を怒らせることしか能のない女だとも思っていないのだと感じた。そして想像した――いや、願った――彼が惹《ひ》かれる女を見るような目で自分を見つめていることを。

それを考えると、マイナは興奮した。心のなかに燃え上がった炎がぱっと広がり、全身がその白熱する情熱で熱くなったような気がした。あなたにやさしくされるととてもうれしいと言いたくてたまらなかったが、人々の前では言えない。

その代わりに、マイナは手を伸ばしてサー・ロジェの手にそっと触れた。とたんにサー・ロジェは手を引っ込め、杯を握った。その行動は口で言うより雄弁にマイナを非難していた。まるでおぞましい病気にかかった人間に触られたかのような反応だった。

全身が恥ずかしさのあまり火のようにほてった。マイナはすぐさま、出された料理やレジナルドやサー・アルベールや、とにかくサー・ロジェ以外のものに注意を戻した。

最後の果物が片づけられると、吟遊詩人と小さな楽団がリュートや小太鼓、竪琴《たてごと》などを持って現れた。しかし、サー・ロジェは音楽に慰めや喜びを見いだすような男には見えなかった。実際、弦がつまびかれて演奏が始まっても、彼は退屈しきった様子だった。マイナも音楽を楽しむような気分ではなかったが、聞き惚《ほ》れているように一心に耳を傾けた。

吟遊詩人はあばた顔の痩《や》せ細った若者で、ブロンドの髪はぼさぼさだった。マイナが見たことのある吟遊詩人は皆、レジナルドのように容姿を自慢していた。この若者はお世辞にも美男子とは言えないけれど、声がそれを補ってあまりあるのだろうとしか、マイナには思えなかった。

そして推測どおり、若い吟遊詩人の歌声はすばらしかった。深い張りのある豊かな声で、一語一語に適切な感情をこめて歌った。しかし、哀れな騎士が思いを寄せる貴婦人の心を勝ち取ろうとする長い歌物語を始めたとたん、マイナの関心は一挙に冷めてしまった。その騎士は歓迎されないことが明々白々なのに、しつこくつきまとう薄のろのように聞こえるし、相手の貴婦人にしても、騎士の甘い言葉を信じてついには彼の懇願に負け、不義を働く虚栄心の強い、不道徳な女としか思えなかったのだ。もしそれが愛というものなら、わたしは愛などなくても生きていけるだろう。

「旦那《だんな》様、ドゲール男爵がお着きになりました」ダドリーがサー・ロジェの横に来てささやいた。

ロジェがすぐさま立ち上がり、ありがたいことに、吟遊詩人の歌は中途で打ち切られた。それは全編、騎士が愛する貴婦人のすばらしさを賛美する言葉で貫かれているものらしい。「男爵の部屋の準備はできているだろうな?」サー・ロジェはかすかに不安そうな声で尋ね、大君主を迎えに急いだ。

大広間に興奮したささやきが駆けめぐった。マイ

ナは満足の表情を隠して、テーブルを見つめた。それでは、偉大なサー・ロジェ・ド・モンモランシーといえどもおじけづくことがあるのね。

ドゲール男爵が大広間に入ってきて、城主から挨《あい》拶《さつ》のキスを受けたとき、マイナはなぜサー・ロジェがおじけづくのかよくわかった。ふたりの男は、モンモランシー城はおろかどんな城でも自分ひとりで守ることができそうに見えた。

男爵は畏敬《いけい》の念を起こさせる人物だった。射抜くような冷たいブルーの目。筋骨たくましい体。濃い茶色の髪はロジェのように肩まで垂れている。地味な黒の長いチュニックを着て、装飾品はいっさいつけていない。突然マイナには、ロジェ以外の大広間にいる全員がひどく着飾りすぎているように見えた。自分のドレスの首筋にあしらわれた小さな刺繍《ししゅう》でさえこれ見よがしに思われた。

マイナが気づいたことはほかにもあった。ロジェがそれまで抱いていた不安が何にせよ、男爵を目の前にして、それはすっかり消えていた……というか、非常に巧妙に隠されていた。ふたりは主君と家臣というより、親友以上の間柄に――まるで兄弟のようにすら見えた。彼らが前を通り過ぎるとき、結婚式の招待客らは立ち上がってお辞儀をした。

男爵とサー・ロジェが高座のテーブルに近づいてきたとき、マイナは今着ている新しいドレスがみすぼらしくないか不安に思いながら立ち上がった。これは、結婚式に着る予定のドレスを別にすれば、手持ちのドレスのなかではいちばんいいものだが、それでも、もっと宝石を持っていればと思っている自分に気づいた。髪も金髪で、そばかすなどなかったらいいのに。男爵が、市に出された雌馬でも眺めるようにマイナにさっと目を走らせたときは、とりわけそう思った。

しかし、マイナは毅然《きぜん》として肩をそびやかした。

わたしは馬ではない。父の一族は男爵家より身分も高ければ、家柄もずっと由緒正しい。わたしは男爵がどのようにしてのし上がってきたかも、ちゃんと知っている。だから、決して彼の前でうろたえたりするまい。

　レジナルドがあわててテーブルの角を回って、ぺこぺこと卑屈にお辞儀をした。「ドゲール男爵、やっとお目にかかれて光栄の至りです」彼は叫んだ。男爵が国王ででもあるかのようにへりくだっている。しかし実を言えば、男爵は成り上がり者で、戦いと結婚によって徐々に地位を上げてきたのだ。「どうか、わが妹レディ・マイナ・チルコットを紹介させてください」

　ドゲール男爵はレジナルドにうなずいて、テーブルの前で足を止めた。マイナは男爵の顔から一度も目を離さずに会釈した。

「レディ・マイナ」男爵が低い、穏和な声で言った。

　しかし、青い目のまなざしは非常に鋭く、その穏やかさは相手を欺くための策略ではないかとマイナは思った。

「お目にかかれて光栄です」マイナは静かに言って、ロジェにさっと視線を投げたが、彼の顔の表情は腹だたしいほど読めなかった。

　ロジェは続けて男爵に婚礼の招待客を紹介していった。最初はサー・アルベールだ。彼は男爵に会ったことがあるらしい。ふたりが大広間をさらに進んでいったので、マイナはため息をついて腰を下ろしたが、彼らから目を離さなかった。あれが偉大なドゲール男爵というわけね。なるほど、たしかに威風堂々としている。それに、ロジェと同じく、人から無条件で服従されることに慣れているようだ。

　だけれど、男爵の目はどこかとても悲しそうだった。彼はわたしがこれまで会ったなかでいちばん不幸な人間かもしれない。マイナは一瞬そう感じた。

とはいえ、わたしの悩みに比べたら、男爵の悩みなどものの数ではない。男爵とサー・ロジェが高座のテーブルに戻ってくると、マイナはとたんに自分を場違いの人間のように感じ、たまらない孤独感に襲われた。ふたりが話題にしている人たちも、行ったことのある場所も、マイナは全然知らなかった。いたたまれずに席を立ち、退出したが、サー・ロジェは気づいたふうもなかった。

ロジェはワインの杯を何杯も空けたのに、少しも酔っていなかった。しかし本当は、ぐでんぐでんに酔いつぶれたかった。いつもなら、飲んでも正気を失わず、眠りこけもしない自分の酒の強さを大いに自慢にしていたが、今夜は、たとえドゲール男爵の前で恥をさらすことになろうとも、正体がなくなるまで酔っぱらいたかった。

何かやって、マイナ・チルコットを頭のなかから追い出さなければならない。本来なら、宮廷やほかの貴族の動向を知らせてくれる男爵の話に耳を傾けるべきなのだが、マイナにそっと手を触れられてからというもの、欲望で頭がどうにかなりそうになっていたのだ。

ロジェは自分をいましめた。森のなかでマイナがどんなに美しく見えたか、そんなことは思い出してはならない。あのときどれほど彼女が欲しかったかも。上掛けの下に裸で横たわるマイナを想像するのも、婚礼の夜、まず最初に何をするか決めるのもだめだ。彼女の自尊心の強さについても考えてはいけない。ドゲール男爵の前に立っても、マイナは動揺しなかった。物おじもしなかった。あらゆる点で、貴族の妻たるにふさわしい。

何はともあれ、おべっか使いのとんまなレジナルドは、相変わらずよく気のつくヒルダの肩を借りて、千鳥足でやっと自分の部屋に引き上げた。ヒルダは

夕食のあいだどこにいたのだろう? もっとも、マイナが席を立ったあとヒルダが突然姿を見せるまで、彼女がいないことに気づかなかったのだが。ヒルダはマイナを恐れているのだろうか? そうにちがいない。マイナ・チルコットの嫉妬《しっと》はたぶん相当な見ものになるだろう。

マイナはわたしのことも嫉妬するほど気にしてくれるだろうか?

「フォークス・ド・ブローテの傭兵《ようへい》どもが相変わらず野獣さながらの乱暴狼藉《ろうぜき》を働いている」男爵が話し続けている。「思うに、国王はなんとかしてあの男を始末しなければならんな。しかし……ロジェ?」

「は、はい?」

「悪かった、ロジェ」男爵は寛大に言ったが、その目がいらだちに光ったのを見て、ロジェはすぐさま話に気持ちを集中させた。「今夜が婚礼の前夜だということを忘れるところだった。おまえに最近の出来事を話して聞かせるのはやめて、部屋に引き取らせたほうがよいのかもしれんな」

「申し訳ありません、男爵」ロジェは心からすまなく思って言った。「お話は聞いていました」

男爵はうなずいた。いらだちは雲散霧消したようだ。「いずれにせよ、おまえの婚礼は明日だし、わたしはおまえを長く引き留めすぎたようだ。この話はあとでもよい」男爵は訳知り顔でロジェに体を寄せた。「彼女はレジナルドとはまったく違うじゃないか、そうだろう?」

「はい」

「けっこう」男爵は椅子の背に満足そうにもたれかかった。「それを聞いてうれしいぞ。レジナルドは人畜無害だが、あんな男と一緒に暮らすのは、わたしには想像もできない。彼女は容姿のいい娘ではないか。白状すると、あの赤毛には驚かされたがね。

髪の色に見合った激しい気性の持ち主にちがいない」

「わたしもそう思います」

男爵は立ち上がり、たくましい両腕を頭の上に差し上げて伸びをした。「ああいう激しい気性の女を御することのできる人間がいるとしたら、ロジェ、それはおまえだろう」男爵は探るようにロジェを見た。「もしおまえが彼女を欲しくないなら、そう言ってくれるだけでいい。チルコットの財産は、わたしが聞かされていたほどではないことがわかったのだ」

その話で、ロジェは男爵の二番目の妻のことを思い出した。その妻は男爵よりいくつか年上で、最近亡くなったばかりだ。ロジェはドゲール男爵に心服しているが、男爵が抜け目のない策士であることも知っている。何か誰も知らない理由で、男爵自身がマイナ・チルコットを欲しいのかもしれない。

そう考えると、ロジェはおもしろくなかった。

「わたしはレジナルドと契約を結びました。それを守るつもりです」

男爵は微笑した。めったに見せない、心から満足しているような柔和な表情だ。「けっこう。おまえは約束を守る男だと信じていたが、今それがはっきりわかった。末永く幸せにな！」

「ありがとうございます、男爵」ロジェはうやうやしく答えたが、内心は怒りではらわたが煮えくり返っていた。男爵がわたしの道義心を試す必要はないのだ。長年にわたって仕えてきたし、男爵が提案した結婚で、チルコットのような役立たずのばか者と縁組を結ぶことに同意したのだから。サー・ロジェ・ド・モンモランシーにとって、不忠は地獄行きのどんな大罪よりも恐ろしく、想像しうるいちばんすさまじい地獄行きに値する。そう考えていることを男爵は知るべきなのだ。

「おまえの気分を損ねるつもりはなかったのだ、ロジェ」男爵は心から言って、自分のたくましい両手を見下ろした。数多くの戦いで、数えきれないほどの人間を殺した手だ。「わたしはおまえの幸せだけを考えている。おまえがマイナ・チルコットと結婚したくないと言っても、気を悪くしたりはしないぞ」

「男爵はもしや……？」ロジェはわざとらしい落ち着いた声を思わせぶりに低めた。

「まさか！　わたしはもう二度と結婚する気はない」男爵が本心から言っているのは疑いようがなかった。

「わたしは結婚の契約に不満はありません」男爵への疑いは消えたが、一方で、主君がいささか気の毒になった。ドゲール男爵は二度の結婚で富と地位を得たが、ロジェが思うに、ただそれだけのものだったのだろう。

だからといって、それのどこが悪い？　男が結婚する理由がほかにあるのか？　「実は、ある理由でちょっと不安なのです」ロジェはさっきより陽気な口調で言った。「婚礼の夜、花嫁を貫くのはわたしの盾を貫くよりむずかしくなりそうなのです」

男爵はくすりと笑った。「どんな不感症の生娘だろうと、おまえなら情熱を燃え立たせられるはずだ」

ロジェはそのお世辞に感謝して、杯を上げた。そしてふたりの男はなごやかに笑い合った。

彼らは、階段の暗がりにたたずんでしかめっ面をしているマイナに気づかなかった。

マイナは眠れなくて、大広間の物音がやむのを待っていた。やっとざわめきは消えたが、レジナルドが上がってくる音が聞こえず、お兄様はどうして階下でぐずぐずしているのだろう、といぶかっていた。

するとそのうち、ヒルダのくすくす笑いを聞いたような気がした。マイナは、サー・ロジェが誰と何をしようと関係ないわ、と自分に言い聞かせようとした。わたしたちはまだ結婚すらしていないのだ。たとえ結婚したとしても、妻以外の女と浮気している男はたくさんいる。

戸口から廊下をのぞくと、ヒルダが酔いつぶれたレジナルドに肩を貸して部屋に入っていくところだった。しばらくすると、ヒルダはレジナルドの部屋を出て、階下へ行った。おそらくサー・ロジェを捜しに行ったのだろう。

だからといって、そんなことはわたしには関係ないわ。マイナはもう一度自分に納得させようとしたが、今度もうまくいかなかった。それで、注意深く耳を澄ましながら階段を忍び足で下りていった。大広間に近づくと、ほとんどの客は眠るために部屋に下がっていた。ヒルダの姿はどこにも見えなかったし、神出鬼没のダドリーもいない。サー・ロジェとドゲール男爵だけが起きていて、高座のテーブルで話し込んでいた。

マイナは踵《きびす》を返して自室に戻ろうとした。するとそのとき、自分の名前を耳にした。マイナはそっと暗がりに入り、そこでじっと聞き耳を立てた。ふたりは彼女のことをまるでどこにでもいるただの小娘のように話の種にしていた。

マイナは怒った。わたしはなんとお人好《ひとよ》しのばか者だったのだろう、ロジェ・ド・モンモランシーはわたしが知っているどんな男ともまるで違う人物かもしれないと考え始めていたなんて。彼に何かを感じたなんて、愚かにもほどがある。彼もほかの男と同じだったのだ。

マイナは耳にしたことを思い返しながら、自分の部屋に引き返した。サー・ロジェなら苦もなくマイナを官能の喜びで失神させることができると考えら

れていると思うと、歯ぎしりするほど腹がたった。思い上がったうぬぼれ屋！　彼がこれまで関係を持った女たちはいずれも、ヒルダのような召使いか農婦だったにちがいない。貴族の男には何か特別なところがあると信じている女たちか、見返りを――たとえばお金とか出世を――期待している女たちだったのだろう。

　わたしはそんな手に乗るほどばかではない。貴族といえども男は男にすぎず、心まで高貴な者などめったにいない。指をちょっと曲げて合図するだけで、マイナ・チルコットが初夜の床で辛抱強く待っていると許婚が思っているとしたら、それは間違いだったとすぐにわかるだろう。

4

　サー・ロジェ・ド・モンモランシーの婚礼の日は灰色の空で明けた。七月とは思えない、季節はずれの寒い朝だった。霧雨が降り、冷たい風が吹いて、まるでどうしたことか十月が間違って七月にひょっこり顔を出したかのようだった。

「どうします？」アルベールが、大広間の戸口に立って中庭を憂鬱《ゆううつ》そうに見つめている花婿に尋ねた。「屋外で結婚の祝福を受けるより、礼拝堂のなかでやったほうがいいのではないかと思いますが」

「そうだな」ロジェは答えた。「だが、礼拝堂は狭すぎる。あれでは招待客が全員入りきらないし、入れなかった者はないがしろにされたと思うだろう」

彼は深々とため息をついた。

ダドリーが大広間をせわしなく動き回っては、召使いたちに注意を与えたり、ぶつぶつひとり言を言ったりしている。

「頭が痛いな」ロジェはうなるように言った。「この婚礼には問題がありすぎる。それに、ひと財産かかるし」

「費用の大半はチルコットが払うのでしょう」アルベールが言った。「それに、男爵は喜んでおられます」

「男爵はそうだろうさ」ロジェはぼそりと言った。

「彼女はそれほど悪くはありませんぞ」

ロジェはそれに答えず、くるりと振り向いたちょうどそのとき、ヒルダが通りかかった。ヒルダはためらいがちに微笑した。

「チルコット卿《きょう》はなんとかベッドから這《は》い出したか？」ロジェはヒルダにきいた。チルコットがワインを何杯もがぶ飲みしたことを忘れてはいなかった。その金を払うのが自分でないのはありがたい。

「はい、お起きになりました」ヒルダはくすっと笑って答えた。「ですが、おかわいそうに、まるで生ける屍《しかばね》のようにぐったりなさっています」

「で、妹のほうは？」

「お部屋から出ていらっしゃいません。たぶん式が始まるときまでお出にならないと思います。扉は鍵《かぎ》がかかっていて、誰も入れようとなさらないんです。ひとりでいたいとおっしゃって。お祈りなさりたいそうです。それで、あの、わたし、待っていなくてもいいかと思って」

ロジェにはレディ・マイナが何をしているのか皆目見当がつかなかったが、彼女の気持ちを読み解こうという気にはならなかった。「チルコット卿のことはよろしく面倒をみてやってくれ。二日酔いで式に参列できないなどというのはごめんだからな」

「わかりました、旦那《だんな》様」ヒルダはさっきより緊張を解いた笑顔で答えると、去っていった。

「いい酒を飲めないのなら、初めから飲むべきではないんだ」ロジェは厳しい声で言った。

「誰もあなたほど酒に強くないんですよ、ロジェ」

「だったら、さっさとベッドに行くべきだったのだ、おまえみたいに」

「花嫁は何をしているんでしょうな?」

「そんなことはどうでもいい。遅れずに式に出てくれさえすればな」

　アルベールは慇懃《いんぎん》に咳払《せきばら》いした。「ヒルダのことはどうするおつもりです? あなたたちが相当親しい関係にあったことは周知の事実ですが」

「だからどうだというんだ?」

「あなたはきょう結婚するんですぞ。花嫁がそのことを知ったら、いい気持ちはしないと思いますが」

「彼女がどう思おうと、知ったことではない。だいいちもう終わったんだ」

「ヒルダをどこかもっと小さな領地にやれたら、そのほうがいいと思います。当分のあいだだけでも」

　ロジェはアルベールをむっとした目で見た。「決断は自分で下せる」

「そうでしたな」アルベールは肩をすくめた。「お好きになさるとよろしい」

「そのつもりだ」ロジェは友人をじっと見た。「一度も結婚したことがないわりには、おまえは花婿に助言を施すのがすこぶる上手ではないか」

　とたんに友人の目が苦悩で陰るのを見て、ロジェは自分の軽率な言葉を後悔した。アルベールの青年時代の悲恋物語は知っているし、彼が実際の年齢よりかなり老けて見える理由も知っている。だから、アルベールにこんな物言いをしたのは残酷だった。

　しかし、ロジェは自分が酷なことをしたと認めるどころか、こう言った。「天気が晴れなかったら、

式は大広間でやろう。ここなら飾りつけも手早くできると思うんだが」

「なんでしたら、わたしがダドリーに話しましょうか?」アルベールが申し出た。ロジェはほっとした。どうやら今の件は水に流してくれたらしい。

「いや、いい。もうしばらく待ってみよう。そのあいだに、わたしは客や客の馬がちゃんと世話をされているかどうか確かめてくる」

「式に遅れないように」

アルベールの口調に悪気はなかったが、ロジェはけげんそうな目でちらりと彼を見た。「遅れたりはしないよ」ロジェはきっぱり言うと、大広間から出ていった。

ヒルダと、ヒルダより年上で、もっと経験豊富な召使いのひとりオールディスが、マイナの婚礼衣装の着替えを手伝うために部屋にやってきたとき、驚いたことに、花嫁は小さな椅子にゆったりと座っていた。すでに、深みのある濃緑色のベルベットで作られたすばらしいドレスに着替えをすませている。腰に締めたブロンズ製の鎖のしなやかなベルト、首のまわりに施された繊細な刺繍《ししゅう》、長く垂れている、金見事な金糸が織り込まれた袖《そで》。ドレスの下には、金色の薄絹のアンダーチュニックを着ていた。豊かに波打つ髪はくしけずられ、黄金の細い飾り輪をのせている。その手には、刺繍をあしらったふかふかの掛け布団が握られていた。

ヒルダとオールディスは着替えに遅れたことで叱《しか》られるのだろうかと、不安そうにたがいに目を見交わした。

「これを旦那様の寝室に持っていってちょうだい」レディ・マイナが掛け布団をあごで示して言った。それから、そばのテーブルにのっている銀のワイン入れを指さした。「あのワインもお願いね。あれは

わたしの親類からの結婚祝いなの」

「もっと早くに来なくて申し訳ございませんでした」ヒルダは唇を噛《か》み、汗ばんだ手のひらを自分の粗末なドレスで拭《ぬぐ》った。サー・ロジェは請け合ってくれたが、サー・ロジェの妻にはまだ用心しなければならないと思っていたからだ。「階下《した》で披露宴の準備に忙しくて、お嬢様がわたしたちをお待ちになっているとは知らなかったものですから。それに……」

レディ・マイナがほっそりした片手を上げて制した。ヒルダはその手がひどく荒れているのを見て面食らった。おや、この立派な貴婦人の手はまるで皿洗い女の手のようだ。甘やかされ、大事にされていた人ではないんだわ。ヒルダはそう思い、強い印象を受けた。そして、レディ・マイナの次の言葉が新しい女主人に対する彼女の見方を裏づけた。

「わたしは自分で着替えるほうが好きなの。召使いに手伝ってもらうのには慣れていないのよ。ところで、チルコット卿は式に出席できるくらいまでよくなりましたか？」

「はい、お嬢様」ヒルダは静かに答えると、うやうやしく掛け布団を受け取った。それは非常にやわらかだったので、ヒルダは頬に押し当てたいのを必死でこらえた。

「それはよかったわ。では、もう下がりなさい。式が始まる時間になったら迎えに来て」

「本当に何かお手伝いしなくてもよろしいのでしょうか……」

「わたしはもう準備万端整ったと思っています」レディ・チルコットは小さなワイン入れに目を据えたまま答えた。オールディスがあわててそれを手に取った。

ヒルダとオールディスは部屋を出ると、立ち止まって目を見交わした。「あんた、彼女のこと、どう

思う？　怒っているようには見えなかったけど」オールディスが言った。

「そうね、怒ってはいなかったわ」ヒルダは考え込んだ様子で言った。「何を考えているのかわかりにくい人だわ。あの手を見た？」

「あれは仕事をしていた手だね、絶対。しかも、針仕事ばかりじゃないと思うよ」オールディスが真剣な面持ちで言った。

「わたし、彼女が好きになりそうだわ」

「なにしろ、まだあんたを追い出していないものね」

「なんであの人がわたしを追い出すのよ？」ヒルダは思った以上に虚勢を張って問いただした。

オールディスが同僚を疑《うたぐ》るように見た。ふたりは塔の寝室に行くために螺旋《らせん》階段を上っていた。

「なぜだか知ってるくせに」

「彼女はあのことを知る必要ないわ。だいいち、もう過去の清算はすんでるんだから」

「あたしはあの人からにらまれたくないね」オールディスはきっぱりと言った。

「ここを支配しているのはサー・ロジェよ。彼女じゃないわ」ヒルダは言いながら、サー・ロジェの大きな寝室の扉を押し開け、レディ・マイナから指示されたところに掛け布団を手早く敷いた。口から小さなため息がもれる。掛け布団はふかふかした羽毛のベッドの向こう端まで届かなかった。

初めてこの部屋に足を踏み入れたオールディスは、せかせかと動き回らずに、ゆっくりと室内を見回した。

壁はすべて、なんの変哲もない、荒削りのままの石だった。タペストリーも一枚も掛かっていないが、掛け鉤《かぎ》があるところを見ると、寒い日にはそこに掛けることもあるのだろう。片隅に大きな衣装箱があって、それにはライオンの穴に放《ほう》り込まれた予言者

ダニエルの絵が描かれていた。もう一方の隅には青銅製の火鉢があり、部屋の真ん中には円卓と彫刻を施したどっしりした椅子が一脚置かれている。ほかに家具らしいものといえば巨大なベッドだけだ。高い支柱は蔓《つる》に覆われた木と見まごうばかりの彫刻が施され、周囲をぐるりと分厚い幕で囲まれている。

「いらっしゃいよ。すぐに戻らないと、ダドリーが癇癪《かんしゃく》を起こすわ」ヒルダは豪華な掛け布団に最後の一瞥《いちべつ》をくれながら言った。

オールディスはまだベッドの大きさに圧倒されていたので、返事をする代わりに、だたこっくりとうなずいた。

召使いたちが出ていってから数分後、レジナルド・チルコットがマイナの寝室の扉を静かにノックした。自ら扉を開けた花嫁は、彼が結婚祝いのひとつとして贈った華やかな婚礼衣装に身を包んでいた。マイナのことだから、自分の思いどおりにできるものなら、ドゲール男爵をはじめ身分の高い客が大勢居並ぶ前でも、着古したぼろを着ていただろう。細い金環で飾った髪がそばかすの顔を縁取り、とてもよく似合っていた。

部屋に入ると、レジナルドはマイナがひとりでいることに気づいた。「召使いたちはどこにいるんだ？」

「下がらせたの。もう時間？」マイナは尋ねたが、顔にも声にもあまり待ち焦がれているような様子はなかった。

「そろそろだ」レジナルドはそんな妹をどう考えたらいいのかわからなかった。フランスから帰国して以来、彼はマイナを理解しかねていた。彼が知っていたいじらしい少女に代わって、妹は断固とした、妥協を知らない女になっていたからだ。「本当に……本当にきれいだよ」レジナルドは元気づけるよ

うに言った。

マイナは疑わしそうに眉をひそめて兄を見ながら、ひとつしかない椅子に腰を下ろした。

「嘘《うそ》じゃないよ、マイナ、本当だ。そのドレスがおまえに似合うことといったら、申し分ない。その色を着ると、まるで……まるでおまえの母親にそっくりだ」

マイナは、いつものように髪をカールしすぎて、おまけに着飾りすぎているレジナルドにほほえんだ。いったい兄のどこがいちばん滑稽《こっけい》に見えるだろう？ 長い、ふさふさの羽根飾りを挿した派手な刺繍つきの帽子だろうか？ 信じられないほど明るい緑色のチュニックだろうか？ それとも、まだらのタイツだろうか？ だが、レジナルドが自分の贈り物で喜ぶ妹の姿を見たいと胸をわくわくさせてマイナの前に立ったとき、彼女は、父親のサクソン人の妻から悪影響を受けないために、叔父にフランスに連れていかれようとしている、途方に暮れた不安そうな少年を思い出した。当時まだマイナは年端も行かない子供だったが、異母きょうだいのなかでレジナルドだけがやさしい言葉をかけてくれたのだった。「ほめてくれてありがとう」

「ぼくはお世辞で言ったんじゃないよ」レジナルドは扉のそばに気まずそうに立って、心から言った。「ぼくはおまえの母親が好きだった。父上が初めておまえの母親を連れてきたとき、彼女はぼくにキスして、お友だちになりましょうねって言ったんだ。その声ときたら、まるで音楽のようだった。叔父上に連れられて家を離れるとき、ぼくは彼女にさよならを言うのが悲しくてたまらなかった」レジナルドはマイナに少し近寄りながら、腰のごてごてとたくさん飾りがついた革のベルトをもてあそんだ。「おまえにとっては、異母きょうだいに囲まれていたのは生易しいことじゃなかったのは知っているよ。力

になってやれなくて、すまなかった。でも、マイナ、サー・ロジェはいい夫になると思うよ。本当にそう思っているんだ」

　マイナは立ち上がって、窓辺に行った。「彼は夫にはなるでしょう。それ以上のことは期待していないわ」

「サー・ロジェは見かけほど冷酷な男じゃないよ。以前、ぼくたちが森で恐ろしい無法者たちに置き去りにされたあと、彼はとても親切にしてくれたんだ。ぼくたちと一緒に捕まったあの大修道院長にも丁重だったが、断言してもいい、そうするのは大変なことだったと思うよ。大修道院長のせりふをおまえに聞かせてやりたかったよ！　院長ときたら、不快な目にあった責任はサー・ロジェひとりにあるかのように責め立てたんだ。それに、この縁組を持ち出したのはサー・ロジェなんだよ」

「わたしはドゲール男爵だとばかり思っていたわ」

　レジナルドがさらに近寄ってきた。「違う！　男爵が提案したのは、ぼくとレディ・マデリン・ド・モンモランシーの結婚だけだ。その代案を思いついたのがサー・ロジェなんだ」

「男爵を喜ばせたくて考えただけのことよ」

「マイナ、この話をそんなにひねくれて考えてはいけないよ。サー・ロジェにおまえと結婚する気がないなら、結婚しないはずだ。彼と男爵は親しい友人だから、彼が心変わりをしても、男爵は彼を責めたりしないだろうから」

「お兄様はわが一族の家柄にどんな値打ちがあるかを忘れているわ。男爵だって、お兄様と同じくらい、お兄様との友好関係を必要としているのよ」

　レジナルドは納得したようには見えなかった。

「男爵はじきにまた、お兄様に別の縁組を結ばせようとするでしょうね」マイナは味もそっけもない声で言って、話題を変えようとした。

「えっ、なんだって？」

「お兄様はとてもすばらしい夫になりそうだもの」わたしみたいな弱さを軽蔑《けいべつ》する女には向かないけれど、レジナルドは人畜無害のお人好《ひとよ》しだ。女性にとっては、そのくらいは我慢のしどころではないだろうか。

「ぼくは……ぼくはまだその気になれないよ。あんなことがあったあとでは」レジナルドはつかえつかえ言った。

　しかし次の瞬間、入念にそろえたカールのひとつを物思わしげに指でもてあそんだので、マイナは必死で微笑を噛み殺さなければならなかった。「だったらわたしは、どこかの女がお兄様を誘惑して結婚させないように気を配るわ」

「ぼくも気をつけよう」レジナルドは重々しい口調で言うと、顔を赤らめ、咳払いした。「おまえが話を持ち出したから言うが、その、なんだ、何か知っておきたいことがあるか？　結婚初夜のことについてだが」

「わたしに求められていることはわかっているわ」マイナも同じく重々しい口調で答えた。

　レジナルドは見るからにほっとした顔をした。

「そうか、それはよかった。実にいい」

　マイナは異母兄が滑稽なほど気詰まりを感じていたのを知って、また顔をほころばせそうになったが、裸のサー・ロジェが黒い目で自分を見つめながらベッドで待っている光景をふと想像したとたん、微笑は消えてしまった。急に脈拍が速くなり、落ち着きを取り戻すために何度か深呼吸をしなければならなかった。

「フランスへはいつ戻るの？」マイナは尋ねた。

「ああ、そのことか。実は、サー・ロジェがしばらくここに滞在しないかと申し出てくれたんだ。この時期、南フランスは暑くてかなわないし、旅をする

にも非常に厄介だから、彼の申し出を受けたよ。それに……」レジナルドは声を低め、心から心配そうに眉根を寄せた。「彼がおまえにやさしく接するかどうか確かめたいんだ。父上が晩年、どんなだったかは話に聞いている。そのことでぼくはおまえに大きな借りがあると思っているんだ」

　マイナは突然、これまで自分がレジナルドのことをどんなふうに考えてきたかを思って、深く後悔した。「ありがとう」彼女は静かに言った。

　扉が大きな音をたててノックされ、ヒルダが顔をのぞかせた。「時間です、お嬢様」ヒルダはもったいぶった口調で言った。そしてレジナルドに視線を走らせた。「旦那様」彼女は少し畏怖《いふ》の念を込めてつけ足した。

「では、マイナ、行くとしようか」レジナルドは付き添いとして結婚式の場にマイナを送り届けるために腕を差し出した。

「ええ、レジナルド」マイナは答えた。そして、わざと無表情な顔をし、本物の結婚の喜びなどまったく期待しないまま、歩を進めていった。

5

ロジェは北フランスのアジャンクールから輸入された高価なワインをちびちびすすりながら、大広間をざっと見渡した。うれしいことに天気がよくなり、結婚式は予定どおり礼拝堂の外で挙げることができた。新郎と新婦が礼拝堂の扉の前に立って、結婚の誓約を交わすのを、全員が見ることができたのだ。もっとも、ふたりはほとんど相手の顔を見なかった。ロジェはといえば、足元がおぼつかないダミアン神父にひたと目を据えていた。幸い神父は、自分が神聖な婚姻で結びつけようとしている男女が格別この結婚を喜んでいる気配がないのにも気づいていないようだった。

しかし何はともあれ、婚礼の客たちは祝宴の料理に舌鼓を打っているように見えた。ダドリーが料理人たちを叱咤《しった》して、いつになく腕を振るわせたからだろう。肉料理にはどれも特別なソースをかけ、どれもこれも香辛料を贅沢《ぜいたく》に使っているので、いいにおいが漂っている。パンもおいしく、果物はこれ以上ないと言っていいくらい新鮮で、ワインも最高の品だ。

大広間の飾りつけも、いつもより花やリネンをふんだんに使ってあって、華やかだ。レジナルドがたくさん蝋燭《ろうそく》をくれたおかげで、この大きな部屋は夜が更けても煌々《こうこう》と明るいだろう。

しかし残念なことに、眼前の光景を眺めるというロジェの楽しみは、隣に座っている女——今は自分の妻となった女のことしか考えられなくなるにつれて、どうでもよくなった。

ロジェは花嫁について、虚栄心の強い、愚かな、

とりたてて美しくもない女だろうと予想していた。結婚式といっても、せいぜい交易の協定を結ぶときぐらいの興奮しか感じないだろうし、結婚披露宴にしても、金のかかる取り引きの延長にすぎないと思っていた。ほかの誰とよりもドゲール男爵と同席して語り合えることが楽しく、新妻の存在など馬にたかる虻《あぶ》ほどにも気にならないだろうと考えていた。

ところがそうではなかった。マイナ・チルコットは自分が知っているどんな女とも違っていた。今夜彼女が隣に腰を下ろしたとき、緑色のドレスがどんなにその瞳を引き立たせ、わずかなそばかすの下のえも言われぬきれいな肌の色を際立たせているか、あるいは、金の飾り輪が驚くほど赤い髪の黄金色に照り輝いている部分を強調していることに、いやでも気づかないわけにいかなかった。

しかしながら、マイナに対してロジェが抱いた第一印象で、またたく間に確信となったのは、不屈の精神と、たまげるほどの芯《しん》の強さだ。これは普通、女の特質としてはあまり人の気をそそるものではない。

今夜やっと、ロジェ・ド・モンモランシーは、マイナ・チルコットから尊敬されるようになるのは簡単なことではないだろうが、彼女の欲望に火をつけて自分を求めるようにさせられるなら、どんな努力でもする価値がある、とわかるようになった。このあとベッドでふたりきりになったとき、この熟練した手で愛撫《あいぶ》したら、彼女が体験したこともないようなめくるめく喜びを味わわせてやれるはずだ。それできっと、彼女の尊敬と欲望の両方を勝ち取ることができる。それ以上のことは必要でもなければ、欲しくもない。

そんなことを考えていたので、ロジェはいつの間にかご機嫌になっていた。今では、挙式のときのダミアン神父のつぶやくような祝福の言葉が聞き取り

にかったことも大目に見られた。式の最中は、いらだたしくて歯ぎしりしたのだが。それよりも、マイナのほっそりした指に結婚指輪をはめて、神父の言葉をおうむ返しに繰り返したときのことを思い出した。マイナは震えもしなければ頬を赤らめたりもせず、彼のほうに勢いよく手を突き出した。ロジェの胸は躍った。マイナは臆病《おくびょう》者ではない！　この心意気で何事にも当たってくれるといいのだが。

　右側に座っているマイナをちらりと見て、ロジェは彼女が目の前に置かれた盛りだくさんのおいしい料理に手をつけていないことに気づいた。そうか、花嫁は食欲がなくなってしまうものなのか。

「豪勢な披露宴だな」左側に座っているドゲール男爵が、もてなし役の心中を読んでいたかのように言った。「おまえはそれほど食べていないようだが」

　びっくりしたロジェは自分の木皿を見た。男爵は観察力が鋭い。

「きょう一日しかここにいられなくて残念だよ」男爵が言った。

「わたしも残念です、男爵」

「レジナルドから聞いたのだが、おまえは彼にしばらく滞在するように勧めたそうだな？」

　ふたりの男は振り向いて、マイナのもう一方の側を見やった。そこにはレジナルド・チルコットがいて、すでに酔いが回ってきたあらゆる徴候を見せている。

「うれしいよ」男爵は静かに言った。「彼はまぬけだが、手本となり、しかるべき助言を与えてくれる人物がそばにいれば向上するかもしれないと期待しているのだ」

「聖ミカエル祭が終わるまで滞在するように勧めたのです」

「それは実にけっこう。で、彼はそのあとフランスに戻る予定なのだな？」

「そうだと思います」

「冬のあいだはイングランドにいるように説得してくれ。今も言ったが、わたしはレジナルドには望みをかけているのだ。兄弟のハーウィンのことはあまり信じておらんが。ハーウィンは極悪非道だという評判が立っているようだ」

ロジェはマイナのいくつもの傷跡を思い出し、そのハーウィンとやらがそうした傷を加えた張本人だろうかと思った。

ヒルダがテーブルにやってきて、木皿や大皿を片づけ始めた。動きはのろのろとし、目を控えめに伏せている。男爵の食べ残しを片づけるのに非常に長い時間をかけた。ヒルダがやっと離れていくと、男爵は物問いたげな目つきでロジェに向き直った。

「あの女の名前は？」

「ヒルダと申します」

「結婚しているのか？」

「いいえ」ロジェはマイナが自分と男爵を見つめているのを痛いほど意識していた。そして、さっきはヒルダのほうを見ていたことも。

「あとで彼女をわたしの部屋によこすように」

ヒルダは男爵の命令を耳にして、呆然《ぼうぜん》と立ちつくした。真っ青な顔で目を見開いている。ロジェも、ヒルダは相手の男にその気があることを知らせたあとは追いかけられるのを楽しむ女だということは知っている。しかし、この無神経な命令は、それとは違っていた。男爵の命令ではヒルダはあばずれの娼婦《しょうふ》か何かのように聞こえ、ロジェは自分が売春宿の主人ででもあるように感じさせられた。それでも、男爵の命令とあらば……。

マイナが灰緑色の瞳を紛れもない怒りで光らせ、ふたりの会話に割って入った。「ドゲール男爵」すぐそばにいる彼らにしか聞こえないように静かに切り出したが、それでいて、憤慨していることをわか

らせるような、きっぱりとした口調だった。「もし男爵がお楽しみをお求めでしたら、売春宿に行かれてはいかがですか？　わが家はそういうところではございませんし、わたしはどんな殿方でも、ここをそのように見なすことを許しません」

　男爵は目を細め、ロジェは息を殺して待った。驚きと怒りのあまり、口がきけなかったのだ。ロジェが男爵を知って以来、男爵にこのような口のきき方をした者は誰ひとりとしていなかった。国王の側近中の側近の貴族たちでさえ、こんな口のきき方はしない。ロジェはマイナにまったく同感だったが、勢力のあるドゲール男爵の命令に対する返答としてふさわしいとは思えなかった。

　幸い、男爵はさして立腹した様子もなく、ゆっくり立ち上がると、マイナの手を取った。「お許しください、奥方。奥方を侮辱する気は毛頭なかったのです」そしてことさらゆっくりとマイナの手に口づけをした。ふいにロジェは、男爵がマイナを求めていることを確信した。

　とんでもない。このわたしでさえまだマイナにほとんど手も触れていないのに。だいいち、彼女はわたしの妻だ！　しかし、男爵のあの目つきときたら――ロジェは以前にもああいった目を見たことがあるし、それがどんな意味かも承知している。ドゲール男爵はヒルダよりもマイナのほうに欲望を抱いているのだ！

　男爵を崇拝し、国王に払うような敬意を払ってきたというのに、そのあげくが妻を好色で卑劣な悪党さながらの目つきで眺め回されるとは……。

　男爵の目にあったさもしい表情があっという間に消えたので、ロジェは自分の思いすごしだったのだろうかと思った。

　男爵がロジェをちらりと見た。ロジェはいくらかほっとしたが、あくまで平静な表情を保とうと努め

た。「これで失礼するよ、ロジェ」男爵は非常に抜け目のない顔で言った。「あした、もっと北の領地へ行かねばならない。長旅になるので、もうやすむとしよう」彼の視線はマイナに移った。「もちろんひとりでな」

ロジェはささやかな反抗の意を示そうと、男爵がマイナにお辞儀をするとき、わざとゆっくりと腰を上げた。すると、ロジェがさらに驚いたことに、男爵はマイナにまるで兄のような愛情のこもった笑顔を見せた。では、男爵の目にあったのは欲望などではなく、信じられないことだが、単に彼女に感服したということなのだろう。

「おまえは幸運な男だ。わたしはおまえがうらやましいぞ、ロジェ」男爵は言った。

「ありがとうございます、ドゲール男爵」花婿はさっき男爵に反論しなくてよかったと思いながら答えた。

皆が立ち上がってお辞儀するなか、男爵は悠然と大広間から出ていった。ロジェはどっかと腰を下ろして、まだ立っているマイナに顔を向けた。彼女のレディらしからぬ鉄面皮ぶりに苦言を呈するつもりだったが、なんと言ったらいいのかわからなかった。今夜はよそう。たぶん、あしたならうまくいくだろう。

「わたしもやすみます、旦那《だんな》様」マイナがそっけなく言った。

ロジェは大広間にとどまって、ダドリーが段取りし、レジナルドが費用を持ったさまざまな余興を楽しむつもりだった。しかしロジェは、くだらない非現実的な愛の物語ばかり歌う吟遊詩人もダンスも好きではなかった。それに、初夜の床が待っている。そこでロジェは、マイナが寝室に引き上げる前にすばやく立ち上がった。「おやすみ、諸君」彼は大声で言った。「ここにいて、音楽を楽しんでくれ。妻

とわたしはベッドへ行く」

　大広間の何人かが訳知り顔の目配せを交わした。数名の兵士は杯を上げて、無言の敬礼をした。貴族の婦人たちのなかにはそっとため息をもらす者がいたが、それは若い女ばかりではなかった。

　ふくれ上がる期待と興奮と、新妻の無礼な言動をせめて今夜は喜んで許してやろうという思いで胸をいっぱいにしながら、ロジェはマイナをさっと両腕に抱え上げ、大広間から出ていった。


　結婚披露宴がどんな締めくくりになるか、マイナがどう予想していたにせよ、サー・ロジェ・ド・モンモランシーの腕に抱え上げられて、まるで荷物のように運ばれるというのは思ってもいなかった。それに、一部の招待客から市場で騒ぐ野卑な農民たちがやるようにはやし立てられるとも思っていなかった。

　しかし、客人たちは農民ではないし、マイナも農民の娘ではない。マイナは大広間に集まっている大方の人間より由緒ある家柄の貴婦人だ。

　サー・ロジェが一度に二段ずつ階段を上っていく。マイナは落ちるのが怖くて、しっかりしがみついていたが、そのうち、自分は彼には一枚の服程度の重さにしか感じられていないとわかった。この人はとても力が強いにちがいない。体に回されたたくましい腕をいやというほど意識しながら、マイナは必死になって呼吸を整えようとした。だから、やっと大広間に隣接する塔の最上階にある寝室に着いたときは、ほっとした。サー・ロジェは扉を蹴《け》り開けると、マイナを床に下ろした。ゆっくりと。浅黒い端整な顔に意味ありげな、にやにや笑いを浮かべて。

　まったく道理に合わないことに、マイナはまだ普通の息づかいをすることができなかった。

「怖がらなくていい」ロジェは静かに言って、微笑

を浮かべた。相手を見下した、いかにも訳知り顔の笑みだった。

　マイナは後ずさりして振り向くと、ワイン入れが小さなテーブルにのっているのを見つけた。今度はマイナがほくそ笑む番だった。マイナは病気の父親を看病していたことに感謝した。倹約をしなければならない生活が習慣になって、錬金術師が父のために用意した睡眠薬の残りをとっておいたのだ。それはほとんど味がなく、上等の強いワインにまぜると、まぜたことがわからなくなる。

「ワインをお飲みになる？」マイナは尋ねながらテーブルに近づいて、杯のひとつに手を伸ばした。

「きみも一緒に一杯やるなら」ロジェが近づいてくる。近寄りすぎだった。すぐそばに彼がいるせいで、ワインをふたつの杯に注《つ》ぐとき、手が震えたが、マイナはびくびくしながらもにこやかに、ひとつをロジェに差し出した。

　ロジェの手が彼女の手をさっとかすめて杯を受け取った。すばやくマイナは後ずさった。ロジェがもうひとつの杯を取り上げて、マイナに渡した。「どうぞ、奥方。きみにはこれが必要なようだ」

　マイナはワインをすするふりをして、ぐいと飲み干すロジェを注意深く見守った。

「実にうまいワインだ」ロジェは言った。

「レジナルドからの贈り物なの」

　ロジェは杯を下に置いた。「こっちにおいで」

　薬はいつ効いてくるのだろう？　マイナは焦りながら思った。お父様の場合はたちまち効いたが、お父様は年老いていたし、痩《や》せて、病気だった。たぶん、薬の量が少なすぎたのだろう。

　ロジェが手を伸ばしてマイナの杯をつかみ、自分の脇《わき》に置いた。「わたしはこっちにおいでと言ったのだ」ロジェがマイナの手をつかんでぐいと引き寄せたので、マイナは彼のたくましい胸に押しつけら

れた。

マイナはロジェの顔を見ることができなかった。どうしたらいいかもわからなかった。マイナには男性に接した経験がほとんどなく、彼女とベッドを共にしようとする男はひとりもいなかったのだ。こんなふうに感じるものなの？ 心臓はどきどきし、足からは力が抜け、体がとても熱い。怖いけれど、同時に興奮もするものなの？

ロジェは力強いほっそりした手をマイナの腕に這《は》わせて上へ滑らせた。それから彼女のあごを上向け、有無を言わさず自分の顔と熱っぽい飢えたような目を見せようとした。「怖がらなくていい。やさしくするから」

彼は何人の処女にこう言ったのだろう？ 何人の女を自分のベッドに引き入れたのだろう？

でも、それがどうだというの？

そのとき、ロジェがマイナにキスをした。そっと、やさしく、まるで心からマイナを気遣っているようなキスだった。

マイナはこれまで一度もキスをされたことがなかった。実を言うと、わずか五歳で母を亡くしてからというもの、誰かにやさしく触れられたことがなかった。ロジェにキスをされたとたん、驚き、喜び、高ぶりといったさまざまな感情が一挙にあふれ出た。だが、それもすべて、やがてすさまじい恐怖感に圧倒されていった。

彼はわたしを弱気にしようとしている。

わたしは、相手が誰だろうと、もう二度と弱気になったり、途方に暮れたりはしないと誓っている。

幸いこのとき、ロジェが身を引き、当惑した顔で少し体をもぞもぞさせ、額に手を当てた。それから、まるで船の甲板にでもいるかのようによろよろとベッドに歩いていき、端に腰かけた。「どうも……気分が……」

「気持ち悪いの？」マイナは尋ねた。

「ブーツを脱ぐのを手伝ってくれ」ロジェがぼそぼそと言った。

マイナはゆっくりとロジェに近づき、身をかがめて片方のブーツをつかんだ。するといきなりロジェに腕をつかまれ、ベッドに引き倒された。彼の体が覆いかぶさり、身動きできない。唇がぎゅっと押しつけられ、両手でドレスの紐《ひも》をまさぐられる。

彼は何をしているの？　どうなっているの？　なぜ彼はこんなに乱暴なの？　わたしのしたことを疑っているのかしら？

ロジェの息はワインのにおいがした。彼はちゃんと杯からワインを飲んだのだ。マイナはどうしていいかわからず、じっと横たわって、されるがままになっているしかなかった。計画は失敗だったと確信し、この試練がすぐに終わってくれることを願った。じたばたするのはよそう。あらがったりもするまい。

熱い涙が目にしみた。ロジェはまだもどかしそうにドレスの紐を引きちぎろうとしている。彼のもう一方の手は、マイナを愛撫しようと乱暴に服の下に差し入れられた。

そのとき、ロジェが低いうめき声をあげて、動かなくなり、マイナの上にのしかかっている体がぐっと重くなった。

しばらくのあいだ、マイナは荒い息をつきながら横たわっていた。恐怖に取って代わって、徐々に安《あん》堵《ど》感が胸に広がっていった。マイナはすやすや眠る夫の体の下から慎重に抜け出し、立ち上がって彼を見下ろした。

偉大なサー・ロジェ・ド・モンモランシーが女に出し抜かれた。マイナは途方もない満足感に浸る一方で、彼のキスで呼び起こされた反応を思い返した。ただ唇を重ねるだけで自分がこんなに感じてしまうとは思ってもいなかった。

ロジェの抱擁を楽しんだのは、たぶんキスされるのが初めてだったからというだけのことよ。キスに続くロジェの不作法な振る舞いから判断するまでもなく、彼がわたしの不安を感じ取っていなかったのは間違いない。きっとこれは、婚礼の夜のいかにも花婿らしい振る舞いなのだろう。

マイナにはなぜ自分があんなふうになったのかわからなかったし、知りたいとも思わなかった。ロジェは男爵に、自分の男としてのすぐれた能力を自慢していた。マイナはその傲慢《ごうまん》な男の誇りを叩《たた》きつぶし、自分のほうが彼より利口だと証明するつもりだった。だが、まだその仕事は終わっていない。

マイナはテーブルに近づき、ワイン入れを手に取って、残りを窓から捨てた。そこにあった杯もふたつとも空にする。そしてベッドに行って、夫が身につけているものを最初は慎重に、しかしそのうちロジェがどんなふうに動かしても目を覚ましそうもないことがわかると、手荒に脱がせ始めた。とうとう彼は裸になった。

多少うしろめたかったが、それ以上に好奇心のほうが強くて、マイナは夫の体をじっと見下ろした。そして、あらためて夫がすこぶる立派な体格をしていることを再認識した。がっしりした肩から細く引き締まったウエストの線。しなやかな長い脚は長年の乗馬と狩りではぐくまれたものにちがいない。体のほかの部分に関しては、マイナは比較するものを知らなかったが、ロジェがそこも充分自慢できると思っていたとしても驚かないだろう。

マイナはベッドの端を回って、上掛けをはがし、清潔な白いシーツをむき出しにした。それから、ロジェの短剣を取って、自分の指をちくりと突き、血を二、三滴搾り出した。鮮血が純白のシーツに滴り落ちた。次に、ロジェを上掛けの下に押しやって、上掛けをかけた。

マイナはベッドの脇に立ったまま、身をくねらせながら引き裂かれたドレスを脱ぎ捨てた。こんなきれいな衣装が台なしにされたのは残念だったが、そうするだけの立派な理由があるのだ。ドレスをくしゃくしゃに丸めて、部屋の反対側へ放《ほう》り投げる。次はもっと残念だったが、絹のチュニックの襟元に手をかけて、それもぐいと引き裂いた。そして杯のそばへ行き、少し残っていたワインに指を浸して、腕の何箇所かをこすり、紫色のあざに見えるように肌にしみをつけた。

　こうして準備が整うと、マイナは椅子に座って、ロジェが目を覚ますのを待った。

　ロジェは小さなうめき声をあげて寝返りを打った。何頭もの大きな軍馬に踏みつけられでもしたように頭がずきずきする。いったいどうしたんだ？　ワインを飲んでも、以前はこんなことにはならなかったのに。

　ロジェは片方の手をベッドの上に滑らせた。マイナは……わたしの妻はどこだ？　ゆうべ彼女にキスをしたときの心地よい記憶がぼんやりと残っていた。そうとも、彼女の不安を静めるためのやさしい、繊細なキスだった。本気でやさしくするつもりだった。マイナはこれまで示してきたように、どうせ冷淡で感情のこもらない、まるでただ義務を果たしているだけだといった態度を示すだろうとばかり思っていた。

　ところがそうではなかった。驚いたことに、マイナはためらいがちで、無防備だった。あれは間違いなく処女の反応だが、激しい情熱の片鱗《へんりん》がうかがえた。そして自分にも純粋な欲望が激しい感情のうねりとなって襲ってきた。ロジェはそれにも衝撃を受けた。仰天するあまりめまいがして、腰を下ろさなければならなかった。

ベッドに腰かけ、再びマイナを見やると、その目には予期していたような処女の無邪気さはなかった。それどころか、計算ずくの期待がちらちらしていた。その抜け目なさを見て、最初のキスで見せた情熱はまやかしだったとロジェは確信した。

すると、ドゲール男爵に対する彼女の口のきき方が思い出された。マイナはここを思いのままに取り仕切るつもりなのか？　手始めに寝室から支配するつもりなのか？　ロジェはすぐに、そんなことは断じて許さないぞと思った。

そこで彼女をそばに呼び寄せ、また激しいキスをした。それから……それから……それからあとの記憶は全然ない。

ロジェはゆっくりと注意深く目を開けた。真っ先に目に飛び込んできたのは、マイナの婚礼衣装だった。ベッドの反対側にだらしなく山になっており、そばには明らかに引き裂かれたシュミーズもあった。

次に、椅子に座っているマイナが目に入った。髪が顔にかぶさり、頭を片手に預けて眠っていたかのような姿勢でいる。素足は、冷たい床のせいで爪が青くなっている。着ているのは今まで見たことのない、ぴったりした長袖《ながそで》の、飾り気のない地味なブルーのドレスだった。

「マイナ？」ロジェはかすれ声で呼びかけ、上半身を起こした。掛け布団の下は素っ裸だった。

マイナはゆっくりとロジェのほうに顔を向けた。青みがかった灰色の瞳は物問いたげで、ふっくらした唇はへの字にゆがんでいた。ああ、わたしは頭がおかしかったのだ。わたしのキスに対する反応を、娘らしいが、それでいて情熱的だと思い込むとは。

「何かしら？」マイナが挑戦的に尋ねた。

「今何時だ？」

「夜明けよ」

「どうしてベッドに入っていない？」

「あなたがいるから」

その声には嫌悪は感じられなかった。それどころか、感情というものがまったく欠けていた。そのせいでさらに悪かった。簡潔で、思いもかけない返事は、喜んで彼とベッドを共にしたり、ほかのことを一緒にやったりするのは愚か者しかいない、と言わんばかりに聞こえた。

「これはわたしのベッドだが、今はきみのベッドでもある」ロジェは腹をたてていると思われないように答えた。

「あなたはわたしを傷つけたわ」マイナはぴしゃりと言った。

たぶん彼女は処女を失った娘の常で、動揺しているだけだろう。「それほど痛くなかっただろう？」ロジェは思いやりをこめて尋ねた。たとえへべれけに酔っぱらっていたとしても、自分の愛撫の技をもってすれば、彼女の初夜に無上の喜びを与えたはずだと確信していた。

「どのことを言っているの？」マイナがいやみたっぷりにきいた。

ロジェは少ししゃんと座り直した。「わたしが言っているのは……きみが処女を失ったことだ」こんな話をしなければならないことに、彼は今までにない居心地の悪さを感じていた。

「わたしが言っているのは、そのことじゃないわ」マイナがドレスの袖をたくし上げた。ロジェの目に紫色のあざが飛び込んだ。

「まさか！」ロジェは心底ぞっとした。「女を傷つけたことなど一度もないのに！」

「わたしがあなたの正式な妻だとわかっているので、また違ってくるのでしょう」マイナは袖を引き下ろした。「ミサに行って、あなたのためにお祈りします」

ロジェはベッドから出て、シーツに血痕《けっこん》があるこ

とに気づいた。では、結婚の契りは完全に結ばれたのにちがいない。わたしはどう見ても見下げ果てた振る舞いに及んだようだ。「きみに祈ってもらう必要などない。自分の主君に無礼を働いた妻に対してどんな夫でもするようなことをしたまでだ」ロジェは弁解がましく嘘《うそ》をついた。そして床に散らばっている自分の衣類を見やり、ぴったりしたズボンをさっと拾い上げた。

　マイナはさげすむように唇をゆがめた。「ドゲール男爵はわが家のお客様だから、あなたは自分の家に男爵が敬意を表さなくても気にしないでしょうけど、わたしは違うわ。男爵の傲慢さがわからないほど心酔してはいないのよ」

「わたしが男爵に心酔しているとしても、それは彼が心酔するに値するからだ」

「本当に？　男爵はあなたの召使いを娼婦扱いしたのよ。それも、よりによってあなたの結婚披露宴で。そんな人間が献身するに値するというの？」

「わたしは彼に忠誠を誓った」ロジェはチュニックを頭からかぶって引き下ろした。

「では、宣誓して、判断力までなくしたのね？」

「違う！」ロジェは怒鳴りながらベルトを締めた。

「わたしだって結婚の誓いをしたとき、判断力までは捨てなかったわ。わたしは今はこの城の女主人で、誰からも敬意を払ってもらうつもりよ。あなたからもね、サー・ロジェ・ド・モンモランシー。それを忘れないで。言っておきますけど、またゆうべみたいなことをしたら、きっと後悔するわよ」

　ロジェはブーツをつかむと、それをマイナに向かって振り回した。「この城の主人はわたしだ。それをくれぐれも忘れないほうがいい。何かを後悔する人間がいるとしたら、それはきみとの結婚に同意したわたしだ」ロジェはマイナに近寄り、鼻と鼻が触れ合うくらいそばに立った。「安心しろ。この結婚

の契りはすでに完全に結ばれたのだから、もうきみには指一本触れない――わたしがその気になるまではな。そのときは素直に屈服したほうがいいぞ、レディ・マイナ・ド・モンモランシー。なぜなら、わたしはきみの拒絶を許さないからだ！」

　まだブーツを手に持ったまま、ロジェは部屋から出ていった。

6

　ロジェは塔のいちばん下の階段にどさりと腰を下ろし、ブーツに素足を突っ込んだ。その動作のせいでまた頭ががんがんしたので、不機嫌そうにため息をつき、両のこめかみをもんだ。

「これはどうしたことだ？」近くの長椅子に横たわっていたアルベールが起き上がって、言った。どうやらここで眠っていたらしい。「わたしの目の錯覚か？　それとも、サー・ロジェ・ド・モンモランシーがついに一杯のワインに負けたのかな？」

「レジナルドが持ってきた、あの外国産ワインのせいにちがいない」ロジェはうなるように答えた。

　アルベールがさらに近寄ってきた。「大丈夫です

か？　ブリードンの老犬より具合の悪そうな声ではありませんか。かわいそうに、あの犬はゆうべ死にました。あなたも死にそうな顔をしておいでだ。あなたがそこまで花嫁の虜《とりこ》になるとは思っていませんでしたよ」

「ところで、ブリードンはどこだ？」ロジェは尋ねた。昨夜、大広間で猟犬係を見かけた覚えがない。もっとも、ドゲール男爵以外の客人にはあまり注意を払っていなかったが。老犬が病気だという話は聞いていた。心配していることを伝えたほうがいいだろう。ブリードンはイングランドで最高の猟犬係だ。その理由はひとつに、彼が犬たちをわが子のように溺愛《できあい》しているからだが。

「たぶん犬舎でしょう」

「あいつを放《ほう》っておいたら、一日じゅうあそこでふさぎ込んでいるぞ。ちょっと狩りでもしたほうが、あいつとわたしの両方にいいかもしれない。出かけたところで、なんの害もないし。それに、最近手に入れた白隼《しろはやぶさ》の訓練がどうなっているかも見たい。鷹匠《たかじょう》も呼んで来てくれ」

アルベールはまじまじとロジェを見つめた。「馬で狩りに出かけられるほど体調がいいのですか？　どう見ても病人のような顔をしておいでだが」

「おほめの言葉をありがとう」ロジェは心底気遣わしげなアルベールにいやみたっぷりに答えた。「男爵はどこにおられる？」

「たぶん中庭で馬をお待ちのはずだ。じきに出発されると思いますが」

「けっこう」ロジェは大儀そうに立ち上がった。「ブリードンとエドレッドを捜してくれ。ブリードンには、犬のことは残念だったが狩りに出たいと伝えて、エドレッドのほうは、彼が新しい鷹を試したがっているかどうか、雄鷹が使えるかどうか見てほしい。それから狩りに必要な準備をするように命じ

てくれ」

アルベールはすぐには言いつけに従わなかった。階段のそばでぐずぐずし、必要もないのにチュニックを整えている。

「なんだ？」

「ミサに出席なさらないのですか？」

「ああ。あの息苦しい礼拝堂に入ったら、頭が割れそうになる。今のわたしには外の空気が必要だ」

「レディ・ド・モンモランシーはどうなさるんでしょう？」

レディ・ド・モンモランシーか。ロジェは彼女が何をしようと知ったことではないと言いたかったが、その代わりにこう言った。「彼女はまだベッドにいる。わたしがそばにくっついていなくても、きょう一日することがたくさん見つけられるだろうよ」そして色男の評判をあくまでも保とうと、好色そうに片目をつぶってみせた。「彼女がベッドから出られればの話だが」

アルベールはいくらかほっとした顔になり、くすりと笑い、厨房《ちゅうぼう》の廊下のほうへ向かった。猟犬係と鷹匠を捜しに行くのだろう。ロジェはアルベールを見送ると、こわばった険しい表情で中庭に出た。アルベールの言ったとおり男爵がいて、じれったそうに行ったり来たりしながらときおり空を見上げている。ロジェも目を細めて空を見た。雲が出てきたのか、それとも晴れてきたのか、彼にはわからなかった。

ロジェは男爵に視線を戻し、マイナ・チルコットが――いや、マイナ・ド・モンモランシーがどう思おうと、主君にわたしが感嘆の念を抱いているのにはそれなりの根拠がある、と自分に言い聞かせた。主君に忠誠を尽くし、その命に従うのは、わたしの義務だ。男爵の知遇を得るのはわたしの名誉となるし、もし男爵がヒルダと寝たければ、それもまたわ

たしの名誉となるのだ。

　もちろんマイナの言うとおり、モンモランシー城は売春宿ではないし、そんなふうに見なされては困るが、彼女は男爵をとがめる立場にない。

　それはわたしの役目だ。本来ならわたしがそうするべきだったのだ。

「ロジェ！　出発前におまえに会えてうれしいぞ」男爵が大声で言った。

　ロジェは男爵のもとへ急いだ。「せっかくおいでくださったのに、こんなに早く出発されなければならないのは残念です。ロンドンでのお仕事が終わりましたら、またお越しいただきたいものです」

「たぶんな。おまえの奥方がまたここへ足を踏み入れることを許してくれればだが」

「大歓迎いたしますでしょう」

「あの件にあまり腹をたてるなよ、ロジェ」男爵は寛容に言って、ロジェを馬に乗っている家臣たちから引き離した。「奥方の言ったことはまったく正しい。わたしはあの召使いに惑わされたのだと言いたいところだが、実際のところは、われを忘れ、礼儀を忘れてしまったのだ」男爵は洞察力の鋭い目でロジェを観察した。「奥方は特別な女性だと思うぞ、ロジェ。もっとも、おまえはとっくにそれに気づいているだろうが。本当におまえがうらやましいぞ」

　男爵は再びロジェに視線を走らせ、ロジェは顔をしかめないように努めた。

　わたしは市場に並べられた商品ではない！

「おまえはもっと休息を取るように気を配るべきだな、ロジェ。わたしはおまえを頼りにしているのだ。くれぐれも病で倒れたりすることのないように」

　男爵はわたしが貴族の男ではなく、子供ででもあるかのように話している。ロジェは憤然としてそう思った。

「これであとは、レジナルドにいい奥方を見つけら

れさえすればな。だが、これは生易しいことではない。彼はおまえとは似ても似つかんからな」

つまり、わたしはより簡単に相手を見つけられる掘り出し物ということか？　男爵ともあろう者がいったい何をしているのだ？　噂《うわさ》好きの老女のように貴族同士の仲人まがいのことをして日々を送っているとは。馬上試合で数えきれないほど勝利をおさめた騎士はどこへ行ってしまったのだ？

　馬屋で働く亜麻色の髪の少年が、男爵の見事な馬を引いて現れた。銀を使った、赤色のすばらしい旅の装具をつけている。「ああ、やっと支度できたか」男爵はすぐさまひらりと鞍《くら》にまたがった。「ありがとう、ネスリン。さらばだ、ロジェ。かわいい花嫁によろしく伝えてくれ」男爵は馬上から体をかがめて、そっと言った。「チルコットの妹があんな美人だと知っていたら、わたし自身がまた結婚する気になっていたところだ」

　ロジェが返事をする間もなく、ドゲール男爵は家臣に出発の合図をして、城門から出ていった。ロジェはほっとした。あとで後悔するようなことを言ってしまわないかと心配だったのだ。しかし、遠ざかる男爵を見つめながら、ロジェは渋面を隠そうともしなかった。マイナが、あの主君はわたしが無条件に献身し尊敬するに値しない、と言ったが、それは正しいのだろうか？

　マイナは素顔の男爵を知らないのだ、とロジェは自分に言い聞かせた。マイナは男爵に仕えたことがない。一緒に馬に乗ったり、狩りをしたり、共に戦ったり、娼婦《しょうふ》と遊んだりしたことがない。男爵は、わたしの知っているなかでも傑出した人物のひとりだ。勇敢で、公正で、敬服し模範とするに値する。

　一瞬、ロジェは男爵を呼び戻して、そんなにマイナが気に入ったのなら連れていってもよいと言いたくなった。彼女の不可解なやり方や、毒舌や、理解

しがたい気分を男爵に経験させてやろう。あのキスにこめられていた感情が本物か、それともまやかしにすぎなかったのか、男爵に判断させよう。

たぶん男爵は、自分がマイナを傷つけようが傷つけまいが、気にしないだろう。男爵は自分の結婚式の夜に忌まわしい獣さながらの振る舞いをしても、不潔だとも汚らわしいとも感じないにちがいない。

ロジェは自分の世界が根底まで揺さぶられるのは我慢がならなかった。早すぎる両親の死と家族離散という辛酸をなめたのち、家の再建に長い時間をかけたあとだけに、それは二度とごめんだった。

「ああ、神よ、助けたまえ。ぼくは死にそうだ！」

さっと振り向き、そのとたんずきずきする頭に激痛が走った。ロジェは顔をしかめてレジナルド・チルコットをにらみつけた。レジナルドが体に何箇所も傷を負ったかのように、大広間からよろよろと出てきた。髪は垂れ下がり、カールもしていない。衣服は乱れ、タイツは膝でたるんでいる。

「どうなさった？」ロジェはそっけなく尋ねた。

「頭が痛いんだ。口も……干上がった井戸のようにからからで、胃袋は……」レジナルドは胃袋の調子を最後まで言う必要はなかった。あっという間に、鮮やかな色の革のブーツの上に吐いてしまったのだ。

「ダドリー！」ロジェは大声で呼んだ。

結婚披露宴が無事に終わり、男爵も帰ったので、家令は満面に笑みをたたえて厨房から飛んできた。

「ご用でしょうか？」ダドリーの笑顔はレジナルドを見た瞬間に消えた。

「チルコット卿《きょう》をなかへお連れして、お世話するように」

「かしこまりました」ダドリーは青ざめて、つぶやくように言った。「すぐに召使いを連れてまいります」

そのときマイナが戸口に現れて中庭を見渡し、夫

とダドリーを無視してレジナルドのそばへ駆け寄った。「なかに入って、レジナルド」マイナは優しく言った。

ロジェに対しては、マイナは春の雪解け水が流れているときの小川のように冷たい。彼女がこんな心配そうな口がきけるとは、ロジェは思ってもいなかった。心地よいとは程遠い目覚め方をした夫にはやさしい言葉のひとつもかけてくれなかったのに。ゆうべ彼女にもっと親切にしていたら――ああ、彼女にどんなことをしたか思い出せさえしたら！――彼女もあんなやさしい甘美な口調でわたしにも話しかけてくれただろうに。

いや、マイナはわたしの妻だ。結婚の契りは結ばれたのだ。彼女の穏やかな言葉や思いやりや……哀れみなど必要ない。そうとも、マイナがレジナルドに示しているのは哀れみだ。だから、わたしにはそんなものも彼女も必要ない。彼女にこの体に腕を回してほしくもない。

ロジェは平然とした足取りで馬屋に向かって歩きだした。かっとしていたので、さほど頭痛がしなくなっていることにも気づかなかった。「アルベールがブリードンを見つけ次第、狩りに出かける」ロジェはダドリーに話しかけるふりをして言った。

マイナは夫を無視して、大広間に引き返すレジナルドの手助けをした。

レジナルドはマイナに助けられて、哀れっぽいうめき声をあげながら大広間に戻った。それは、今朝ほどロジェがあげたうめき声よりはるかに情けない声だったが、ロジェのほうがもっと顔色が悪く、青ざめてさえいた。それでもマイナは、レジナルドを心からかわいそうに思った。異母兄が酒に弱いことは、彼の帰国後すぐにわかった。長いあいだフランスにいたのを考えればおかしいが、そもそも彼が自

分自身のいくつもの弱点にまったく気づいていないことを知り、そのときからそれも変だとは思わなくなった。

マイナはレジナルドを手近の長椅子に座らせた。ヒルダが箒《ほうき》を持って厨房の廊下から出てきた。ミサの前にゆうべの大宴会の残りと藺草《いぐさ》を片づけるつもりなのだろう。ヒルダは箒を手放してマイナのところに飛んできた。

マイナはヒルダとふたりで力を合わせてぐったりしているレジナルドを横たえた。

「頼むよ、ぼくを安らかに死なせてくれ」レジナルドがうめいた。「ダミアン神父を呼んでほしい。もうあまり時間がなさそうだ」

マイナはついにっこりしてしまったが、顔をそむけて微笑を隠した。レジナルドは飲みすぎるといつも自分は死にかかっていると思い込む。彼がまたうめき声をあげたが、うまい具合にヒルダが桶《おけ》を用意していた。

「お兄様のことはお任せください。わたしがお世話します」ヒルダが静かに言った。

マイナはうなずいた。病人の世話をさんざんしてきたので、異母兄の具合がそれほど悪いわけではないのはわかっているし、同様に、ロジェの具合もそれほど悪くないのもわかっていた。睡眠薬入りワインの効き目はじきに消えるだろう。

ため息を押し殺して、レジナルドをヒルダの手慣れた看病に任せようと立ち上がったとき、ヒルダが腕に手をかけて押しとどめた。「奥方様！」

「えっ？　なあに？」

「ありがとうございました。ゆうべのことです。男爵のこと。わたしは……奥方様が助けてくださらなかったら何をしていたか、わかりません」

マイナはうしろめたさで顔を赤らめまいとした。実を言うと、ヒルダのことを考えてやったわけでは

なかったのだ。男爵とロジェに、今はもう自分はこの城の女主人なのだから、それなりの敬意を払ってほしいと思っていることを示そうとしただけだ。

「それから、ひとつ申し上げておきたいことがあるんです、奥方様……」レジナルドがまた桶を使っているあいだ、会話は中断した。「わたしはもうもめ事を起こすつもりはありません。もちろんもめ事を起こせると思っているわけではありませんが。つまり、その、あの方はもうあなたの夫ですから、わたしは近寄らないつもりです。奥方様はわたしをお城から追い出したりなさいませんよね？」

「あなたがその理由を作らないかぎりはね」

「ありがとうございます。そんなことは決していたしません。約束します」ヒルダはまだ心配そうな顔だったが、目つきは決然としていた。「サー・ロジェはラッドをこのまま荘園《しょうえん》の管理人にしておいてくださるといいのですが」

「ラッドって誰のこと？」

「兄です」

すると、肉体の奉仕は報われたわけだ、とマイナは思った。「お兄さんは優秀な管理人なの？」

ヒルダはにっこりした。「はい、奥方様。わたしの口から言うのもなんですが、本当に優秀です。みんなを取り仕切っていますけど、親切だから、誰も怒りません。みんなを幸せにする才能があるんです」

ヒルダには男性を幸せにする才能があるとマイナは確信していたが、口には出さなかった。「ラッドが立派な管理人なら、サー・ロジェとしては別の人を雇おうとはなさらないでしょう」

「わたしは兄が優秀な管理人だと思いますし、ほとんど全員がそう思っています」

「だったら、あなたは何も心配することはないわ」

ヒルダは大きく顔をほころばせたが、そのときレ

ジナルドが腹に悪魔でも巣くっているかのようなうめき声をあげたので、顔をしかめた。「奥方様、もうお行きください。お兄様のお世話はわたしがちゃんといたします。歩けるようになったらすぐにベッドにお連れしますから」

　マイナはうなずいて、外に出た。ひとつがいのブラッドハウンドとそれより小型の雌の猟犬たちが革《かわ》紐《ひも》をぐいぐい引っ張っていたが、マイナはそれを束ねている男に見覚えがなかった。しゃがみ込んでしくしく泣いているその男は、猟犬たちがまるで自分の指揮下にある兵士か何かのように話しかけていた。犬たちが静かになるまで、ある犬には猫なで声でおだて、ほかの犬は叱《しか》りつけた。そのとき、マイナは馬屋で従者と馬屋番の少年たちが馬に鞍をつけていることに気づいた。婚礼の客たちは狩りの武器を携えて待っている。マイナはあきらめと落胆の両方が入りまじったため息を押し殺した。こうなると、午前中はだいたい、城に残る客人の奥方たちと縫い物をしたりつまらないおしゃべりをしたりして過ごさなければならない。

　マイナはそんな日が来るのを恐れていた。貴婦人たちとはほとんど共通点がないからだ。マイナの人生は非常に過酷だった。毎日の生活は使用人のそれとあまり違わなかったので、目下滞在している貴婦人たちよりもヒルダのほうと話が合うのではないかと思っていた。幸い、貴婦人たちの大半はきょう遅くか、あした早くに帰っていく。だから、長いこと我慢しなくてもいいはずだ。

「奥方様！」マイナの背後から親しげな声が言った。「エドレッドを紹介いたします。ご主人の鷹匠です」

　マイナが振り向くと、サー・アルベールが近くの食料貯蔵庫から出てくるところだった。パンをひとつ手に持っている。その横を、中年の痩《や》せた男が大きな頭巾《ずきん》状の物をかぶった白隼を手首にのせて歩い

ていた。

「エドレッド、それはずいぶん見事な鷹のようね」マイナは言った。

「サー・ロジェのいちばんのお気に入りです、奥方様」エドレッドが緊張した笑顔で答えた。「ご結婚おめでとうございます。どうぞお幸せに」

ロジェと同じく、エドレッドの茶色の髪も長髪で、痩せた肩までかかっている。顔にいくつか傷跡があるせいでまばらにしか生えていないが、髭《ひげ》らしきものを見せびらかしている。それでも、感じのよさそうな人物で、マイナに畏怖《いふ》の念すら抱いているようだ。それは、わたしがサー・ロジェの妻だから？ マイナはおもしろくなかったが、それを懸命に抑えつけた。敬意こそわたしが求めていたものじゃなかったかしら？ 一個の人間として尊敬されたいと思うのは、たぶん高望みなのだろう。

「ありがとう」マイナは言うと、アルベールに顔を向けた。目の隅からちらりと見ると、まっすぐ見つめる彼女の視線から解放されたエドレッドがほっとしているのがわかった。「ロジェはミサに出席しないつもりのようね？」

アルベールはうなずいた。エドレッドがそっと離れて馬のほうへ向かった。「出席しないとおっしゃっていました。わたしも昼食までには戻ってこられないと思うので、こうして少し食べ物を自分で持っていくことにしたのです。不作法をお許しください」

マイナはアルベールに心からの温かい笑顔を見せた。彼は敬意をもってわたしに接してくれる。わたしに許しを請い、心からの感謝をこめて礼を言う。マイナは少しアルベールに近寄って言った。「エドレッドは鷹匠としては神経質そうね。鳥たちを動揺させないかしら？」

アルベールはくすくす笑った。「エドレッドが緊

張するのは女性のそばにいるときだけですよ。鷹のそばだと、まさに大力の巨人タイタンさながらです。鷹の爪で顔をずたずたにされるのを見たことがありますが、彼は平然と立っていました」

「アルベール！」ロジェが怒鳴った。打ち解けた雰囲気は、ふたりがロジェと顔を合わせたとたんにぶち壊された。ロジェは馬屋から見事な黒い馬を引いて出てきた。「いったいおまえは何をしているんだ？　馬を引いてこい」

「すぐに」アルベールはそう言うと、一瞬ためらったがマイナに笑顔を返した。「お楽しみのあとで機嫌の悪い花婿はいい徴候だそうですよ」早口でささやく。

　マイナはため息をついた。アルベールがきびきびした足取りで離れていく。ロジェは、気がはやって前脚を上げて飛び跳ねる馬にまたがり、城門に向かった。もうここにいる必要はない。マイナは礼拝堂へ行こうとくるりと背を向けた。

　ダミアン神父がぼそぼそとつぶやくミサを聞くためにゆっくりと礼拝堂へ歩いていきながら、マイナがサー・ロジェ・ド・モンモランシーのことをどう考えていたにせよ、彼がノルマン人貴族の典型であることだけは認めないわけにはいかなかった。サー・ロジェはあきれるほどうぬぼれが強いけれど、端整な容貌《ようぼう》や、筋骨たくましい見事な肉体を考えれば、それも無理はない。容赦がなく非情だが、男爵の顔にあった永遠に消えぬ悲しみの影は、彼にはない。人なつっこい一面も持ち合わせているにちがいない。でなければ、心やさしいサー・アルベールのような人物が一緒にいるだろうか？

　ロジェは自分がわたしを傷つけたと考えて、本当に狼狽《ろうばい》していた。あの目は紛れもなく苦悩で陰っていた。一瞬、マイナは彼に真実を話したくなった。それをためらわせたのは、自衛本能だけだ。マイナ

が嘘《うそ》をついたことを彼が知ったらどう出るか、わからなかったからだ。

彼は肉体的な苦痛のことを言っていた。マイナには処女を失うときに痛みを伴うことはわからなかった。だから、さらなる苦痛が避けられたと思って、うれしかった。男のせいで彼女はもう充分に苦しんできたのだ。

マイナは小さな礼拝堂にひざまずき、まだ処女でほっとしているわ、おまけにサー・ロジェ・ド・モンモランシーを出し抜いて大満足だわ、と自分に言い聞かせた。

7

その日遅く、数人の農民が自分たちの領主が畑の縁を通って馬で城へ帰る姿をこっそりと見ていた。

射抜くような目をした、長身でたくましい、端整な顔の、とても真面目《まじめ》な人物は、農民たちにもっと懸命に働くように説きそうな様子だったので、彼らはさっと下を向き、また仕事に戻った。未婚の娘たちはそっとため息をつき、みだらなことを想像して顔を赤らめた。娘たちも領主とは目を合わせないほうがいいと考えた。サー・ロジェ・ド・モンモランシーに立ち止まって話しかけられ、心のなかを見透かされてしまうかもしれないからだ。それでも、つかの間の見果てぬ夢にふけった娘がひとりならずい

た。

しかし、ロジェは見られていることを気にも留めずに、領地の端を通るいにしえのローマ街道を進んでいた。彼が考えていたのは、鷹匠《たかじょう》のエドレッドが白隼《しろはやぶさ》を見事に訓練したことだった。若い隼は鶴《つる》をあっという間に仕留め、さらにブリードンの猟犬たちが追い立てた兎《うさぎ》を数羽、見事にとらえた。きょうの狩りは上首尾で、獲物がロジェの鞍《くら》だけでなくアルベールや何人かの貴族の鞍からもぶら下がっている。

頭痛もだいぶよくなっていた。たぶん、新鮮な空気を吸い、当惑させられるばかりの新妻から離れたせいだろう。それに、正直に言えば、ドゲール男爵の感情を害する心配がなくなって、ほっとしてもいる。森や畑にいれば、自分の思いどおりに振る舞える。誰にも遠慮しなくていいし、自分の運命を自分で支配できる。

ロジェは領地を見回した。畑は手入れが行き届いている。作物は順調に育っているし、小作人の家や納屋はきちんと修繕の手が入っているようだ。共有地に放牧されている家畜はよく肥えており、羊の群れはかなり大きくなっていた。本街道と川のあいだに広がった小さな村のはずれから、鍛冶《かじ》屋が金槌《かなづち》を打ち鳴らす音が聞こえてきた。

村の共有草地のまわりには職人の家が散らばり、鍛冶屋のすぐ近くには、ときおり酒場女たちが孤独な男に慰めを与えてくれる居酒屋がある。ドゲール男爵はこういった場所をひいきにするべきだとマイナは考えたのだろうが、男爵が農夫の通う居酒屋に行くなどということは想像もつかない。

マイナはモルとその妹の噂《うわさ》を聞いたにちがいないが、ふたりのことを娼婦《しょうふ》だと思っているなら、それはまったく間違いだ。モルとポルは贈り物をもらうことを恥じていないが、必ずしもそれを贈った

男も受け入れるとはかぎらない。わたしもまたあそこへ出向くことにするかもしれない。いや、行かざるをえないかもしれない。

男爵が女の奉仕を金で買わなければならないと考えるのもまた、ばかげている。男爵の寵愛《ちょうあい》を得ようと、貴婦人たちがときにはひそかに、ときには驚くほど大胆に嫉妬《しっと》の火花を散らしたことが何度かあった。ロジェをめぐっても女たちのあいだで数多くの小競り合いが繰り広げられたことは言うまでもない。

それを知ったら、花嫁はどう思うだろう？　たぶんたいして顔色も変えないだろうと考えて、ロジェは顔をしかめた。

「どうだ、城の門まで馬で競走しないか？」ロジェは物思いから覚めて、アルベールにほんの一瞬笑顔を見せて持ちかけた。

アルベールは手綱を引いて馬の歩調をゆるめ、驚いたふりをしてロジェをまじまじと見た。「本気でおっしゃっているわけではないでしょう。わたしの駄馬とあなたの駿馬《しゅんめ》を競走させる？　そんなのは公平とはとても言えませんぞ」

「まるでおまえの馬が老いぼれのような口振りだな」ロジェは文句を言った。頬を吹き過ぎる風を感じ、体の下で盛り上がる馬の筋肉を感じたくてたまらなかったのだ。

「あなたは気分がお悪いんだと思っていましたが」アルベールは言い返した。

「今はもうよくなった」

「ご自分の荘園《しょうえん》の状態がこんなにいいとわかったのも、ひと役買っているのでしょうな」

「ああ、たしかに。さあ、競走しよう。おまえが勝ったら賞品を出すぞ」

「さて……」アルベールはだしぬけに馬を蹴《け》って全速力で走りだし、ロジェと彼の馬をびっくりさせた。

ロジェは叫び声をあげて、馬に拍車を入れた。同行の者たちはたちまちあとに残され、馬のひづめで跳ね上げられた泥をかぶった。

「行け、レイヴン」ロジェは中腰で愛馬の耳にささやいて、せき立てた。思っていたとおり、風を受けて、髪も服も強風にはためく旗のようにたなびいた。鞍に縛りつけた獲物が弾んで激しくぶつかり合ったが、ロジェは気にも留めなかった。落ちたとしてもかまわなかった。だいぶ距離は縮まったが、まだアルベールが先を行っているのだ。そしてレイヴンがアルベールの馬に並ぼうとしたそのとき……。

　そのとき突然、頭を垂れ、口をぱくぱくさせて沈黙の祈りをしているダミアン神父が、森から村のほうへ続く小道から飛び出してきた。老神父はあっと叫んで、飛びすさった。しかしそのときにはもう、ロジェは馬を制して歩調をゆるめ、神父が驚きはしたもののけがひとつしなかったことを確かめていた。そしてまたレイヴンの脇腹《わきばら》に拍車を入れて、アルベールを猛追した。

　鼻の差まで詰めたが、結局、先に城の中庭に入ったのはアルベールだった。

　ロジェは手綱を強く引いて馬を止め、顔をしかめて飛び降りた。「公平ではないぞ！」彼は友人に近づきながら叫んだ。

　アルベールは平然と馬から降りて、鞍にくくりつけた獲物をほどいた。「そもそもあなたの馬からして公平ではありませんからね」彼は穏やかに答えた。「さて、あなたが負けて、わたしはどんな賞品をいただけるのでしょうか？」

「くそ、おまえの耳をそぎ落としてやる！」

　アルベールはにやりとした。「耳はわたしの顔でいちばん魅力的な部分というわけではないから、あなたがどうしてもとおっしゃるなら……」

「地獄に落ちろ！」

「わたしはあなたに忠誠を誓っているのだから、常日ごろから、たとえ地獄へでもあなたについていかなければならないと思っていますよ」

ロジェのしかめっ面がうわべだけのものだということはふたりともわかっている。暗黙のうちにエールでも飲もうということに決まり、ふたりは厨房《ちゅうぼう》に向かった。すると、ダドリーが今にも泣きだすか、憤慨のあまり卒倒するかといった形相で、大広間から飛び出してきた。

「旦那《だんな》様！」家令はロジェが初めて聞くような口調で叫んだ。「すぐにお話ししたいことがございます！」

「いったいどうした？」ロジェはダドリーがささいなことにも大げさに騒ぎ立てるのに慣れていたが、いささか心配になって尋ねた。「厨房が火事にでもなったか？　商人にだまされたのか？」

「旦那様、わたしは……」ダドリーはサー・アルベールを見やり、次に中庭に馬を乗り入れてきたほかの狩人《かりゅうど》たちに目を転じた。「よろしければ、大広間にお越しください。旦那様だけにお話ししたいのです」ダドリーはロジェの腕をつかみ、引きずるようにしてなかに入った。

ダドリーがこうした力ずくの行動に出ることはめったにないので、ロジェは本当に心配になってきた。彼は扉をばたんと閉めると、家令に向き直った。

「いったいどうしたんだ？」

「奥方様のことです！」ダドリーは大声で言うなり、レディ・マイナがそこらの長椅子の陰からひょっこり現れはしないかと不安そうに見回した。「奥方様はなんでもご自分で取り仕切ろうとなさっています。わたしは家令で、ただの執事でも食料貯蔵室の管理人でもないと説明しようとしたのですが、耳を貸してくださいません。大広間はご自分が責任を持って管理するとおっしゃっています。それからもちろん、

寝室や食料やリネンやそのほかのことも」ダドリーの様子は殉教者めいてきた。「どうやらわたしはもう必要なさそうです。それでしたら、喜んでお暇をいただきましょう。ほとんど全半生をここの家令として過ごしてまいりましたが、そんなことはもはや考慮されないのでしょう。わたしは老いぼれの役立たずなのです。だとしたら、後生ですから、今すぐそうおっしゃってください。たとえあなたの奥方様でも、あの方にわたしの仕事をおさせになるのは不必要だし不親切だし不名誉なことです！」

「ダドリー、なんの話をしているのか、さっぱりわからん」ロジェはきっぱりと言った。「わたしは妻にそんな権限は与えていない。妻はわたしの許しも求めずに行動しているのだ。だが、安心しろ、わたしは領地の管理をほかの誰かに――とりわけ女に任せるつもりは毛頭ない。妻におまえの仕事をさせようなどというのはばかげている」ロジェは興奮している家令に請け合った。「よくわかった。すぐに妻に話そう。ところで、妻は……どこにいる？」

「奥方様は厨房で料理人に指図なさっておいでです。料理人は辞めてしまうかもしれません。今までで最高の料理人だったのに。奥方様が料理の材料代についてがみがみ言い出したときの彼の顔ときたら！　彼には同情を禁じ得ませんが、辞められたら大変困ったことになります」

人殺しでもしかねない形相で厨房へ向かうロジェのあとを小走りについていきながら、ダドリーはくどくどと同じような不平をこぼし続けた。いつもは穏和なダドリーも、今度ばかりは、激怒している主人と同じ気持ちだった。

ロジェは厨房の戸口に着くと、目の前の光景にいきなり足を止めた。このお祭り騒ぎはいったいなんだ？

料理人のソーバートは料理のことしか頭にない、いつもむっつりしている男なのだが、マイナがパイか何かの生地を麺棒《めんぼう》で伸ばすのを見ながら、声をあげて笑っていた。そのそばでは、皿洗い女がふたり、顔を粉だらけにして、くすくす笑いを抑えきれないでいる。串焼《くしや》き係の小僧は自分の仕事がほとんどできないほど笑い転げていた。

一方、ロジェの妻でモンモランシー城の新しい女主人は、袖《そで》をまくり上げてテーブルに向かっていた。小麦粉でドレスが汚れないように首にケープのようなものを巻きつけ、肥やし色の不格好な頭巾《ずきん》で赤い髪を覆っている。

もっと驚いたのは、ロジェがつい今朝がた部屋に残して出かけた辛辣《しんらつ》で冷淡な花嫁が、楽しそうに目を輝かせ、ほかの皆と同じように大声で笑っていることだった。

ダドリーが感じていた問題がなんであれ、それはどうやら解決したらしい。「ここはどうなっているのだ？」ロジェは尋ねながら、なかに入っていった。

笑い声はすぐさまやみ、全員が領内でいちばん見事な牛を肉にしてしまったのをとがめられたかのように赤面し、うしろめたそうにロジェを見つめた。

「わたしたちは夕食の用意をしているのよ」マイナが言った。ロジェは彼女が顔を赤らめもしなければうしろめたそうな様子もしていないことに気づいた。

「わたしはソーバートに挽《ひ》き肉のパイの作り方を教えていたの」

ダドリーももう厨房に来ていた。ロジェはダドリーが驚いてはっと息をのむのを聞いたが、そちらには目をやらなかった。

「なるほど」ロジェはさらにテーブルに近づいた。細かく刻んだ肉と果物と香辛料がまざったボウルからおいしそうなにおいが立ち上っている。「レジナルドはきみにこんな料理の腕があることをわたしに

教えてくれるべきだったな」ロジェはマイナに言った。マイナはたとえ偶然でも彼に触れたくないかのようにすばやくそばから離れた。

「兄は知らないはずよ」マイナは言った。

「ソーバート、あとは手伝ってもらわなくても仕上げられるか？」ロジェは必死に感情的な声を出さないように努めた。「妻や家令と話をしなければならんのだ」

「たぶんできると思います。あとはパイ皮だけですから。そうですよね、奥方様？」ソーバートはマイナにうやうやしくきいた。

「そうよ。パイがちゃんとふくらむことを祈りましょう」マイナは言った。どうしたわけか、これを聞くと、ソーバートも皿洗い女も串焼き係もまたげらげら笑いだした。それでも、ロジェの機嫌は直らず、厨房から大広間に向かった。ダドリーとマイナがあとからついてくる。

ロジェは高座に着くやいなや、自分の椅子にどっかと座り、妻をにらみつけた。「あそこで何をしていたんだ？」

「料理人を手伝ったり、料理の作り方を教えたりしていたのよ」マイナは片方の眉をわかるかわからないほどかすかにつり上げて、冷ややかに答えた。

ロジェは初めて、マイナの眉の形がすばらしくきれいなことに気づいた。もっとも、今はそんなところに注目している場合ではないが。「ダドリーから聞いたが、きみは彼の仕事を奪おうとしているそうではないか。それは許さないぞ。彼はわたしの家令で、きみの使用人ではない」

マイナは心から申し訳なさそうな顔で、顔を赤くしてあえいでいるダドリーを振り向いた。「あなたはそんなふうに思っていたの、ダドリー？」マイナは誠実さがあふれる声できいた。「あなたを不安にさせる気はなかったのよ。わたしはただ、領主の妻

として自分の義務を果たしているつもりだったの。本当にあなたやほかのみんなの気分を害するつもりはなかったのよ。旦那様を喜ばせたい一心で、やりすぎてしまったのかもしれないわね。わたしを許してちょうだい」

ロジェは目を細めた。マイナは本当にすまないと思っているのだろうか？　それとも、巧妙に後悔したふりをしているのだろうか？　正直に言って、ロジェにはわからなかった。だが、これほど腹のたつ女はいないということはたしかだ。

マイナはダドリーにほほえんだ。信じられないほど温かくてやさしい微笑で彼女の顔全体が輝き、美しく見えた。

夫の家令にこんなすばらしい笑顔を見せるのに、当の夫にはにこりともしないとは。

ダドリーはまるで美少女と向き合った若者のように顔を赤らめ、もじもじした。「実を申しますと、奥方様、わたしは侮辱されたように思っておりました。わたしは長年このお城で家令を務めてまいりましたし、それに……」ダドリーの声は恥ずかしそうにしだいに小さくなった。

マイナはダドリーのそばへ行き、彼のぽっちゃりした両手を自分の手に取った。「本当にごめんなさい。心からお詫《わ》びします。わたしはあなたの助けを当てにしているの。差し出たことをしたかもしれないけれど、こんな大きなお城を取り仕切ったことはこれまで一度もなかったの。さっきも言ったけれど、わたしは夫を喜ばせたいだけなのよ……」マイナはロジェをちらりと見たが、ロジェはそれをどう受け取っていいのかわからなかった。「たぶんわたしがせっかちすぎたのね。ごめんなさい」

「ああ、奥方様、とんでもございません！」ダドリーは叫んだ。「わたしが早合点したのです。なんなりとお尋ねください、なんなりと」

いったいどうしたことだ。みんな気でも違ったのか？ それとも、この赤毛の魔女がみんなに魔法をかけたのか？ ロジェにはわからなかったが、気にするなと自分に言い聞かせた。「さてと、ささやかな誤解は解けたようだし、何もかもが許し合われて、おまえたちふたりも大変仲良くなったようだな」ロジェは怒鳴るように言った。「わたしは武器庫に行く」

彼は大股に大広間から出ていった。剣を二、三本振り回せば気が晴れるにちがいない。

ロジェはマイナの謝罪は心から出たものではないと考えたが、それは間違っていた。マイナは本心から語り、家令を動揺させてしまったことに深く心を痛めたのだ。この城を切り盛りするにはダドリーの協力が必要になるのはわかっているし、熱心さのあまり、軽率で差し出がましい振る舞いに及んでしまったのだとも思っている。

マイナにはもうひとつ、ダドリーと仲たがいをしたくない理由があった。サー・アルベールを除けば、ロジェをいちばんよく知っているのは、昔からこの一族に仕えてきたダドリーだろう。皆のために、ロジェを喜ばす方法を――せめて彼を適度に機嫌よくさせておく方法をぜひとも知る必要がある。夫の気分を推し量る方法を教わるには、ダドリーがうってつけに思われたのだ。

そこでマイナは、ロジェが出ていったあと、ダドリーのそばへ行き、こう言った。「旦那様をひどく怒らせなかったのならいいけれど」

ダドリーはにやりとし、情け深い親類のようにマイナの腕を軽く叩《たた》いた。「あまり心配なさいますな。旦那様はお疲れのときはとくに怒りっぽくおなりです。わたしはとうの昔に、気にしすぎる必要はないことを学びました。ですが、旦那様のご命令やご要

望を無視していいということではありません。また、ご叱責《しっせき》も軽々しく考えてはならないもののひとつです」

「旦那様はむしゃくしゃするとよく武器庫に行かれるの？」

「そうですね、武器庫においでになるか、馬にお乗りになるか、狩りにお行きになります。とにかく、お出かけになるのです。子供のときから、いつもそんなふうでした。旦那様が何か悪さをしでかしたり、悩まれたり悲しまれたりしているようなときは、お父上が隠れ場所から引きずり出さなければならなかったことが何度もありました」

　マイナはダドリーに身振りで座るように示した。ダドリーはおしゃべりをしたい気分になっているようだし、マイナとしても自分が結婚した男についてもっと知りたかったのだ。「旦那様は手に負えない子供だったのね？　あるいは、手を焼かされる子だったか」

　ダドリーはくすくす笑った。太鼓腹がゆさゆさ揺れた。「手を焼かされる子？　それほどしょっちゅう手を焼かされたことはございませんし、手に負えないといった子供でもありませんでした。しかし、やんちゃでしたね。悪童ではなく、わんぱくだったのです。それに、ご自分の思いどおりにしたがりました。妹君とどれほど口喧嘩《げんか》をなさったことか。ぎゃあぎゃあわめき合って、それはもう大変でございましたよ！　まったく、あのうるさかったことといったら！」

　マイナはその光景をありありと思い浮かべられた。

「ですが、旦那様はマデリン様を愛しておいでです。マデリン様はあのウェールズ人とぐるになって旦那様をだまそうとなさいましたが、それでもおふたりを結婚させました。なるほどあのウェールズ人は平民の出ですが、奥方様がぜひとも会いたいとお思い

になるような、立派な、気高い精神の持ち主でいらっしゃいます」

これはマイナには少し想像しにくかった。あの誇り高くて尊大なサー・ロジェ・ド・モンモランシーがたったひとりの妹を平民と結婚させることに同意した？　この話にはもっと何か事情があるのかもしれない。

マイナは義理の妹となったマデリンに会いたいと思った。ロジェに一杯食わせようとするなんて、マデリンは大した女性にちがいない。わたしなら、妹のようにロジェをよく知っていたとしても、彼をだまそうとするほどの大胆さはなかっただろう。マデリンはよほど勇気があるのか、ロジェのなかにわたしがまだ知らない思いやりがあるのか、そのどちらかだ。

「ですが、旦那様は決してずるい子ではありませんでした。短気は短気ですが、その嵐《あらし》が収まれば、それで終わりです。卑劣なところはみじんもありません。ずるい子はごめんです。旦那様はよくわたしをおからかいになりました。どれほどわたしは頭にきたことか！　マデリン様もでした。ふたりして悔し涙を流したものです」

「旦那様は今、あまり笑わないわね」マイナは悲しそうに言った。

「ええ、そうですね、たしかに。旦那様が笑わなくなったのは、ジェルヴェ伯爵のもとからお帰りになられてからです。きっと大人になられたからでしょう」

「ジェルヴェ伯爵？」

「旦那様の養い親です。ご両親が亡くなられたあと、そこに預けられて、成年に達するまで訓練をお受けになられたのです。マデリン様は修道院にやられました。そこも戒律の厳しいところでしょうが、旦那様がジェルヴェ伯爵の家臣の下で受けた訓練ほどつ

らい体験はなかったはずです。あそこにはある強くて厳しい騎士がいると聞いております。サー・ロジェがお帰りになるまで、わたしが代わってここを管理しておりました」年老いた家令は誇らしげにつけ加えた。

「あなたは自分の仕事をとても立派にこなしたわ」マイナは言った。

しかし、マイナの脳裏にあったのは、ダドリーの立派な家令ぶりではなかった。笑うことを知っていた短気な少年のことを考えていたのだ。その少年に何が起こったのだろう？　どうして笑わなくなったのだろう？　容赦ない、残忍な師匠に訓練されたせいかもしれない。あるいは、最愛の両親の死が奪ってしまったのかもしれない。

マイナにとっては笑いは救いだった。孤独な長い日々を明るくしてくれた唯一のものだった。さまざまなことがあったが、マイナは今でも笑うことができる。

きょうは厨房で、とても楽しいひとときを過ごした。うまくふくらみそうもないパイ生地のことで冗談を飛ばし、それを花嫁が言ったということで皆をあきれさせた。使用人たちは必死になって笑うのをこらえていたが、マイナが片目をつぶったとたん、彼らは早口でしゃべり、くすくす笑い、やがて腹を抱えて笑い転げた。真面目くさった顔でさらにたわいのない冗談を言っていたマイナが、とうとう自分も笑いだしたほんの一瞬あとに、怒り狂ったロジェが入ってきたのだった。

ダドリーはうれしそうな笑顔で立ち上がり、お辞儀をした。「失礼いたします、奥方様。ほかにまだやらなければならない用事がございますので」

「そうね、もちろんよ」マイナは考え事をしながら答えた。つっけんどんで近寄りがたいサー・ロジェ・ド・モンモランシーを笑わせるにはどうしたら

いいのだろう？　それが困難だとしても、やってみる価値はあるだろうか？

8

今度はロジェの機嫌は直らなかった。夕食のあいだもずっと腹をたてたままで、ダドリーやヒルダや使用人たちが皆、マイナを尊敬と称賛のまなざしで見ていることに気づくと、いっそう不機嫌になった。どんなふうにしてマイナが使用人たちの信頼を勝ち取ったのかはわからないが、少しずつ彼らの好意を獲得していったらしい。マイナはロジェにはまだ冷たくてよそよそしいが、ほかの人たちの輪に入ると、よそよそしさは消えてなくなった。

まだ居残っている貴族たちも居心地よさそうで、すっかり満足している。おかげで、ありがたいことに、ロジェが彼らの上機嫌ぶりを自分に対するちょ

っとした侮辱だと思っていることに気づいていない。まるでロジェがここにいようがいまいがどうでもいいといった感じだ。

ロジェは、また子供じみた真似《まね》をしていることを静かにたしなめるアルベールの声が聞こえそうな気がした。しかしアルベールは、午後をどうやって過ごしたか事細かに語るマイナの話に夢中になっていて、ロジェに注意を払っていない。家政に関するささいなことでこんなにおもしろい打ち明け話を聞くのは初めてだといった顔をしている。

やっと料理が片づけられ、ロジェにとってはこれまでで最高においしかった挽《ひ》き肉のパイも下げられると、人々は食後のお楽しみに興ずるために散らばった。男たちの何人かはチェスやさいころ遊びを始め、数組の夫婦は吟遊詩人の音楽に合わせて踊ったり、彼の歌に静かに耳を傾けたりし、残りの女たちは刺《し》繍《しゅう》をしようと部屋に下がった。

ロジェはマイナがどこへ行こうが何をしようがまったく気にしなかった。決意を固めているのはマイナばかりでなく、ロジェのほうもマイナのことなど絶対気にしないと固く決意していたのだ。だからロジェはさっさと大広間を出て、狭間《はざま》胸壁に向かってと階段を上り、城の周囲をめぐる壁上の歩廊に出た。

ロジェは城の下に広がる自分の領地を見渡した。下の大広間から笑いさざめく声と音楽が聞こえてくるが、それはどこか遠い別の世界から聞こえてくるかのようにかすかで、うつろだった。

眼下の小さな村には、いくつかぼんやりした明かりがまたたいている。木造の家屋から煙がゆっくりと渦を巻きながら上っていく。居酒屋の扉が開き、男がひとりふらつきながら出てきた。なかの明かりに照らされているので、酔っぱらっているのがよくわかる。男がふたり、あわててあとから出てきて酔っぱらいに肩を貸し、支えている。女が突然けたた

ましく笑いだしたかと思うと、すぐに陽気で思いやりのある笑い声に変わった。どこか遠くで犬が吠《ほ》えている。雲ひとつない空はみるみる暗くなったが、まだ地平線は紫色と藍《あい》色に輝いている。

ロジェは、マデリンは今ごろどこにいるだろうか、とぼんやりと考えた。たぶんもうウェールズ人の夫とともに新居に到着していて、この同じ空を見上げているかもしれない。兄妹《きょうだい》が離れ離れになっていた長い年月、ときどきロジェは夜更けや夜明けに空を見上げては妹のことを考え、自分のもとから連れていかれた妹と少しでもつながりを持とうとしたものだった。

両親が熱病のために数日のうちに相次いで亡くなったあとのあのつらい日々を、ロジェはきのうのことのように覚えている。彼は妹も一緒に連れていってほしいとジェルヴェ伯爵に懇願したが、それはできない、マデリンは神に身を捧《ささ》げた修道女たちとともに暮らし、彼女たちに面倒をみてもらうのだと言われたのだった。ロジェはそれがいちばんいいのだと信じようとしたが、いざマデリンが城を離れるときになると、皆はあとを追おうとする彼を力ずくで止めなければならなかった。その悲しみを減じるのに、刻苦勉励と強い責任感だけでなく、長い歳月を要した。単なる兄妹愛でもあれほどの悲しみを引き起こすのだとしたら、別の種類の愛などというものにはかかずらわないほうがよさそうだ。

いずれにしろ、愛という感情は吟遊詩人や寂しい貴婦人がでっち上げた夢物語にすぎない。そういう人間の一日にときめきを添えるもの、彼らに自分もまだまだ重要人物だという自信を感じさせるものだ。わたしにはそんな夢物語は必要ない。興奮ならいくらでも味わえる。つき合う女にも不自由したことはない——少なくともある種の女には。

しかしたぶん、わたしはたった一種類の女しか知

らないのかもしれない。ロジェはぽつねんと立ちつくし、自分自身に認めた。彼の異性体験は、肉体の欲求を解放するためだけのつかの間の幕間《まくあい》劇に限られている。だが、男にこれ以上の何が必要だというのだ？

ロジェが結婚に期待していたのは、家政を監督し、彼の子供をもうけ、ついでに彼が求めるときにいつでも遊び相手の女の代わりとなる妻、ただそれだけだった。自分がひとたび〝家庭〟を持ったら生活がどう変わるかなど、これっぽっちも考えたことはなかった。

ああ、まったく、これでは獣も同然の人間に聞こえるではないか！　だがあのときたぶん、わたしは獣じみた行為をしたのだろう。ロジェにはまだ、自分がマイナを殴ったことが信じられなかった。フィッツロイから、生まれつき男よりはるかにか弱い女を傷つけることは不名誉このうえないと教え込まれてきただけに、なおのこと信じられなかった。

何があったか思い出せさえすれば。わたしがマイナを傷つけたのは間違いない。厨房《ちゅうぼう》でマイナは、わたしにちょっとでも触れられるのも耐えられないとでもいうように後ずさったのだから。

ゆうべのことがどうしても思い出せないのがいらだたしくて、ロジェは小石を拾って、狭間胸壁から力いっぱい投げつけた。小石は下の堀に落ちて、ぽちゃんという小さな音が夜のしじまを破った。

歩哨《ほしょう》が警戒の呼び声をあげ、鎖帷子《かたびら》をじゃらじゃら鳴らしながらロジェのほうへ飛んできた。

「警戒の必要はない」ロジェは驚いている歩哨に言った。歩哨は自分が誰何《すいか》した相手が誰だかわかると、棒のようにぴんと身をこわばらせた。「それより、おまえが警戒を怠らなかったことをほめてつかわすぞ」

歩哨はわずかに緊張を解いたが、解きすぎること

はなかった。主人にしかるべき敬意を払っているのだ。

「静かな夜になりそうだな」ロジェは愛想よく言った。

歩哨がうなずいた。「はい、旦那《だんな》様」

「おまえの名前は？」

「エグバートと申します」

堀の向こうのどこかから女のくすくす笑う声が聞こえてきた。その声は紛れもない喜びに満ちた低いうめき声に変わった。ロジェがじっと下を見つめると、ひと組の男女が情熱的に抱き合っていた。彼はエグバートをちらりと見て、あごをしゃくった。

「誰かが浮かれ騒いでいる」

エグバートはまだ背筋をぴんと伸ばしたまま、胸壁に横向きに歩み寄り、斜めに身を乗り出して下をのぞき見た。「あれはリドリーです。来週、結婚するんです」

「そうか、親指が半分しかないリドリーか？」

「はい、そうです」

「不器用にも、パンと自分の指を一緒に切ってしまったんだったな？」

エグバートはさらに少し緊張をほぐし、ほとんど笑顔になった。「はい。あいつはあれ以来、ワインにも指一本触れません」

ロジェもにっこり笑い、家臣や召使いたちから尊敬と好意を寄せられているのはマイナひとりではないと、満足して思った。わたしはそのために努力しなければならないことに慣れていないだけなのだ。しかし、こと妻に関するかぎり、努力するつもりはさらさらなかった。妻から尊敬や好意を得る必要はないと思っているからではない。夫を喜ばせるのは妻の役目で、妻を喜ばせるのは夫の役目ではないのだから。そうはいっても、マイナとキスをしたときのことを思い出すと、和解を試みる価値はあるかも

しれないと考えた。

なんのかのといっても、わたしは獣ではない。貴族なのだ。紳士的に振る舞うように気をつけて、リドリーのようにワインからは遠ざかっていよう。

「警戒を続けてくれ、エグバート」ロジェは陽気に言うと、背を向けて、調子外れの口笛を吹きながら大広間のほうへ向かった。

マイナはどこへ行ったかわからないロジェの帰りを待つのはやめることに決めた。彼は大広間を出ていくとき、誰にもその目的を告げなかったし、どこに行くのか、いつ戻るのか、何ひとつ教えていかなかった。ただ黙って出ていったのだ。彼はマイナがまるで墓所の影像か何かのように彼女の横に腰を下ろしてから食事が終わるまでずっと、険しい顔を崩さなかった。二日酔いが治ったレジナルドやいつも親切なサー・アルベールとおしゃべりできなかったら、たまらなく退屈な食事になっていただろう。

夫がなかなか戻ってこない理由として、村の居酒屋にいる娼婦《しょうふ》たちのことが頭に浮かんだ。レジナルドがふたりの酒場女のことを話すのを聞いたのは、長旅の末、初めてモンモランシー城が見えたときだった。レジナルドは以前、ふたりと楽しいひとときを過ごしたらしい。

サー・ロジェ・ド・モンモランシーのような男を信用すると、レジナルドのように意志薄弱な人間はだめになってしまう!

ロジェがそういういかがわしい店の常連だとしても、そんなことはどうでもいい。わずらわしい妻の務めから解放されて、かえってありがたいくらいだ。婚礼の日にレジナルドに言ったように、結婚した夫婦が子供をもうけるためにどんなことをするかは知っているが、考えるだけで胸がむかつく。そんな深い関係などないほうがずっとうまくやれるはずだ。

そう思ったマイナは、ロジェが夫婦関係を迫ろうと考えながら戻ってくるとしたら、その前に眠っていたほうがいいだろうと判断した。なんといっても、わたしはロジェの妻なのだし、彼が夫の権利を主張するのは当然のことなのだから……。

ふいにマイナは座っている椅子の横に刺繍の木枠を置いて立ち上がると、ヒルダに言った。「針仕事を片づけてちょうだい。わたしはもう寝るわ」

静かにおしゃべりをしたり縫い物をしたりしていたほかの貴婦人たちがマイナを見た。

「では、皆さん、おやすみなさい」マイナは少し無理して愛想よく言うと、皆に背を向け、居心地のいい炉端を離れた。

レジナルドはさいころゲームに巻き込まれていて、マイナがそばに行ったことに気づかなかったので、マイナはわざわざおやすみを言うのはやめにした。サー・アルベールも邪魔したくなかった。吟遊詩人が歌う悲しい歌に聞き入り、その歌詞に心奪われているようだ。ひどく悲しそうな表情をしているから、どんな邪魔も歓迎されないだろう。彼のそばを通り過ぎるとき、ふとマイナは、粗野なロジェがあんな表情で吟遊詩人の歌に耳を傾ける姿は想像できないと思った。もっとも、それを言うならマイナも同じだった。吟遊詩人が歌う現実離れした作り話には我慢ならないのだ。

寝室でひとりになるとすぐ、マイナは頭飾りをとって、凝った首をぐるぐる回した。あしたは刺繍の枠を調節し直さなくては。そう考えながら、自分の小さな衣装箱に近づいてヘアブラシを取り出す。それから幅の狭い窓辺に寄って、暗い夜空を見上げた。すばらしい空だった。星々が天上の蛍さながらにきらめいていた。

マイナはそこで、物思いに沈みながらゆっくりと髪をとかした。頭皮をやさしく刺激していくうちに

緊張がほぐれ、頭飾りで締めつけられていた頭がとても楽になってきた。あしたは、あきれられるだろうけれど、礼儀作法に逆らって髪を覆わないでやってみようか。そのほうが間違いなくより快適なはずだ。

ため息をついて振り向くと……ロジェが戸口に立っていた。閂《かんぬき》に手をかけたまま、暗く熱っぽい目でマイナを見つめている。マイナも長いことロジェを凝視した。初めはびっくりしたが、すぐに驚きと当惑を隠すことにした。ごくんと唾《つば》をのみ込んで、ブラシを握る手が震えていることに気づいた。マイナはすばやくその手を下ろした。

「あなたは女が髪をとかすところを見たことがないの？」ロジェがまだひと言もしゃべらず、顔をそむけようともしないので、マイナは挑むように尋ねた。

「こんなに長いこと見ていたことはない」ロジェはようやく部屋に入って扉を閉めたので、ふたりだけになった。「きみの髪は美しい。色は気にくわないが」

マイナはロジェの中途半端なお世辞に激しい怒りを覚えた。「毎晩ブラシを当てるのよ」努めて平静な口調で言うと、ブラシを衣装箱の上に置き、ロジェに向かい合った。

ロジェがさらに奥に進んできて、まだ射抜くような視線を向けたまま足を止めた。聞こえる音はふたりの息づかいだけ、動いているのはちらちらまたたく蝋燭《ろうそく》の炎だけだ。彼もわたしたちのあいだの緊張を感じているのだろうか――溶けていく蜜蝋《みつろう》のにおいと同じくらい強力な緊張を。

無言で、まだ視線をそらさないまま、ロジェはチュニックを脱ぎ始めた。ふいに勇気がなえたマイナは、さっと壁のほうに顔を向けた。心臓がどきどきし、顔はほてって熱くなり、ほとんど息もできなかった。どうして彼はここへ来たの？　何をしようと

しているの？　臆病《おくびょう》者！　マイナは自分を叱《しか》りつけた。彼に立ち向かうのよ！

　しかし、できなかった。ロジェの手が震えていることにも気づかなかった。

「みんながきみの虜《とりこ》になったようだな」背後でロジェが言った。

　そのなかに彼も入っているということかしら？　そうだとしたらどうしよう？　そうでなかったら？　どっちがより悪いのか、わからない。

「わたしはただ……」声がだんだん小さくなった。自分が何をしようとしているのか、全然わからなくなった。

「貴族の妻のすばらしいお手本になろうとしているのか？」

　ロジェはすぐうしろまで来ていた。マイナは、ゆうべの初めてのキスと唇が重ねられたときのうずくような興奮を思い出し、ほとんど何も考えられなくなった。奇妙なことに、脚から力が抜け、口がからからに乾いた。

　ロジェはマイナの肩に両手を置いて、くるりと振り向かせた。その手は軽くて、やさしかった。マイナはそんなやさしさに慣れていなかったので、ロジェに肩をつかまれ、顔をじっと見つめられると、当惑し、自分が無力になったように感じた。

　自分の傷つきやすさと不安をもうこれ以上隠せそうにない。それをロジェに気づかれるかもしれないと考えるだけでも耐えられなかった。だからマイナは、彼の広い胸だけにじっと視線を注いだ。その胸は、彼女の胸と同じくらい激しく波打っていた。紐《ひも》をほどいたチュニックから厚い胸板を覆う黒い胸毛が見えた。その肉体の下に力と男らしさが潜んでいるのが感じられた。

　彼よりも弱いことがそんなに悪いことなのだろう

か？　女の体と女の欲望を持ちながら、わたしはいつまで彼に抵抗し続けられるだろう？

「きみは実によくやっているよ、マイナ」ロジェが静かに言った。その低く張りのある声はまるで愛撫《あいぶ》のようだ。「わたしを喜ばせたいのなら、きみはあとはただわたしに言われたとおりにすればいいだけだ」

　マイナは身をこわばらせた。その瞬間、新たな決意と新たな力が全身にみなぎった。「わたしは考えもすれば、感じもする女よ。あなたに命令を下される獣ではないわ」マイナは一語一語に非難をこめて言った。「あなたに訓練される犬でもないのよ！」目をぎらぎらさせ、憤慨して、ロジェから身をよじって離れる。「あなたに認めてもらう必要はないのよ、サー・ロジェ・ド・モンモランシー。わたしは自分が実によくやっていることを承知しているの。実によく父の世話をしたようにね。あれはとてもためになったわ！」

「そんな口のきき方をしなくてもいい。わたしは本気できみをほめたんだ」ロジェは呆気《あっけ》にとられ、信じられないような顔をした。落胆の色すら浮かべたが、マイナは気にしなかった。

「わたしはばかじゃないわ。あなたがどんなつもりで言ったかぐらい、わかっているわ。あなたは服従を望んでいるんでしょう。頭の鈍い、考えることをしない生き物を望んでいるのよ。あなたの家庭を切り盛りし、当然ながら家令や召使いを動揺させない妻をね。あなたのベッドに横たわり、おとなしくあなたに抱かれてあなたの子供を産む妻を。せいぜい繁殖用の雌馬程度の知能しか持ち合わせていない愚か者を。大変けっこうじゃないの」

　マイナは怒りにまかせてすばやくドレスの紐をほどいて脱いだ。それを衣装箱の上に放《ほう》り投げ、さっとシュミーズをむしり取る。裸になっても、腹だち

のあまり恥ずかしさも感じず、ベッドに横たわると、ロジェをにらみつけた。

「さあ、横になったわ、サー・ロジェ。あなたの好きにしてちょうだい。従順な妻と結婚したと考えることであなたが喜ぶなら、そう考えるといいわ。わたしとしては自分の務めを果たすだけで、あなたがわたしから喜びをむさぼるあいだ、家政のことでも考えることにするわ」

　ロジェは顔を曇らせ、しかめっ面になってマイナのほうに近寄った。そして視線を彼女の顔に据えたまま、今にも飛びかかろうとしている猫のような動きでベッドの端を回った。「きみは誰に向かって話している気なんだ？　レジナルドか？　それともどこかほかのばか者か？　このわたしに——きみの主人であり夫でもあるサー・ロジェ・ド・モンモランシーにそんな口のきき方をしてはならない」ロジェはベッドに腰かけると、じりじりとマイナに近づいた。「それとも、わたしはだまされたのかもしれないな。きみは本当はレディ・マイナ・ド・モンモランシーではなくて、わたしを愚弄《ぐろう》するためにここに連れてこられたどこかの口やかましい酒場女かもしれない」

　マイナは起き上がって、ロジェから少し離れた。彼が目をそらさないので、自分が裸だということを意識しないではいられなかった。

「ゆうべ、こんなことが起こったのか、マイナ？　きみがわたしを怒らせたのか？　わたしを手に負えない子供扱いして、わたしがきみをぶったのか？」ロジェはほほえんだが、それはマイナを骨の髄までぞっとさせる、残忍で好色な笑みだった。「きみはちょっと痛めつけられて喜びを得るのが好きなのか？」

　マイナはロジェの汚らわしいほのめかしに仰天した。ロジェの目に宿る冷たい怒りも怖くなって、彼

の顔をひっぱたこうと手を上げた。しかしすぐにその手をつかまれ、鷹《たか》の爪のような指でぎりぎりと締め上げられた。

「放して！」マイナは悲鳴をあげ、ロジェから離れようと腕をよじった。そして体が自由になると、急いで離れた。

　ロジェはすぐさまベッドから下りた。平然とした顔をしていたが、目は情け容赦もなかった。「きみを殴ったりはしないよ、マイナ。ゆうべ殴ったとしても、そのことは謝罪したし、二度とそんなことはしないと約束しただろう」ロジェは扉へ向かい、敷居のところで立ち止まった。「わたしがいるときみを苦しめるようだから、しばらく城を空けることにする。北部にここより小さな領地があって、どっちみち行かなければならないんだ。あそこなら、訪問先としてもってこいの場所だろう」ロジェは無礼な視線をもう一度マイナの上に走らせた。「やはりドゲール男爵にきみを譲ったほうがよかったようだ。しかし残念ながら、この結婚を無効にすることはもうできない。ふたりでなんとかうまくやっていくしかないだろう。さらばだ、マイナ」ロジェはすばやく部屋をあとにした。

　ロジェが出ていったことがはっきりすると、マイナは震えながら大きく息を吸い込み、心地よく暖まっている布団の下にもぐり込んだ。蝋燭を吹き消すのもおっくうだった。抑えていた感情と恐怖の余波でまだ震えながら、マイナは天上の梁《はり》をじっと見上げた。

　ああ、神様、わたしはいったい何をしているのでしょう？　夫が出ていったことを喜ぶべきなのだ。ロジェはひどく残酷で、厳しくて、我慢ならない人物だ。喜びを得るために痛めつけられたいのだろうなどというほのめかしには虫酸《むしず》が走る。異常だ。絶対に許せない。

だけど、彼は最初やさしかった。口調は怒っていたが、謝ってもくれた。ロジェのような男が遺憾の意を表するときはどんなときなのだろう？　男に対してだって、たぶんめったにないだろう。女には絶対にあるまい。でも、彼はわたしに謝罪した。

ロジェが最後に言っていたドゲール男爵のことはどういう意味だろう？　男爵のような人がわたしを欲しがるなどということはまずあり得ない。だけど、ロジェはそう思っている。しかもあの様子は……。ロジェが焼きもちを焼いたりするだろうか？

もしそうだとしたら、彼の嫉妬《しっと》と、しぶしぶながらも謝罪したのは、わたしに多少なりとも敬意を払っているという印で、わたしが生まれてこの方受けてきたなかで最大の賛辞ということになる。

それから彼は、この結婚を無効にすることはもうできないとも言った。彼は本心からそれを望んでいるのだろうか？　たぶんそうだ。

わたしもそれを望んでいるのだろうか？　マイナは無理やり自分の心の奥を確かめたが、その答えはあまり心休まるものではなかった。誰かから、夫としてどんな男性を望んでいるかと質問されたら、マイナの答えはサー・ロジェ・ド・モンモランシーに非常に似通った人物像になっただろう。

そう、わたしはロジェを求めている。彼に尊敬されたい、対等な存在として扱ってほしい、そして愛というものが本当にこの世に存在するのなら、わたしを愛してほしい……。でも、これはわたしの一方的な願いだ。

夜が物憂く更けていくにつれ、マイナは自分が人より賢い人間だと証明しようとして、かえって人生で最大の誤りを犯してしまったのではないだろうかと思い始めた。

中庭に出ると、ロジェは大広間の下の陰になった

場所で冷たい石の壁に寄りかかり、嫌悪感にさいなまれていた。自分は信じていたほど立派な貴族ではないと思うようになっていた。ロジェは長いあいだ、孤高の自分を誇りにし、練りに練った攻撃を仕掛ける前に理性的に考えられる自分を自慢にしてきた。分別ある愛人としての自分を、ほかの男が馬上槍《やり》試合の練習をするように女性を愛する技を磨いてきた自分を自慢してもいた。マイナはそのことでも、彼の自信を木っ端みじんに打ち砕いた。

ロジェは手のひらにもう一方の拳《こぶし》をぐりぐり押しつけた。この世に星の数ほど女がいるなかで、よりによってなぜマイナから自分の野蛮さを示されなければならないのだ？

ひんやりとした暗闇《くらやみ》のなかで、ロジェは自分がこれまでどの女を求めたよりもマイナを求めていることに気づいた。燃え立つような赤い髪をくしけずり、ブラシが彼女を愛撫し、ゆっくりと背中を上下しているという単純で親密な行為を見ていただけで、思いがけず興奮させられた。マイナがこのまま振り向かず、自分が見ていることに気づかないでくれたらと願ったほどだ。

しかし、マイナは振り向いた。こちらから近寄り、肩に手をかけてこちらの顔を見させようとしたとき、マイナの顔に魅力的な無防備さを垣間見たような気がした。ふだんの彼女は自信たっぷりだから、いっそう胸がときめいた。どのようなかたちにしろ、自分が彼女にそんな影響を与えたと思うと、うれしくなった。

それから、わたしに服従してもらいたい、と言ってしまったのだ。それは本心だが、マイナが受け取ったような意味で言ったのではない。わたしが頼んだとおりに、だが彼女から進んで従ってほしいという意味だったのだ。マイナが考えることもせず、犬のように従うとは思っていない。くそ、マイナは説

明する時間を少しもくれずに、即座に非難を浴びせてきた。そして、情熱もなければ、好意すらないまま、挑戦的にわたしに体を差し出した。マイナは嫌悪をむき出しにしてベッドに体を投げ出した。まるでわたしが吟遊詩人の物語に登場する人食い鬼で、彼女が生《い》け贄《にえ》の乙女ででもあるかのように。

　わたしは断じて人食い鬼ではないが、マイナにそれを納得させられるとは思えない。たぶんわたしは過ちをしでかしたのだろう。しかし、マイナだって女の服を着た聖者ではないはずだ。

　ロジェは口元を引き結んで、壁からぱっと体を離した。わたしはマイナなど必要ないし、彼女に認めてもらう必要もない。わたしはサー・ロジェ・ド・モンモランシーで、彼女はわたしの妻にすぎないのだ。

9

　およそ二週間後、ミサに参列し、朝食をすませると、マイナは城外の、堀の向こうにある果樹園へ散歩に出かけることにした。彼女の姿は狭間《はざま》胸壁に立つ歩《ほ》哨《しょう》から木の間隠れによく見えるので、果樹園ならばひとりでぶらぶら歩いても安全だろう。夏の曇り空の朝だった。

　ロジェはまだ戻っていない。ふたりで激しく言い争った次の朝、ロジェはアルベールを伴って、夜明けとともに出発した。マイナは夫が出かけた理由を誰にも話さなかった。サー・ロジェの行動を不審に思う人間が城のなかにいたとしても、賢明なことに、彼らは意見を言うのを差し控えていた。

マイナにしてみれば、ロジェが出かけてくれたのはうれしかった。心配事が相当に減るからだ。ロジェのことをしばしば考えるとしても、彼がいないことを神の恵みだと思うだけだ。いや、そう自分に納得させようとしていた。

マイナは果樹を見上げて、果実が順調に育っていることにぼんやりと気づいた。蜜蜂《みつばち》が数匹、早朝の冷気のなかで、重要な任務の真っ最中だとでもいうように、マイナのそばを忙しくぶんぶん通り過ぎていった。

マイナはこの季節でいちばん暑い日のいちばん熱い時間帯に花の蜜をため込みすぎた蜂のような気分だった。考え事をしながら、羊たちに食べられて短くなった草地をぶらぶらと歩いていく。ロジェのいないあいだに気づいたのだが、マイナはほとんど何もすることがなかった。なるほど、家政の切り盛りについては引き継いだが、婚礼の客たちが帰っていってしまうと、日々の仕事を監督するぐらいしかやることはなかった。

大広間づきの召使いたちは明らかによく訓練されているので、直接に監督する必要はほとんどなかった。ダドリーが領地の管理を全般にわたって見ているので、毎日の出来事を確かめる以外は口を出す必要もなかった。ダドリーから家政に関して何度か意見を求められて、指示を与えたことはある。ダドリーは重要な決断はロジェが帰るまで差し控えているのではないかと思ったが、それを変えるために自分にできることはほとんどないのはわかっている。

マイナは食事作りも手伝ったが、料理人のソーバートはどんな手助けもあまりありがたがっていない様子だ。実際、彼はすばらしく腕のいい料理人なので、退屈しのぎに手伝う以外は口を出す理由はなかった。

ダミアン神父と助手の施し物分配係を手伝おうと

もした。ダミアン神父は、彼と同じくらい年寄りで、理解力もほとんど同程度の分配係とともに、村の貧しい人々に施し物を分けて回っている。しかし、マイナはふたりからいつも無視されたので、その仕事もあきらめなければならなかった。わざと無視されたというのではなく、マイナも一緒にいることをふたりが忘れてしまうようなのだ。

　二、三度、レジナルドと遠乗りに出かけた。しかし、レジナルドは非常にゆっくりと馬を走らせるのが好みなので、マイナはたちまちいらだってくる。乗っている雌馬が年老いていて長い距離を全速力で走るのは無理だったせいもあり、じきに、城壁のなかにいるほうが欲求不満にならないと思うようになった。

　籠《かご》の鳥も同然だった長い年月のあいだ、結婚したらあれもしよう、これもしようとすばらしい計画を心に抱いていたのに！　どのようにして自分の大所帯に指示を下そうかと思い描いて、ベッドに横たわったまま眠らなかったことが幾夜あったろう。まわりに有力な人々を集めよう、地元の社交界を引っ張っていこう、尊敬されるようになろう、話に耳を傾けてもらえるようになろう、なくてはならない存在になろう、と。

　しかし現実は、夫以外の誰からも尊敬され、年配の神父と施し物分配係を除いた誰からも耳を傾けてもらえる存在になったものの、まだ本当になくてはならない存在ではなかった。たとえマイナが魔術師のようにぱっと煙とともに消えてしまったとしても、領地の営みは一瞬中断するだけで、何事もなく続けられるだろう。なるほど、多少の噂《うわさ》は出るにちがいない。マイナは容易に想像がついた。〝あの人はいつも変わっていたよ〟〝ええ、わたしもそう思ってたね〟〝さあさあ、サー・ロジェにおしゃべりしているところを見つかる前に仕事に戻ろうじゃない

の〝〝そうね〟ざっとこんな具合だろう。

さらにもうしばらく自己憐憫《れんびん》に浸っていたとき、果樹園の向こう端にひと組の男女がいることに気づいた。女のほうはヒルダのようだ。召使いが仕事をしていなければならないときに恋人といちゃついているとしたら……！

マイナは大股で彼らのほうへ歩いていったが、近づくと、ふたりのそばによちよち歩きの子供がいることに気づいた。これまで木の幹に隠れて、幼い男の子が見えなかったのだ。

「ヒルダ？」マイナはこの見知らぬ訪問者たちは何者だろうと思いながら呼びかけた。

ヒルダがびっくりして振り返った。その視線がすばやく子供と隣の男のあいだを行き交った。男は大柄で、もじゃもじゃの黒い眉に、これまたもじゃもじゃの黒髪の無骨そうな人物だった。

「奥方様！」ヒルダは叫んで、あわてて子供の手を取った。

男の子はヒルダのスカートに顔を埋《うず》め、それから恥ずかしそうにマイナをのぞき見た。見るからに健康そうな、とても愛くるしい子供だった。ふっくらした薔薇《ばら》色の頬の上に、真面目《まじめ》そうな大きな青い目が輝いている。子供は親指をさくらんぼ色の形のいい口元に持っていった。マイナはその子にやさしくほほえみながら、三人の前に膝をついた。

「さて、この子は誰かしら？　旦那《だんな》様の小姓になるためにここに来たの？」

ヒルダはぱっと顔を赤らめ、かばうように子供に片手を回した。「この子はわたしの息子のホリスです。さあ、ホリス、奥方様にご挨拶《あいさつ》なさい」ヒルダはやさしく言った。

幼い子供は親指をしゃぶったまま、ぴょこんと頭を下げた。マイナは立ち上がって、ヒルダの隣にいる男を見た。この男は子供の父親だろうか？　もし

そうなら、どうしてヒルダと結婚しないのだろう？

「こちらはラッドと申します。わたしの兄で、荘《しょう》園《えん》管理人をしています」ヒルダがマイナの無言の問いかけに答えた。「兄はお城に用事があるとき、ホリスを連れてきて、わたしに会わせてくれるんです」最後はいくらか挑戦的な口調になったが、目には不安そうな色があった。

「ホリスはどこに住んでいるの？」マイナは尋ねながら、子供の顔に探るような視線を走らせた。それをやめたのは、その子にロジェの面影を見つけ出そうとしている自分に気づいたときだ。

「ラッドの家族と一緒にいます。ダドリーは息子がわたしに会いに来ても気にしません、奥方様。本当です」

「では、この子の父親は？」

「亡くなりました。この子がまだおなかにいるときに、川で溺《おぼ》れ死んだのです。そのあと、ダドリーが親切にもわたしをお城の仕事につかせてくれたんです。わたし……わたしはホリスのことでみんなに負担をかけたくありませんでした。そしたら、ラッドとメアリーの夫婦がわたしに代わって息子の面倒をみると言ってくれて、ちょくちょくホリスをわたしに会わせに来てくれるんです」

「こんなことをいつまでも続けていてはいけないわ」マイナがきっぱりと言うと、ヒルダはさっと青ざめた。「ホリスを連れてきて、お城で一緒に暮らさなくちゃだめよ」マイナはまたしゃがみ込み、男の子を見た。「この子がそうしたいのならね。どう思う、ホリス？」

ホリスは神妙にうなずいた。

「ああ、奥方様、心からお礼を申し上げます。でも、わたしには仕事が……」

「お城にはあなたが子供の面倒をみるのを手伝ってくれる女たちがいくらでもいるでしょう」

ヒルダはにっこりして、兄を見た。「メアリーは気にしないわね。次の赤ん坊がおなかにいるんだもの。ホリスの世話をしてくれたふたりにはとても感謝してるけど、わたし、この子がいなくてとても寂しかったのよ！」

「ときどきはわたしと一緒に遊びましょうね、ホリス？」マイナは、今はもう夫の種ではないとわかった子供に向かって言った。

「うん」ホリスは返事をするあいだだけちょっと口から親指を離し、舌足らずな口調で答えると、マイナににっこりほほえんだ。

マイナは幼子を腕に抱き上げて、そのやわらかくてすべすべした顔に頬ずりしたくてたまらなくなった。その思いがあまりに強く圧倒的で、自分でもたじろぐほど激しかったので、マイナはふいに身を起こした。「たぶんいつの日か、サー・ロジェがあなたを小姓に取り立ててくださるわ。それから騎士の従者になって、それから騎士になるのよ。どう？」

男の子はこっくりとうなずき、ヒルダはにっこりし、今までひと言も発せず、表情もあまり変えなかったラッドは、ホリスのようにゆっくりと神妙にうなずいた。「坊主がいなくなったら寂しくなるよ」ラッドはぼそりと言ったが、心から喜んでいる様子だ。「こいつはいい子ですよ、奥方様」

「わかっているわ。ヒルダ、ラッドと一緒に行って、子供の身の回りの物を取ってくるといいわ。時間は気にしなくていいのよ。ホリスも新しい家に慣れるにはしばらく時間が必要だろうし。今週はもう、あなたは仕事をしなくていいことにします」

「まあ、奥方様、ありがとうございます！　いくら感謝してもしきれません！」ヒルダは幸せの涙を浮かべて、息子を腕にかき抱いた。そして、犬のようにあとからついていくラッドとともに、急ぎ足で去っていった。

マイナは立ち去る三人を見つめながらため息をついた。

「これはどうしたことだ？」背後からレジナルドの声がした。「あれはヒルダじゃないか？」

マイナが肩ごしにちらりと見ると、レジナルドが露に濡《ぬ》れた草の上を、肥料をくれたばかりの畑でも歩くように爪先立って歩いているのが目に入った。紫色のシャツの上に、袖《そで》に切れ込みが入り、手のこんだ刺繍《ししゅう》を施した赤いチュニックを着ている。誰かが彼の色鮮やかなブーツをきれいにしたことに気づいて、マイナは内心でくすりと笑った。そのせいで、あんなに用心して歩いているのだろう。「ええ、そうよ。それと、彼女の息子とお兄さんよ」

「本当かい？　彼女は子持ちなのか？」

「そうなのよ。子供の父親は亡くなったそうよ。わたしは子供をお城に連れてきて、一緒に暮らすように言ったの」

「それはまた寛大なことだ」

マイナは返事の代わりに肩をすくめた。

「彼女は美人だよな？　それに、とても親切だ。ヒルダがいなかったら、どうやって二日酔いを治せたかわからないよ」

マイナは、時間がたてば元気になったのだと思ったが、口に出しては言わなかった。

「ぼくは農民がうらやましくなることがよくあるんだ」レジナルドは哲学者のような口振りで言った。「彼らの生活や責務はとても単純で、少しもややこしくないからな」

マイナは笑いをこらえて、必死に真顔を保った。「農民たちの着ているものはひどく地味で、生地だって粗いわよ」

「おまえはぼくをからかっているな」レジナルドは文句を言った。気を悪くしたようだ。「お兄様が家で紡いだ質素なチュニックを着て、鍬《くわ》

を担いでいる姿を想像しようとしているの。だけど、むずかしいわ」

「だろうな。白状すると、農民のむさくるしい、蚤《のみ》のたかった服なんて着たくないさ。だけど、彼らの生活には、ぼくが心底うらやましく思っている単純さがあるんだ」

マイナは異母兄の声に真剣さを聞き取り、これ以上からかわないことにした。「ここで何をしているの、レジナルド？　さいころ遊びか兎《うさぎ》狩りごっこをしているんだと思っていたけれど」

「ダドリーは時間が割けないし、ほかに誰もいないんだ。だから、おまえが何をやっているのか見に来たのさ」レジナルドはそう言うと、城のほうへ引き返し始めた。マイナも兄の横で歩調を合わせた。兄に合わせると、いつもの速度をゆるめなければならない。「おまえが果樹園をぶらついているなんて思ってもいなかった」

「果実の出来具合を見に来たの」

「ふうん。でも、ここではやることがそれほどないんじゃないのか？」

「いくらでもあるわ」マイナは嘘《うそ》をついた。

「ロジェがいつ戻るか、知らせはあったか？」

「ないわ」

レジナルドは立ち止まり、驚くほど心配そうな目でマイナを見た。「マイナ、何もかもがうまくいっているのかい？」

「もちろんよ」

「ぼくはどうなんだろうと思っただけだ。だって、おまえの新婚の夫が、たった一日の結婚生活のあと、突然ほかの領地に行ってしまったんだからね。みんな噂しているよ」

「なんて言っているの？」

「口喧嘩《げんか》か何かしたんだろうって。ロジェは怒っていたようだって。ぼくはそんな話は信じていないけ

ど。ぼくからすれば、ロジェはいつも怒っているようにに見えるからね。いつもだ。知り合いのなかでいちばんむっつりしているのは誰かときかれたら、サー・ロジェ・ド・モンモランシーだと答えるよ」レジナルドは横目でマイナをちらりと見た。「だけど、そうだとしても彼は父上とは違うが」

「どうしてわかるの？　お兄様はフランスにいたのに」

「国を発《た》つ前のことははっきり覚えているよ。もともと父上はやさしい人ではなかったが、あのころにはもう情け容赦のない人間になっていて、おまえの母親と結婚したのは間違いだったと考えていた。そうとも、酒に溺れた、非情な、意地の悪い男になっていた。たとえ実の父親だろうと、ぼくはそう言うよ。だけど、ロジェ・ド・モンモランシーはむすっとしてはいるが、意地悪ではない。彼は男爵の意向をとても重視しているのに、自分の妹を好きな男と結婚させてやった。それを見てごらん」

「それでもお兄様はロジェが怖いのね」

「怖いし、崇拝してもいる。ぼくがロジェを恐れるのは、ぼくとはまったく対照的に思えるからだ」

　マイナは理解と多少の哀れみをこめた目で、思慮深くレジナルドを見た。ロジェ・ド・モンモランシーはノルマン・フランスの力を一身に集めたような人物だ。ドゲール男爵もある意味でそう言えるが、ふたりのあいだにはひとつ、非常に重大な違いがある。男爵の非情さを、ロジェはまだ身につけていない。マイナは彼が絶対にそうならないように願っている。

「ぼくがこんなふうに話すのを聞いて驚いたかい？」レジナルドが沈黙を破って尋ねた。「ぼくは自分をわかっているんだよ、マイナ。ぼくはサー・ロジェのようには絶対になれないし、なりたいとも思っていない。あんなに重い責任を負うなんて！

それに不屈の精神！　彼は決して隙《すき》を見せようとしない。一瞬たりともね」

　マイナはロジェとの初めてのキスのことを考えた。寝室で彼のほうを振り向かされたときに見た、彼の目つきのことを考えた。わたしが考え違いをしているのでないかぎり、どちらのときもロジェは、ほんのちょっとのあいだにしろ、警戒をゆるめていた。

「マイナ？」

「はい？」

「この結婚を後悔しているのかい？　ぼくが男爵を恐れずに立ち向かって、拒否すればよかったのにと思っているのかい？」

「いいえ」マイナは正直に答えた。異母兄をしっかりと見つめ、そんなことはあまりしたことがないのだが、心のうちを声にこめて言った。「わたしは結婚したかったの」

「それを聞いてほっとしたよ。だけど、彼は理解しやすい男じゃないぞ」

「そうね」マイナはまた横目でちらりとレジナルドを見た。「それを言うなら、わたしだって理解しやすい女じゃないと思うわ」

「そのとおりだ！」レジナルドは大声で言った。その驚いた顔と、何かがわかったと言いたげな表情は、滑稽《こっけい》と言ってもいいくらいだった。「おまえはときどきロジェによく似たところを見せる。誇り高くて、自信満々で……」

「それ以上わたしをほめちぎるなら、お兄様を黙らせるわよ」

「おまえはほめられて当然なんだ！　今となれば、おまえたちはうまくやっていけると考えるべきだったと思うよ。どうして彼は出かけていったんだ？」

「ふたりとも誇り高くて、自信たっぷりだったからよ。それに、噂も本当よ。わたしたちは喧嘩したの」

マイナは前を歩こうとしたが、レジナルドの手がさっと伸びて腕をつかまれた。「まさか！ いったいなんて彼に言ったんだ？」

レジナルドが手を離さないので、マイナはその場から動けなかった。上の狭間胸壁に歩哨がいることを知っていたので、マイナはもがいて彼らの目を引きたくなくて、じっとしていた。「放して、レジナルド」

「おまえがそんなばかなことをするなんて、信じられないよ！ ロジェと喧嘩するとは！ そんな危険を冒してなんの得がある？」

マイナは弱々しくほほえんだ。レジナルドには決してわたしのことがわからないだろう。相手がロジェだろうと誰だろうと、彼らに立ち向かうことがわたしにとってとても大事な理由も。だから、マイナはこう言った。「ただの痴話喧嘩よ」

その返事もレジナルドを驚かせた。しかし、つかんでいた手だけはどうにか放した。「痴話喧嘩だって？」

「そうよ。だけど、詳しく話すつもりはないわ」マイナはどんどん先へ行った。「もう失礼させてもらうわね。きょうはいくつ卵が集まったか調べなくちゃならないの」

「いいとも、もちろん。行ってくれ。どうせおまえがぼくになんでも話してくれるとは思っていないよ」レジナルドはぶつぶつ言いながら、立ち去るマイナを見つめた。思うに、世間で痴話喧嘩をいちばんしそうにない男と女はマイナとサー・ロジェだ。怒鳴り合いぐらいはするだろうが、ただの痴話喧嘩はするわけがない。しかしマイナがあくまでそう言い張るなら、これからに期待できる。こちらとしては、ふたりの問題に口を出す理由はまったくない。

それよりも自分の身を心配したほうがずっといい。胸の大きい、やさしくて親切なヒルダがそんなに遠

くないところにいるときには、とくにそうだ。

アルベールが小さな荘園屋敷の石の床をどんと踏み鳴らした。間に合わせの盤上に置かれたチェスの駒《こま》がかたかた鳴った。

びっくりしたロジェは、灯心草の明かり一本だけの薄暗いなかで友人をにらみつけた。「いったいどうしたんだ？」うなるように言う。

「あなたがそのクイーンを長々と見ているから、死んだのかと思ったのです」アルベールはロジェを見ながら、声にいらだちをにじませて答えた。「それを動かすのか動かさないのか、どっちなんです？」

「おまえがそんなにいらいらしているなら、動かそう」物思いを中断されて、ロジェは言った。声は平静を保てたが、ゲームにまったく注意を払っていなかった自分に驚いていた。マイナのことやふたりの最後の喧嘩のことを考えるのはもうやめなくては。わたしのせいではない。悪いのはマイナなのだ。もし彼女がわかろうとせず……。

「その駒を動かしてください！」アルベールがまた怒った声で言った。

ロジェは催促された駒を盤上で押しやった。ふた部屋しかない建物の壁に、彼の動きが大きな影を投げた。

「密猟問題に対しては手を打ったし、家令は収穫のことで指図を出した。付属の建物の修繕も進んでいる。なのに、どうしてわれわれはまだここにいるんです？」

「いつからおまえはそんなに家に帰りたくなったんだ？」ロジェは問いただした。そしてゲームに集中しようと思った。

「この三日間、ここで何もすることがなかったからですよ」アルベールはいつもの口調に戻って、穏やかに答えた。

「わたしはここが気に入っているのだ」

「以前はここがお好きではなかったのに」アルベールは自分のビショップを動かしながら言い返した。「あなたのお帰りを待つ妻ができる前は、お好きではありませんでしたぞ」

ロジェは何も言わなかった。その代わり、アルベールの定石どおりの駒の動かし方に魅せられたかのように、じっと盤面を見続けた。

「本当はどうなっているんです？　彼女と喧嘩でもなさったのですか？」

「どうしてそんなことをきくのだ？」

アルベールは椅子に背を預けてじっと友人を見つめた。「あなたをずっと昔から知っているからですよ。あなたがそんなふうな態度をとるのは、たいてい誰かと喧嘩したときだ。そしてそんなときは決まってあなたは喧嘩に負けている」

「なんのことを言ってるのか、さっぱりわからんね。おまえの言うその〝態度〟とやらはどういう意味だ？」

「あなたは、傷口をなめるために静かな場所に逃げ出した雄豚のように怒りっぽいということです。あなただってそれがわかっておいでのはずだ。喧嘩したのですか？」

「妻とわたしのことはおまえには関係ない」

「あなたがまわりの者たちを不幸にしているとしたら、関係はありますぞ！」

「結婚生活に助言をくれるとは、おまえはたいした男だ、アルベール。結婚したこともなければ、生涯でたった一度の密通も悲惨な結果に終わらせたくせに！」ロジェはいやみを言った。アルベールの顔を驚きと苦悩がよぎった。「許してくれ、アルベール」ロジェはすぐに後悔して謝った。「こんなことは言うべきではなかった。おまえの言うとおりだ。わたしは腹をたて、いらいらしている。でも、おまえに

当たり散らすべきではなかった」

「奥方様にも当たり散らすべきではありません」

「悪いのはマイナのほうだ」

「そうなのですか？」

「そうとも！」ロジェは立ち上がって、部屋を行ったり来たりし始めた。「マイナは妻が夫に対してどう振る舞うべきか、少しもわかっていないのだ！」

「たとえば？」

「ひとつは、服従だ」

「あなたがおっしゃっているのは無条件の服従ですな」

「それのどこが悪い？」

　アルベールは重いため息をつき、ロジェをじっと見つめた。「それは、あなたに忠誠を誓った兵士や騎士には必要不可欠だ。ですが、妻の場合は夫と意見の相違があってもかまわないと、わたしは思いますが」

「そんなことを言うのは、おまえが結婚したことがないからだ」ロジェは言ったが、今度はさっきのような手厳しい口調ではなかった。

「ロジェ」アルベールはきっぱりと言った。「わたしにだって、マイナ・チルコットがあなたの偉大さに圧倒されるようなそこいらの田舎娘でないことぐらいはわかりますよ。彼女は自分の考えを持っているし、明らかに自分で考えようとしている。わたしの聞いた彼女の生い立ちを考えれば、自立心があるからといって、彼女を責めることはできません」

「マイナは結婚前、どんな境遇だったのだ？」

「あなたも彼女の父親の話は聞いておいででしょう」

「マイナを殴っていたことは知っている」

「それだけでも、彼女にやさしくしてやりたいとは思わないのですか？」

「思うさ」ロジェは白状した。「やってみた。だが、

マイナはわたしをひどく怒らせて……」

「かつてわたしがあなたに同情したとき、あなたは自分が何をしたか、覚えておいでですか？　わたしを殴って、わたしの目の縁に黒いあざをつくりました」

「おまえがあれを許してくれた理由がいまだにさっぱりわからんよ」

「それは、あなたが同情を弱さの証拠だと見なしているのがわかったからですよ。たぶんマイナは、あなたが自分を哀れんでいるか、下手に出ていると思ったのでしょう。彼女はそのどちらも気持ちよく受け入れるような気質の持ち主ではなさそうですからな」

　ロジェは椅子の背にもたれかかった。「たぶんおまえの言うとおりなのだろう。すべてわたしが悪いのだ。どうやらマイナを……ちょっと傷つけてしまったらしいのだ。わたしはこれからどうしたらいい？」

　アルベールは目を細めた。「ちょっと傷つけたとは、どういうことです？」

　ロジェは恥ずかしくて顔を赤らめた。「わたしがやったとマイナが言うのだ。どうも彼女を殴ってしまったらしい」

「あなたはそれをご存じないのですか？」

「覚えていないんだ」ロジェは悲しげに告白した。「キスをした以外、婚礼の夜のことは何ひとつ思い出せない」

「あなたはそんなに酔ってはいませんでしたよ」

「わたしもそう思う」

「でも」アルベールはロジェの目を避けながら、彼の胸をぐさりと突き刺すような態度で言った。「奥方がそうおっしゃっているのですね？　正直なところ、わたしには信じられないが、彼女の言葉を信じなければなりませんね。ロジェ、彼女の信頼を取り

戻すのは、わたしが思っていた以上に大変そうですぞ。それでもそうしたいのですな?」

「ああ、たぶん」ロジェはむっつりと言った。たとえアルベールとでも、自分の結婚や自分の心のうちをこんなふうに議論するのはいやだった。彼に打ち明けたことを後悔した。アルベールはもう、わたしをこれまでと同じ目では見てくれないだろう。それがロジェにはとても悲しかった。「マイナは最初からわたしが好きではなかったようだ」

「それはともかく、彼女はあなたを尊敬している。あなたが二度と殴ったりしなければ、あなたを許すようになると思いますが」

「二度とするものか!」

「けっこう。彼女は立派な女性だ。聡明《そうめい》で、意志が強く、美しくて……」

「美しい?」

「美しいですとも」アルベールはロジェの知性を疑うような目で彼を見て、きっぱりと言った。彼からそんな目で見られたことはこれまで一度もなかったので、ロジェは友人の敬意をいくらか失ったことを確信した。だが、そんなことはどうでもいい、とロジェは自分に言い聞かせた。アルベールは状況がまるでわかっていないようだ。「彼女はあなたにとてもよく似ている」

「何をばかげたことを言っているのだ」

「あなたが認めようと認めまいと、あなたは奥方の人となりをわかっておいでのはずだ。とにかく、奥方はあなたと同じくらい誇り高いのに、あなたは彼女が召使いのように従うことを求めている。あるいは、家臣のように」

「いや、そんなことはない」

「ロジェ、わたしはこれまで幾度となく女たちのまわりにいるあなたを見てきましたが、貴婦人をこんなふうに扱ったあなたを見た覚えはありません」

「どんなふうにだ？」

「まるで男扱いです」

ロジェは、自分にとってこれほど女らしさが意味を持つ女性がほかにいるとは思えなかった。「おまえはどうかしているぞ」

「どうかしているのはあなたのほうです。聞いてください、ロジェ。それに、そんな目でわたしをにらまないでください。あなたがマイナのことを少しも気に留めていなかったら、愛想よく接して、彼女が何を言おうと無視なさるはずだ」

「ずいぶん確信ありげな口ぶりだな、アルベール」

「確信がありますからね。それに、わたしがあなたの幸せを願っていることを、あなたも確信できるはずです。とにかく、わたしより幸せになっていただきたいのです。どうして彼女を好きになろうとなさらないんです？　どうしてそれ相応の接し方をなさらないのです？」

ロジェは友人が心から心配しているのがわかったので、自分も正直に答えた。「ふと気づくと、わたしはマイナのことばかり考えている」

アルベールは大きくうなずいた。さえない告白だったが、それで満足したらしい。「あなたはご自分にぴったりの女性を見つけたのですから、非常に幸運なんですぞ、ロジェ」

ロジェはそれほど確信が持てなかったが、アルベールにそう言われたのはうれしかった。

「問題はただひとつ、どうやってやり直しをするかです」

「やり直し？　何を言っているんだ？　マイナはもうわたしの妻だぞ、まったく」

アルベールは顔をしかめて、不満を示した。「ロジェ、彼女は女ですぞ。命のない置物ではありません。手始めに、少し親切にするのも悪くないと思いますが」

「おまえが謝れと言おうとしているのだとしても、わたしは謝るつもりはないぞ」ロジェは断固として言った。「マイナだってわたしと同じくらい間違っているのだからな」

「あなたたちがどんなことで喧嘩なさったのか存じませんが……」

「それをおまえに話すつもりもない」

アルベールは憤然としてため息をついた。「ロジェ、結婚生活を長く続けるおつもりなら、家庭の静けさをある程度確保するためだけでも、償いをすることをお考えになったほうがいいでしょう。喧嘩した理由など本当はどうでもいいのです。偉大なサー・ロジェ・ド・モンモランシーは、自分で望まないかぎりは自分を卑しめてはならないのです」

「そうとも」

「さっき言いかけたように、わたしはあなたたちがどんなことで喧嘩なさったのか知りませんから、一般論しか話せませんが、彼女に贈り物をするべきだと思います」

「わたしは愛する貴婦人に真っ赤な薔薇を一本手渡しに行く、失恋した小姓ではないぞ！」ロジェはさも軽蔑《けいべつ》したように言った。「そんなことをしたら、ばかだと思われる」

「わかりました」アルベールは不満そうに言った。「では、花はだめだ。ほかに何か思いつきませんか？」

ロジェは腕組みをして、降伏したり自分の罪を認めたりしているようには見えない贈り物を考えようとした。「マイナの馬はみっともない」彼はついに言った。「きのう見た雌馬を買って、それを贈ってもいい」

「それが始まりになるでしょう」

10

マイナは空気でふくらませた羊の膀胱《ぼうこう》を差し出して、ホリスにほほえんだ。ホリスは真剣な顔で、マイナが間に合わせのボールを自分のむっちりした手に向かって投げるのをじっと待っている。

「行くわよ！」マイナは叫んで、ボールを軽く放《ほう》った。

　城内の小さな庭園の向こう端から、ホリスが一生懸命足を動かして突進してくる。ホリスは玉石を敷きつめたばかりの曲がりくねった小道でつまずき、ラベンダーの花壇に倒れ込みそうになった。マイナはホリスを支えてやろうと飛んでいったが、ホリスは倒れなかった。ボールをしっかりと受け取って、顔いっぱいに勝ち誇ったような笑みを浮かべた。

「上手よ！」マイナは招くように両手を差し出して、すばやく元の位置に後ずさった。幼い友人が自分を見損なっていたマイナに腹をたてないようにと思ったのだ。「さあ、投げ返して。今度はわたしが受け取れるかしら」

　ホリスが黒い眉を寄せて、力いっぱいボールを投げた。ボールはマイナを通り越して、庭の外を歩き回る鶏や鵞鳥《がちょう》が入ってこないように閉めている木戸のほうへ飛んでいった。家禽《かきん》が突然けたたましく騒ぎだした。ボールはそっちのほうに飛んでいったわけではないので、鳥たちの混乱ぶりは意外だった。

「まあ、ホリス、あなたは力持ちなのね！」マイナは大声でほめると、ホリスに背を向けて、ボールを取りに行くついでに鳥たちが騒いでいる理由を確かめることにした。

　ボールはロジェの足元に転がっていた。ロジェは

木戸を開けて入ってきたばかりのようで、まだ片手を木戸の上にかけている。ホリスはマイナに走り寄ると、親指をくわえ、目を大きく見開いて彼女のスカートをつかんだ。

マイナはその場に突っ立った。思いがけずロジェが現れたことにびっくりしたが、彼が端整な顔にかすかな笑みを浮かべているのに気づいた。マイナが作っている庭を見回したロジェの顔は、疲れているようにも見えた。

ロジェはかがんでボールを拾い上げた。「ここで何をしている?」彼は片方の眉をつり上げ、手のなかでボールを転がしながら尋ねた。

マイナは片腕をホリスに回した。「このお方はサー・ロジェ・ド・モンモランシーよ」やさしく、安心させるように言う。「ここはこの人のお城なの」ちらりとロジェを見る。「サー・ロジェ、ホリスを紹介するわ。ヒルダの息子よ」

「そうか」ロジェは静かな声で、マイナが思っていた以上にやさしく言った。そして片膝をついて、ボールをホリスに渡した。「おまえはとても腕っ節が強いな。ほら、ホリス」

ホリスは口から親指を離してボールをひったくると、すぐさまマイナのスカートのうしろに走って隠れた。「大丈夫よ」マイナはやさしくあやすように言った。「怖い顔をしているけれど、あなたのことを怒っているわけではないのよ。本当よ」

ホリスはスカートの陰から顔をのぞかせ、長いあいだロジェをじろじろと見た。その目つきがロジェによく似ていたので、息子の父親に関するヒルダの話を信じていなかったら、マイナはホリスをロジェの子供にちがいないと思っただろう。「この人は奥方様のことを怒ってるの?」

「いや。怒ってはいないよ」ロジェがマイナが口を開く前に答えた。

「でも、怒った顔だよ」ホリスはおどおどしながら言った。自分の大きな青い目で見たこと以外は受け入れたくないようだ。「噛《か》みつきそうなくらい怒ってる顔だもん」

「噛みついたりしないわよ」マイナは安心させるように言った。

「わたしは今は腹ぺこじゃないからな」ロジェが重重しく言った。

ホリスにはそれで充分だった。ボールをしっかり抱き締めると、母親を呼びながら、木戸から走っていった。

「あの子を怖がらせたわね」マイナはロジェが立ち上がると非難した。

「冗談を言っただけだ」

「まだ小さくて、あれが冗談だとはわからないわ」マイナはやり返し、大きく深呼吸した。ロジェが城を留守にしていたのは二週間あまり。そのあいだマイナには、彼に望むものや、ここでの新生活に求めるものについて考える時間がたっぷりあった。レジナルドと交わした会話について考える時間も。なかでもとりわけマイナが望んでいるのは、ロジェとの関係をよりよいものにしたいということだった。完《かん》璧《ぺき》にとはいかないまでも、仲良く暮らせる方法があるはずだ。今は再び喧嘩《けんか》を始めたり、非難合戦を繰り広げたりするときではない。

ロジェが腕組みをした。「わたしは子供が苦手なんだ」彼は喧嘩腰で言ったが、目は悲しそうで、それがマイナを驚かせた。「子供がまわりにひとりもいなかったから。きみは楽しそうだったな」

マイナは肩をすくめ、当たり障りのない言葉を探そうとした。「あの子はいい子よ。彼の父親をご存じ？」

ロジェは鋭くマイナを見た。「あれはわたしの子供ではないぞ」

「ヒルダもそう言ったわ。あなたを責めるつもりじゃないのよ。あなたはどれくらい留守にしていたかしら？」マイナは淡々とした口調で尋ねた。「いつ向こうを発《た》ったの？」

「今朝発って、着いたばかりだ。大広間にきみを捜しに行ったら、ダドリーがここだと教えてくれた」

ロジェは小道の縁に植えられた花々に目をやった。

「実にきれいだ。わたしもここに何か植えるつもりだったが、庭のことに気を回す時間がなかった」

「ダドリーから、あなたがこの場所に何か計画しているって聞いて、わたしが自分で始めることにしたの。もちろんまだまだ完成しそうにないし、あとの植木はあなたが気に入ったものにしたいでしょうけど、とりあえず取りかかろうと思ったの」

「きみがここに何を植えようとかまわんよ」

「まあ」マイナは両手を握り合わせて、次に何を言うべきか考えた。「あなたはお疲れにちがいないわ。半日で帰ってくるのはきついもの」

「大丈夫だ」ロジェは両腕を脇《わき》に垂らして、相変わらずじっと突っ立っている。「大広間もきれいになったし。きみがタペストリーを掃除させたんだな」

「簡単なことよ。指示を出すだけでいいんだもの」

「そうか」ロジェは咳払《せきばら》いをした。「一緒に中庭へ来てくれないか。きみに見せたいものがある」彼は腕を差し出した。マイナはこの礼儀正しさに少々面食らったが、その腕にそっと手をかけた。それはなんでもない行為だったが、ロジェの肉体と触れ合って、マイナは爪先までぞくぞくした。彼の筋肉の緊張が感じ取れる。一緒に庭から出るとき、マイナは、どくどく脈打つこの胸の鼓動が彼にも聞こえるのだろうか、と思った。

　中庭に行くと、サー・アルベールが見事な褐色の雌馬の引き綱を握っていた。馬の額には白い斑点《はんてん》があり、とても華奢《きゃしゃ》な脚をしている。「すばらしい馬

ね」マイナはその馬に駆け寄りたい衝動をかろうじて抑えた。中庭で走るのはみっともないし、ロジェの腕から手を離さなければならないのもいやだったからだ。「おかえりなさい、サー・アルベール。またお会いできてとてもうれしいわ」

　アルベールはにっこりほほえんだ。「わたしも戻れてうれしいですよ、奥方様。われわれふたりともあなたに会えなくて寂しかった」

　マイナは彼の言葉をどう受け取っていいかわからなかったが、ロジェも寂しく思ってくれていたのだったらいいけれどと考えている自分に気づいた。しかし、夫の顔にそんなことはないと書いてあるのを見るのが怖くて、マイナは馬を見つめ続けた。「あなたの馬？」アルベールに尋ねて、馬のやわらかい額を撫《な》でるためにしぶしぶロジェから離れた。「うらやましいわ！」

「きみの馬だ」ロジェが言った。

　マイナはびっくりした。ホリスのボールを取りに行ってロジェに出くわしてからずっと、マイナは当惑し、とまどっていたが、今はさらに当惑し、とまどっていた。マイナは胸に手を当ててゆっくりと夫に顔を向け、彼の黒っぽい瞳を読み取ろうとした。

「わたしの？」小さな声で尋ねる。

　ロジェの表情からは何もわからなかったので、確認するためにアルベールを見た。アルベールはこっくりとうなずき、引き綱をマイナに渡すと、その場を離れていった。

　マイナはロジェに視線を戻した。「なぜ？」

「きみには新しい馬が必要だからだ」ロジェはぶっきらぼうに答えた。「ここに来たとき乗っていた馬では牧草地ぐらいしか走れない」

　マイナは馬の首に腕を回して、泣きたい気分だった。泣くなんてばかげているわ。ロジェが今言ったことを考えればなおさらだ。「すてきな馬だわ」マ

イナは感情を抑えて、静かに言った。

「では、気に入ってくれたんだな？」

「ええ、とても」

そのときマイナは、サー・ロジェ・ド・モンモランシーがほめられたときのホリスのように、はにかんで顔を赤くしていることに気づいた。ロジェの反応は贈り物の馬と同じくらいマイナの心をとらえた。

「帰ってきてくれて、うれしいわ」マイナは静かに言った。

ロジェはほんの一瞬、目を丸くした。「わ、わたしは……歩哨《ほしょう》を見回りに行かなくては」彼はかすれた声で言うと、くるりと背を向けて門楼のほうへ歩いていった。

マイナはそのうしろ姿を見送りながら、馬の鼻をやさしく撫でた。「さあ、いらっしゃい」美男の夫が視界から消えると、そうささやいて馬屋に向かった。「おまえに名前をつけなくてはね」

しかしマイナの心は、雌馬にふさわしい名前を考えるほうより、ロジェが立ち去る前に彼の目にあった、ぞくぞくするような期待に満ちた欲望のほうにあった。

ロジェは満足げなため息をついて、湯を満たした木の浴槽に身を沈めた。ダドリーに入浴の支度をするように命じたのは、午前の長旅で体じゅうの筋肉が凝っていたのと、体が臭くなっているのではないかと心配だったからだ。小さな領地の荘園《しょうえん》の館《やかた》は古くて設備が整っていないうえに、滞在するときは体を清潔にしておく時間などあまり取れない。だが、もう城に戻ったのだから、夕食前に体を洗っておいたほうがいいだろうと思ったのだ。

筋肉の凝りがほぐれていくのを感じながら、ロジェはマイナがヒルダの子供と一緒にいたときの光景を思い返した。すると突然、母親のスカートにしが

みつく、自分とマイナの子供を見たいという信じがたい思いで胸がいっぱいになった。マイナなら、息子たちのいい母親になるだろう。彼女は男のように勇敢で大胆で、それでいて女らしい知恵がある。男は婚礼の夜に怯《おび》えたふりをしようなどとは決して考えないものだし、彼女がわたしを恥じ入らせようとしたことには腹がたったものの、今は、もしマイナが……そう、わたしがやりそうな手厳しい非難で応酬していたら、わたしは怒り狂っていたにちがいないとわかる。彼女はわたしに会ったこともなかったのだ。相手の男がどんな反応を示しそうか推測するには知恵がいる。

ロジェは自分たちの子供と一緒にいるマイナの姿をもう一度思い描いた。天使のような子供を抱く聖母の絵のようだろう。穏やかに話す、やさしい聖母の子供は、わたしを恐れて一目散に逃げていったりはしないだろう。子供の楽しそうな笑みや目に浮かんでいた笑いが恐怖でかき消されて、マイナがわたしに会ったときのようによそよそしくなることもないだろう。

馬を贈ったときはマイナも違った。贈り物をするようにというアルベールの助言は正しかった。自分で考えつかなかったわたしはばかだった。マイナはあんなに喜んだではないか！　それに、ほどいて乱れた髪が陽光に照り映え、濃い緑色の簡素なドレスを着たマイナはとてもきれいだった。ロジェは彼女の幸せそうな顔がうれしくてたまらず、何かばかげたことを——吟遊詩人やアルベールのような男が言いそうな愛にかかわる何かを口走りはしないかと不安になって、中庭を逃げ出したのだ。

自分がマイナのことを気にかけているのは認めざるをえないと考えながら、ロジェはいい香りのする湯を胸にかけた。彼女に感心し、尊敬してもいる。ベッドに運んで、激しく愛し合いたくてたまらない。

マイナはわたしの子供を産むだけではもったいない女だ。これが愛というものだろうか？　ロジェにはわからなかった。

　寝室の扉を軽くノックする音がして、物思いは中断された。「なんだ？」ロジェは少し身を起こして大声で言った。入浴中は世話係などいらないのだが、ロジェのような身分の人間には世話係がぜひとも必要だと考えているダドリーが、ときどきわざと忘れて人をよこすのだ。

　扉が細めに開けられた。「入ってもいいかしら？」尋ねたのはマイナだった。

　ロジェは顔が熱くほてるのを感じた。おまえはどうかしているぞ、と自分に言う。彼女は妻だ。わたしたちは親密な間柄なのだ。

　にもかかわらず、ロジェはさっと浴槽から出て、大きな四角いリネンをつかんだ。「ああ」リネンを腰に巻き終わると、返事をした。

　マイナは部屋に入ってくると、浴槽に目をやり、次にロジェを見た。そのとたん顔を赤らめ、この世でいちばん恥ずかしがり屋の娘のようにうしろを向いた。

　われわれはふたりとも滑稽《こっけい》な振る舞いをしている、とロジェは思った。夫と妻なのに、まるで赤の他人のようにぎごちない。それでもロジェは、マイナがふいに見せた恥じらいに魅了された。「服を取ってくれないか？」彼は気楽に聞こえるように頼んだ。

　マイナは目をそむけたまま、言われたように着るものを手渡した。ロジェはリネンを脇に放り、つかの間、マイナを腕に引き寄せたいという抑えがたい欲望を感じた。しかし、マイナがどんな反応を示すかわからなかったので、何もせずに身につけた。

「贈り物のお礼を言いたかったの」マイナは静かに言った。「わたし……誰からもあんなすばらしい贈り物をもらったことがないの」まだロジェを見よう

とせずに、勢い込んで言う。「レジナルドが婚礼用に何枚か服を贈ってくれたけれど、それは自分が恥をかきたくないからなの。わたしが適当なドレスを一枚も持っていなかったから。でも、あの馬は……すばらしいわ。それで……」マイナは肩ごしにロジェを見た。「ありがとう」

　ロジェはすぐにあることに気づいて、がっかりした。マイナの心からの感謝にどう応《こた》えていいかわからない。「あれはアルベールの考えだ」ぼそぼそと答えて、赤くなった顔を隠すようにそむける。

「だけど、贈ってくれたのはあなたでしょ」マイナはそう言って、小さく一歩近寄った。

　ロジェは思いきってマイナをちらりと見た。ああ、簡素なドレスを着ていても、なんと美しいのだろう。明るい青緑色の瞳はきらきら輝き、燃え立つような髪の光輪に囲まれている！　半分開いた唇がさらにロジェの激しい情熱をかき立て、マイナにキスしたいという焼けつくような欲望でいっぱいになった。

　マイナも言葉では言えない飢えを感じているかのように、胸を激しく波打たせている。ロジェはマイナに近づき、引き寄せた。マイナが逆らわなかったので、身内にくすぶっていた炎が激しく燃え上がる。ロジェはこれまで感じたことがないような強い欲望を感じて、荒々しく唇を重ねた。

　マイナは一瞬、何もしなかった――そして次の瞬間、情熱ではなく、彼がかつて感じたことのあるあらゆる欲望と同じくらい強い欲望を、いや、それ以上のものを感じているかのように振る舞った。

　ロジェのほうも欲望を抑える必要はなかった。マイナに対する切ない思いも、もう隠さなくてよかった。手練手管も駆け引きも必要ないとロジェは感じた。マイナが彼にしがみつき、ふたりのあいだに同じような官能の炎が燃え上がった。

　ロジェは低くうめくと、舌をマイナの口に差し入

れた。ほんの一瞬ののち、マイナの舌が同じ動きを返し、彼の唇のあいだに舌を差し入れた。喜びをあますところなく分かち合おう、分かち合わなければというように。

ああ、マイナはほかの女とはまるで違う。それに、彼女はわたしの妻なのだ。ロジェはマイナを自分に引き寄せた。もたれかかるマイナのやわらかい肉体に彼の硬い高ぶりが押しつけられ、ふたりの胸が合わさった。

「あっ、これは！」

ふたりはぱっと離れた。

ダドリーがレジナルドのチュニックのような真っ赤な顔で戸口に立っていた。彼はふだんより一オクターブ高い声で言った。「お邪魔して申し訳ありません。夕食のご用意ができました。あの、わたしは……」ダドリーの言葉はだんだん小さくなって、ばつが悪そうに消えた。

邪魔されたことをこれほどロジェが怒ったのは初めてだった。「すぐに行く」彼はうなるように言った。

「わかったわ、ダドリー」マイナが答えた。その口調は驚くほど抑制がきいていて、ロジェはうらやましく思った。マイナが彼と同じくらいキスに夢中になっていたのは間違いないが、その落ち着き払った外見からは誰もそんなことは想像できないにちがいない。ただ、はれた唇と紅潮した頬が、マイナもきまり悪さを感じていることを物語っていた。「サー・ロジェが食事を待たされるのが嫌いなことはよくわかっているから」

ダドリーはまだどぎまぎしたまま、うなずいただけで、走るように去っていった。

ロジェはマイナの腕をつかんで、もう一度胸に抱き寄せた。マイナのふくよかな胸と硬くなった先端が、再びロジェの裸の胸と触れ合った。「全員が飢

え死にしたってかもうものか。わたしはきみとここにいたいんだ」ロジェの唇はマイナの頬から首筋へとさまよい下りていった。

「わたしは……みんなが……」マイナは切れ切れに言った。「そんなことをしてはだめよ」

「かまうものか」ロジェの手はマイナのドレスの紐《ひも》を探し当てた。

「ロジェ！」マイナはたしなめるように言って、見るからにしぶしぶ体を引き離した。顔は上気し、笑みをたたえていたが、ロジェの情熱を冷ます役には立たなかった。「みんなが待っているわ」

「わたしだって待っている」ロジェはそう言いながら、急いで戸口へ向かうマイナをみだらな目で追った。

「服を着て、大広間へいらっしゃい」マイナは命じた。唇がさらに気を引くようにつり上がった。「この……話し合いの続きは……あとでできるわ」

マイナが寝室から出ていき、チュニックのベルトを締めたとき、ようやくロジェはマイナから命令されたことに気づいた。

だからどうしたというのだ？　マイナの最後の言葉に比べたら、そんなことはどうでもよかった。

マイナは生まれてこの方、これほど早く何かを食べたことはなかった。料理の味や舌触りはもちろん、ちゃんと下ごしらえができているかとか、ほどよいときにテーブルに出されたかといったことに気づかなかった。周囲で交わされる会話も、彼女の頭にあることや千々に乱れる心や焼けつくような欲望にはなんの影響も与えなかった。誰かに何か言われても耳に入らなかったし、答えたくもなかった。重要なのは、人々との食事を一刻も早く終わらせ、ロジェとふたりきりになって、彼の引き締まった硬い体を感じ、口では言い表すことのできない喜びに浸るこ

とだけだった。

　食事中、夫の隣に座っていたマイナが気づいたことがふたつある。ロジェも相当急いで食べていることと、その手がずっと彼女の脚を愛撫《あいぶ》し続けていたことだ。指で腿を撫でられて、息が止まりそうになったことも一度や二度ではない。初めは彼の行為を誰かに見られはしないかと心配で、体をもぞもぞさせてやめさせようとした。

　しかし、ロジェはやめようとせず、結局マイナはひそかな抵抗をあきらめた。彼がしていることは、信じられないほど欲望をかき立てた。そんなことはやめてと口に出して言えなかったので、マイナには抵抗する術《すべ》がなかった。

　やっと、部屋へ下がってもおかしくない時間になり、ふたりはほとんど同時に立ち上がった。ロジェが人々におやすみを言い、マイナは軽くうなずいた。そしてふたりは品よく歩き、だが、かなり足早に階段に向かった。大広間から見えなくなったとたん、ロジェは立ち止まってマイナを腕に引き寄せた。

　ロジェはマイナを壁に押しつけて、長々と熱いキスをした。マイナも熱烈にキスを返し、早瀬に翻弄《ほんろう》される木の葉のように、情熱のままに応えたが、やがてロジェが低いうめき声をあげて、マイナをそのたくましい腕に抱き上げ、寝室に運んだ。彼は扉を足で蹴《け》って閉めると、マイナを床に下ろした。

　マイナはひと言もしゃべらなかった。今のこの思いを言い表す言葉がなかったし、感情を表現する手段もなかった。ただ行動あるのみだった。それも、これ以上ためらうことなく、即座の行動が。マイナは自分が何を求めているか知っていたし、ロジェが欲しかった。マイナはロジェに近寄り、大急ぎで彼のチュニックの紐を首筋からほどき始めた。甘い言葉はかけなかった。やさしくささやいたり、そっと懇願したりすることもなかった。

ふたりを支配しているのは情熱だった。たがいを求めて、狂ったようになっていた。あっという間にふたりの衣類が床に積み重なり、ふたりはベッドに横たわっていた。裸で、恥じることもなく、おたがいのことだけ、もう否定できない欲望だけしか頭になかった。

　たがいの体を探り合ったとき、マイナはぼんやりと、こんなふうに感じるのは初めてだと気づいた。体は自分のもので、自分のものではなかった。彼女はロジェの手で彼の欲望にぴったり合わせて作られる粘土だった。いや、彼の手で作られるだけではなかった。彼の唇、彼の舌、彼の指先――すべてが組み合わさって、彼に触れられる衝撃的な喜びを生み出した。

　しかし、ロジェもマイナのものだった。マイナはロジェに愛撫されたとおり、彼に教えられたとおりに愛撫を返した。たちまち――本当にたちまち――弟子は師に合わせられるだけの技を修得した。ロジェのもらす喜びのあえぎはマイナにとってご褒美で、彼の顔に浮かぶ強烈な欲望は、マイナが新しい技を発見したことを示していた。

　ロジェが膝でマイナの両脚を割ると、マイナは太陽を求める花のように、喜んで彼に体を開いた。ロジェのたくましい肩をつかみ、もう一度彼にキスをして、解き放たれたむき出しの感情の力に導かれるままになった。

　ロジェはマイナのなかに一気に身を沈めた。痛みのせいでマイナが鋭い悲鳴をあげたときに、一瞬動きを止めた。やがてマイナが腰をもたげ、痛みも忘れて、ロジェをもっと自分に引き寄せようとした。彼の裸の体をあますところなく感じたかった。両脚を彼に巻きつけ、彼にしがみつき、彼をしっかり抱き締める。

　静かなあえぎとともに、マイナはロジェの下で身

もだえした。それは本能的な、ほとんどのたうち回るような官能のダンスだった。ロジェはまるでもう一度童貞の身に戻り、初めて女の腕に抱かれる喜びを体験しているように感じた。こんなふうに感じるのは初めてだし、情熱と欲望のおもむくままに身を任せる自由を知ったのも初めてだった。

そしてたちまち昇りつめた。マイナはロジェにしがみついて、突然体を弓なりに反らした。その瞬間、圧倒するほどの緊張が一挙に解き放たれた。

ロジェは苦しそうにあえぎながらも、陶然とした顔でマイナを抱いたまま仰向けに転がった。そして、まだマイナのなかに包まれていられるように、彼女の頭を胸にもたれさせて、やさしく抱き締めた。それは、ロジェが初めて知るやさしさのひとときだった。マイナは信頼できる。この女はわたしの妻だ。そう考えると、ロジェの胸はいっぱいになった。これからは何度もこんな思いを体験できるのだ。ロジェは、マイナへの思いやりは……愛は……決して消えることはないだろうと確信した。

そうだ、これは愛だ。ほかに言葉が見つからないし、ほかに説明のしようがない。

マイナがそっとため息をつき、胸のふくらみがロジェの硬い胸に押しつけられた。彼は腕のなかに横たわるマイナの均整のとれた肉体と、白い絹のようにすべすべした肌をほれぼれと見つめた。マイナは、聖書に言う〝弱き器〟やか弱い女ではない。強くて、たくましく、これほど自分にとって望ましい女はこれまでいなかった。ああ、そんな女がわたしの妻だと思うと……！

「わたしは今まであなたに対してとても失礼だったわね。ごめんなさい」マイナが頭を起こし、ロジェを見つめながらささやいた。「自分が何を犠牲にしていたかわかっていたら、あんな真似《まね》はしなかったのに」

ロジェはくすっと笑って、マイナの髪をひと房かき上げ、母親が眠っている幼子を毛布でくるむようなやさしさで耳のうしろにはさみ込んだ。「これがきみの感謝の仕方なら、もっと贈り物をするようにしなくてはな」

マイナは眉間《みけん》にかすかにしわを寄せた。「あなたはまるでわたしが……」

「許してくれ、マイナ」ロジェはマイナが考えたことを察して、すぐに言った。「そんなつもりで言ったわけではないんだ」両肘をついて体を起こし、マイナの眉間にキスをする。

元の姿勢に戻ったとき、ロジェはマイナがにっこりほほえんでいるのに気づいた。「以前のあなたなら、謝ったりしなかったでしょうね」

ロジェはにやりとして、マイナの背中を両手で撫で下ろした。今度はロジェが眉をひそめる番だった。

「傷跡がいくつもある。きみはずいぶんつらい人生を送ってきたにちがいない」

マイナはロジェに体をすり寄せた。「ずっとというわけではないわ。父は扱いやすい人ではなかったの。とくに母が死んでからは。ほかの子供たちが言うように、自分はサクソン人と結婚して、家名を汚したと思い込むようになったの。その証拠であるわたしがいつも目の前にいたから……」

「だからといって、きみをぶったりするべきではない」

「今はもうどうでもいいことだわ。父は死んで、わたしにはあなたがいるんだもの」

その言葉は、ロジェがこれまでに獲得したどんな賞品よりも、与えられたどんな名誉よりも彼を誇らしくさせた。「マイナ、マイナ」彼はささやき、マイナに腕を回した。言葉では言い表せないほどうれしかった。

マイナが少し身を起こした。「わたしはとっても

幸せよ、ロジェ！」うれしそうなくすくす笑いが唇をついて出た。「あんなにあなたを苦しめたあとでは、わたしはこの幸せを受けるに値しないわ！」

ロジェの低い笑い声がマイナの笑いに加わった。「わたしだってひどく礼儀知らずだったから、わたしも値しないぞ！」

しばらく笑い転げたあと、ふたりはため息をついて、ほほえんだ。

「マイナ」ロジェはマイナの頬に手を触れながら悲しそうに言った。「きみは苦労してきたのに、どうしてユーモアの感覚が残っていたのかわからないよ」

マイナの表情が真剣になった。ロジェにさらにすり寄って、耳元でささやく。その声はまるで愛撫のようだった。「笑うか死ぬかだったのよ、ロジェ。わたしにはユーモアの感覚しかないときもあったの」

「もう二度とそんな思いはさせないよ。約束する」ロジェも同じくらい真剣な顔で答えた。

マイナは再びロジェの胸の上に横たわった。初めて満ち足りた気持ちになっていた。魂の芯《しん》まで幸せだった。心の奥の奥でいろいろと夢見てきたけれど、男の人と一緒にいることがこんなにも甘美で、こんなにもすばらしく、こんなにも興奮することだとは思ってもいなかった。ロジェは恋に悩む若者ではないし、彼の愛撫がただの女には手に余るとわたしが思うのではないかなどと心配もしていない。彼は情熱と激しい欲望のままに、たっぷりと愛してくれた。運命のいたずらか見知らぬ聖者のおせっかいか、どういうわけかわたしはこの世で最高の夫を与えられた。誇りにでき、尊敬できる夫を。信頼できる夫を。愛することのできる夫を。

そう、これは愛だわ。ほかに言葉はないし、ほかに説明のしようがない。幸せのため息は、疲労から

くる安らかなあくびへと変わった。

「もう寝たほうがいい」ロジェがつぶやき、マイナの額に唇を押し当てた。

「そうね」マイナは体を持ち上げてずらしたが、思わずはっと息をのんだ。

「どうした?」

「ちょっとひりひりするの」ロジェが体を離したとき、マイナは顔をしかめてそっと言った。

「たぶんわたしが性急すぎたのだろう」

「たぶんね」

「きみを傷つけるつもりはなかった」ロジェは真剣な口調で言った。マイナの隣に横たわり、彼女のあごに沿って指を走らせる。深く張りのある声はやさしかった。「次はもっと気をつけるよ。いや、いつも気をつけよう。二度ときみを傷つけるものか。約束する」

マイナはロジェをじっと見つめた。真実を告げるときだとわかった。「あなたは一度もそんなことはしていないのよ」

ロジェは目をぱちくりさせ、手を止めた。「なんだって?」

「あなたはわたしを傷つけたりしていないの。あなたが考えているようなやり方ではね」

ロジェは目を細め、口元をこわばらせて、いきなり起き上がった。「マイナ、わたしがしたことを正確に話したほうがいいぞ」

11

ロジェの夜の闇《やみ》のように暗い目に浮かぶ激しい怒りにどきりとして、マイナは上掛けに手を伸ばし、それを鎧《よろい》にするように体に巻きつけた。「あなたは眠ってしまったの」

「眠ってしまった？　いつわたしが寝てしまったというのだ？」

何か言わなければならないが、言うべき言葉が思いつかない。しかし、マイナは臆病《おくびょう》者になるつもりはなかった。ロジェにすべてを話すつもりだった。

「わたしはあなたに腹をたてていたの。婚礼の前の日、あなたと男爵が話しているのを聞いて、わたしはあなたの言葉に……傷ついたの。自分が美人でないことぐらい百も承知よ。あなたはただ男爵を喜ばせるために、わたしと結婚しようとしていたわ。でも、わたしのことをはなから相手にしていないあなたの傲慢《ごうまん》な言葉を聞いて……あなたを傷つけてやりたくなったの。偉大なサー・ロジェ・ド・モンモランシーを。それで、あなたをだましたの。寝室のワインに眠り薬を垂らしたのよ。あなたはわたしにキスして、ベッドに行って……そして眠ってしまったの」

まだロジェはマイナを見つめていた。「わたしに嘘《うそ》をついたんだな？」その言葉は顔の表情と同じくらい冷たくて容赦がなかった。

「あなたはわたしのことを自分の所有物か何かのように話していたわ」マイナは必死の声で答えた。

「わたしの妻はわたしの所有物だ」ロジェはさげすむように言って、人間の愚かな行為によって目覚めさせられた怒れる古代の知恵の神のようにベッドか

ら起き上がった。「ほかにどんな手を使ってわたしをだましたのだ？　わたしと結婚したとき、きみはまだ処女だったのか？　それとも、それも嘘のひとつか？　わたしの欲望に火をつける手管をどうやって身につけた？」

「ついさっきまでわたしは処女だったわ。あなたがわたしの純潔を奪うまでは。証拠はこれよ」マイナは上掛けをはいで、小さな鮮血のしみを見せた。

「前にも血痕《けっこん》はあった」ロジェはあざけるように指摘した。

「あれはわたしの指の血だったの。今夜あなたがわたしの処女を奪ったことに疑問の余地がある？　わたしがあなたにしたことはただの技巧だったと本気で思っているの？　どこかの男にわたしが教えられたとでも？」

ロジェはさっき急いで脱ぎ捨てたズボンを乱暴にはいた。「きみのことなら、ほとんどなんでも信じられるよ、奥方様」

ロジェの非難に恐れをなし、彼の言葉に狼狽《ろうばい》したマイナは、彼を見つめることしかできなかった。やり返したくても、口がきけなかった。

ロジェが体をまっすぐに起こして言った。「わたしがほかの何よりも重んじているものがふたつある。正直さと忠誠だ。正直さについては、きみは信用できないとわかった。忠誠心まで疑われるような弁解はしないほうがいい」ロジェはチュニックをつかむと、扉のほうへ大股で歩いていった。

「ロジェ、わたしは今あなたに、正直に本当のことを言っているのよ！」彼の目に浮かぶまるで筋違いの非難に抗議するために、マイナはありったけの力をかき集めて叫んだ。

ロジェの手が扉の閂《かんぬき》の上で止まった。

「ほう？」ロジェはまた謎《なぞ》めいた目になって言った。

「どうやったらそれを確かめられる？」

「わたしがあなたに誓うからよ！」

ロジェは長くて耐えがたい一瞬、マイナをじっと見つめていたが、扉をぐいと引き開けて出ていった。

マイナはベッドの上に身じろぎもせずに座っていた。どうしてロジェはあんなに素早く、完全に態度を変えられるの？　どうしてわたしが信じられないの？　わたしを殴ったと考えるほうがいいのかしら？

それはともかく、わたしがしたことはそんなにひどいことなの？　自分にできるやり方で自分の尊厳を保とうとしただけなのに。たしかにロジェをだました――けれど、わたしに対する彼の厳しい非難は妥当なのかしら？

あんなに傷ついたように振る舞うなんて、彼はどういう人なの？　わたしのささやかな企《たくら》みは誰にも知られていない。わたしは彼を人々のあざけりにさらしていない。家臣の前で彼に恥をかかせてもいない。

マイナはロジェが極端な態度を示した理由を探ろうと、懸命に考えをめぐらせ、あの初めての朝のことを思い出した。彼女の姿を見て傷つけてしまったと、ロジェが思い込まされたときのことだ。ロジェはひどく取り乱した。今気づいたが、そのときの彼は、マイナに実際に手を上げた人たちよりはるかに狼狽していた。あの人たちはあとになってもマイナのけがやあざにほとんど気づかず、彼女が仕事をするのに支障をきたすようなことは何ひとつないと言わんばかりに乱暴な行為を続けたのだ。

でも、ロジェは――ロジェはぎょっとしたようだった。今ではマイナも、彼が心の奥の思いを表に出すのは、それだけ大きなショックを受けたときだと理解できるくらいに、彼のことがわかっていた。だから彼は弁解がましく怒り狂い、わたしからも同じ怒りを引き出そうとした。

そう、今はたしかにわたしもロジェの心を推し量る方法がわかっているけれど、あのときはわからなかった。それに、彼がわたしにそんなことを期待していたとは思えない。わたしは読心術者ではないのだ。わたしにどうしろというのだろう？　こめかみに浮き出た血管や首のかしげ方から彼の気分を判断しろというのだろうか？

どうしてわたしがそんなことをしなければならないの？　ロジェのほうはわたしに対してそんな努力をする気などさらさらないのに。わたしは自分の思いを言葉にしたのに、彼は耳を貸そうとしなかった。ふたりでめくるめく体験を分かち合ったあとでさえも。

わたしはわたしだ。それのどこが悪いのだろう？　後悔はなんの役にも立たない。それは弱さだ。わたしは強さを重んじる。ロジェが正直さと忠誠を重んじるのと同じように。

ロジェがわたしを理解できなくても、わたしの話に耳を傾けようとしなくても、いっこうにかまわない。彼がだだっ子のように振る舞うなら、それ相応に扱うまでだ。彼を無視しよう。無視するのに慣れてきている。

そして、彼を愛しているなどというばかげた考えに関しては……。

マイナはまだロジェの髪のにおいが残る枕《まくら》に顔を埋《うず》め、ここでついさっき起こったことはすべて忘れようと心に決めた。だが、突然激しく泣き崩れた。悲痛な涙を流す原因となった自分の弱さが腹だたしかった。

翌朝、ロジェはぶらぶらと馬屋に行った。

「旦那《だんな》様！」馬屋番のひとりがさっと気をつけの姿勢をとった。ロジェはネスリンの心配そうなしかめっ面を見て、彼が、仕事でやらかしたしくじりが露

見したのかもしれない、とびくびくしていることに気づいた。

「馬に鞍《くら》をつけに来たのだ」ロジェはうなるように言った。下っ端を元気づけてやるような気分ではなかった。自分のことで手いっぱいだった。

ネスリンが急いでロジェの鞍を取りに走り、ロジェはレイヴンのそばへ行った。馬は鼻をこすりつけて挨拶《あいさつ》し、運動に出るのが待ちきれないように、後脚で跳ねた。

レイヴンの望みは単純でわかりやすいな、とロジェは馬の鼻を撫《な》でながら、いらだたしげに考えた。マイナとは似ても似つかない。マイナは猫のように不可解で、狐《きつね》のようにずる賢い。わたしにほかにどんな悪さをしたのだ？　ほかにどんな企みがあの頭を駆けめぐっている？

彼女を好きになれると考えるとは、わたしは愚かだった。あれを愛だと考えるとは、ばかもいいところだ。距離を置いてよそよそしくしているべきだったのだ。

ロジェは重いため息をついた。つかの間、わたしはその教訓を忘れてしまった。その罰として、この胸が張り裂けるような痛みに耐えなければならないのだ。

レイヴンがりんごを求めて、ロジェの手に鼻をこすりつけてきた。ロジェはひとつ持ってくればよかったと思った。レイヴンに贈り物をするのはなんと単純なことか！

「どちらにいらっしゃるんですか？」アルベールが馬屋の戸口に現れた。「それに、今までどこにいらしたのですか？　礼拝堂ではお見かけしなかったが」

「城のことであれこれと指示を出していて忙しかったんだ」ロジェはそっけなく答えた。「これから狩りに行く。でないと、きょうの夕食は肉抜きにな

る」

「では、ブリードンを呼んでまいりましょうか？　エドレッドも必要ですかな？」

「ふたりにはもう命じてある」ロジェはぴしゃりと言って、友人のきれいな衣装を軽蔑《けいべつ》したように眺め回した。「おまえも一緒に来たいのなら、そんなちゃらちゃらした服は脱いだほうがいい。そんな格好をして、あの鼻持ちならないレジナルドに似てきたぞ」

　アルベールはふいをつかれ、ちょっと傷ついたようだったが、ロジェは気にも留めなかった。本当のことだし、アルベールがまぬけな若者のような格好をやめて、自分が何者であるかを思い出すのが早ければ早いほど、彼のためになるのだから。

「わたしは同行いたしませんよ、ロジェ」アルベールは重々しい口調で言った。「あなたの今の気分では、間違いなくご自分やほかの人間を傷つけるでしょうからね」

「いいとも。女どもとここにいるがいいさ！」

　アルベールは返事もせずに、くるりと背を向けて中庭に行ってしまった。ロジェは、かまうものか、と自分に言った。アルベールは最近、人のあら捜しばかりして、教師が頭の鈍い生徒に接するようにわたしを扱う。わたしはばかでもなければ、まぬけでもない。だいいち、アルベールはマイナとの問題について何も知らないし、これからも知ることはないのだ！

　馬屋番の少年がロジェの鞍を大事そうに抱きかかえて戻ってきた。「よこせ！」ロジェは若者の手から鞍をひったくった。「何を見ているんだ？」ネスリンがその場を離れないので、ロジェは怒鳴りつけた。

「いいえ……何も」ネスリンは真っ赤になって、しどろもどろに答えた。

「だったら、さっさと消えろ！」

　アルベールはチルコット卿《きょう》に近づいていった。食事のとき、いつも最後にテーブルを離れるのが彼だった。今朝のレジナルドは、目がくらみそうなほど鮮やかな緑色のチュニックを着ている。アルベールはせわしなく梨《なし》をいくつも味見している彼の隣に腰を下ろした。

「おいしい食事だったね」レジナルドはあごから滴り落ちる果汁を拭《ぬぐ》いながら言った。

「いつものとおり、大変うまかったですな」アルベールは同意してから、慇懃《いんぎん》に咳払《せきばら》いをした。今から大事な話をしようとしていることを、あまり明敏でないレジナルドが察してくれるといいが。「妹君とロジェはうまくいっていると思いますか？」

　レジナルドはびっくりした顔になった。「新婚ほやほやの夫婦にしては充分にうまくいっているんじゃないかな。白状すると、ぼくはこの結婚にいささか疑念を持っていたんだ。マイナの……その、気の強さを考えると。でも、万事うまくいっているようだ」

　まあ、ゆうべはうまくいったことはたしかだ。アルベールは夕食のときのふたりの様子を思い出しながら考えた。女をベッドに連れていきたくてうずうずしているロジェなら以前にも見たことがあるが、あれほど切迫した欲望が顔に表れていたことは一度もない。彼が高座のテーブルの上にマイナを押し倒すのではないかと思ったほどだ。

　それ以上に驚いたのは、マイナの行動だ。彼女の振る舞いから判断すると、まず間違いなくロジェに身をゆだねただろう。

　残念ながら、そのあとで何か非常にまずいことが起こったようだ。今朝、マイナは寝室から出てこなかったし、ロジェはアルベールが見たこともないほ

ど怒り、いらいらしている。

　アルベールは考え込むようにあごをこすった。「わたしにはふたりの関係が少しぎくしゃくしているように見えるのですが」

「ぎくしゃくして？　たぶんあなたのおっしゃるとおりなんだろうな」レジナルドはまた梨にかぶりついた。「ふたりは夕食のあいだほとんど言葉を交わさなかった。そうか……」口をもぐもぐさせるのを一時やめて、じれったそうにため息をつく。「たぶんまた喧嘩《けんか》をしたんだ。ぼくはそんなことはあまり重視しないな。どんな男でもマイナとなら言い合いになるだろうから。ときどき妹はずけずけと言いすぎるからね。それに、あの気性！　癇癪《かんしゃく》持ちなんだよ。サー・ロジェはそれを知っていて、大目に見ているにちがいない」

「わたしにはそれほど確信が持てませんな」アルベールはゆっくりと言った。「妹はサー・ロジェの贈り物を気に入っていたよね。長いこと馬屋にいて、あの馬の世話をちゃんとさせていた。あんなに喜んだ妹を見るのは初めてだよ。馬にジネットという名前をつけたんだよ」

「たしかにうれしそうでしたな。奥方様がまだ下りてこないのはなぜだと思いますか？　今朝ロジェが不機嫌だったせいで、動揺しているんでしょうかね？」

　レジナルドは梨を全部平らげると、指をきれいなナプキンで上品に拭《ふ》いた。「マイナが？　たぶんそうかもしれないな。たぶん、サー・ロジェの気持ちがわからなくて、動揺しているのかもしれない。サー・ロジェがいらいらしているのか、かんかんに腹をたてているのか、いつもあんな様子なのか、ぼくにもさっぱりわからない」

「こめかみの血管が浮き上がっていました。あれはたいていの場合、激高している印なんです」

「本当に？　だったら、誰かがマイナにそのことを教えたほうがいいかもしれない。つまり、知らぬ間に彼を怒らせているかもしれないわけだろう。もっとも、女ならではの理由で寝室に引きこもっているということもありうる。頭痛とか、そんなことで。ロジェとはなんの関係もないかもしれない」

「そうですな」アルベールは疑わしそうに認めた。「奥方様はロジェに腹をたてているのかもしれないと思いますか？」

　レジナルドは否定するようなしぐさで軽く手を振った。「ひょっとしたらね。妹はいろいろなことに腹をたてるんだ。どうでもいいことにでもね。たぶんロジェに頭飾りやらドレスやら何やらが気に入らないと言われて、部屋ですねているんだろう」

　アルベールはマイナがそれほど見えっぱりだとは思わないし、すねている彼女など想像できなかった。

「たぶん誰かがふたりに話すべきかもしれませんな。助言すべきかも」

　レジナルドはいきなり椅子をうしろへ引いた。

「あなたがそう考えるなら、自由にやっていいよ。ぼくは邪魔しないようにするから。さてと、失礼して、タイツを洗ってくれる人間がいるかどうか見に行かなくては」

　レジナルドがそそくさと大広間から出ていくと、アルベールは大きなため息をついた。レジナルドは今すぐにもわたしが彼をロジェの前に引っ張っていきかねないと思っているようなあわてぶりだ。

　わたしにしても、口出しできる立場だろうか？アルベールは考えながら、大広間からゆっくりと暖かい午前の日差しの下に出ていった。わたしは誰かに結婚や愛について助言を与えられるような人間だろうか？

　ロジェは頑固で、傲慢な男だから、彼の結婚に口出ししたら、大切な友情を失いかねない。しかし、

毎日苦しんでいるロジェの心を少しでも癒《いや》すことができるなら、やってみる価値はある。そう考えると、アルベールは馬屋に向かった。なかに入り、目を細めて薄暗さに慣らす。

「ご用でしょうか、サー・アルベール？」馬屋番の少年はおどおどと尋ねると、両手を痩《や》せた背中で組み合わせた。

「ああ、ネスリン。サー・ロジェをここらで見なかったか？」

「旦那様はレイヴンと出かけられました。ほんの少し前です」

「どこに行くか言っていたか？」

「いいえ、何も」ネスリンはもじもじして、静かに答えた。「旦那様はとても不機嫌でした。かんかんに怒っておいでのようでした」

「ふうむ。では、わたしの馬に鞍をつけてくれないか」

ほどなくアルベールは友人を追って出ていった。

それから少したったころ、レジナルドは自室の扉の前で立ち止まり、大広間を見下ろしてマイナの部屋に続く階段のほうをうかがった。

マイナと話をしたほうがいいだろう。マイナが不幸な結婚をしたのなら、責任はぼくにある。少なくとも責任の一端は。なんといっても、これはドゲール男爵が持ってきた話なのだ。権力者の男爵に逆らうことはできなかった。だいいち、マイナも同意したのだ。断る機会を与えたが、マイナは賢いから、男爵のお気に入りの騎士と結婚するのは自分にとってもかなりの出世になることに気づいていた。

マイナはぼくにぴしゃりと言い返し、この結婚はぼくの知ったことではない、少なくとも今はもう無関係だと言うはずだ。たしかに、いくらアルベールの心からの忠告があったとはいえ、夫婦の問題に口

を出すのはぼくの役目ではない。アルベールはサー・ロジェの問題に首を突っ込むより、自分の妻を見つけたほうがいいのに。

そうとも。レジナルドは決心した。忠告したり、同情して耳を傾けたりするのはぼくやアルベールの役目ではない。新婚の彼らは誰からも干渉されずに自分たちだけで問題を解決したほうがいい。自問自答の末、異母妹に対する責任や義務から自分を解放してすっかり気分がよくなったレジナルドは、自室に入っていった。

なかに人がいたが、すぐに誰かわかった。部屋の真ん中に立っていたのはヒルダだった。何か言いたそうな、興奮した様子だった。

「何か……何か用か？」レジナルドはぎごちなく尋ねた。

ヒルダが返事をする間もないうちに、レジナルドは、これは自分の夢がかなったのにちがいないとはっと気づいて、すばやく扉を閉めた。

「お邪魔してすみません、旦那様」ヒルダがおずおずと言った。

「気にしなくていいよ」レジナルドはチュニックをぐいと引っ張り、自分の寝室にはしょっちゅう豊かな胸の美人召使いが忍び込んでくるようなふりをしようとした。彼は夜ごと、そればかり夢見ている。

レジナルドはもっとヒルダに近寄ったほうがいいとわかっていた。誘うような笑みを浮かべたほうがいいことも。ほかに何か言わなくてはならないことも。しかし、そうする代わりに、訓練用の人形のように両手を脇《わき》にだらりと垂らしたまま、ただ突っ立っていた。背中を汗の玉が流れ落ちる。

ヒルダが形のよい眉を心配そうに寄せて、手が触れそうなくらい近くまで寄ってきた。そして、前に身を乗り出した。レジナルドは気を失いそうになった。「レディ・マイナのことでお話が」ヒルダがさ

さやいた。

「マ……マイナ?」レジナルドはわけがわからず、甲高い声で言った。一瞬、マイナが誰のことか思い出せなかったのだ。

「奥方様はサー・ロジェの扱いを間違えていらっしゃいます」

「ふうん」義弟の名前が出た瞬間、レジナルドはたちまち現実に引き戻され、がっかりした。「間違っているって?」

「そうです」ヒルダはうなずきながら言った。豊かに波打つ茶色の髪が豊満な胸をこする。

レジナルドにはヒルダを見る勇気がなかった。論理的に考えるように求められているとしたら、彼女を見てしまってはだめだし、彼女にばかだと思われたくない。「それで、おまえはどうしたらいいと思うんだ?」

「奥方様とお話ししていただければと思います。わたしはサー・ロジェのことをよく存じておりますので……」

「どれくらいよく?」レジナルドは問いただした。

「とても親密に」ヒルダは白状した。「でも、それはもう終わりました。結婚式の前に終わっています」彼女は探るようにレジナルドを見た。「わたしが旦那様のことをあなたにお話しすれば、奥方様に話していただけると思って。あなたからお聞きになるほうがいいはずです」

「なるほど」レジナルドは分別があると思われるように答えた。「で、おまえは妹のためにどんな助言をしてくれるんだい?」

「そのひとつは、奥方様はサー・ロジェに口答えなさるべきではないということです」

「口答えするとどうなるんだ?」レジナルドは険しい口調で尋ねた。「彼はおまえを罰するのか?」

「いいえ! そんなことはありません!」ヒルダは

即座に答えた。「わたしには……旦那様がどんなことをなさるかわかりません。口答えしたことなどありませんから。そんな勇気はとてもじゃないけどありません。でも、たぶん奥方様は口答えをなさって、そのせいでもめておられるのだと思うんです」

「おまえの言いたいことはわかった。ほかには？」

「奥方様が命令を下したいときは、まず旦那様にお尋ねになるべきです。旦那様はあらゆる命令を下すことに慣れておいでです」

「ああ。それはもっともだな」

　ヒルダがまた近寄ってきた。「それから、奥方様はこんなことを試されてもいいかと……」彼女はレジナルドが自分のタイツの色と同じくらい赤くなるようなことをささやいた。

「そんなことをマイナに言う気はない！」レジナルドは後ずさりながら言った。「そんな下品で、堕落した、胸のむかつく、異常なことは聞いたことがない……」

「いいえ、ごく正常なことです」ヒルダはサー・ロジェがベッド以外の場所で愛し合うのをしばしば好んだことを明かしたが、それに対してレジナルドが不快さをあらわにしたことにとまどった。「あなたはお好きではありませんか？」

「とんでもない！　そんなことをして自分の品位を落とすつもりはない！　あまりに……あまりに異常だ！」

　レジナルドの怒りようが極端で、怒鳴り散らす様子がとても魅力的だったので、ヒルダは彼が童貞だと確信した。彼は多少気取ったところのある若者だが、とても愛嬌《あいきょう》がある。大人の女に愛されれば、あきれるほどの虚栄心がいくらかなくなるかもしれない。そう、わたしのような女に愛されれば。

「あなたがご自分でお確かめになるべきですわ」ヒルダはいかにも恥ずかしそうに言い、誘惑するよう

な笑顔で彼にゆっくり近づいていった。

「どうしたらいいかわからないよ……」

しかし、すぐにレジナルドにもわかった。実際、ヒルダの言ったことに罪深いところは何ひとつないと、あっという間に納得した。マイナのこともロジェのことも、ヒルダの腕のなかで見つけた喜びのほかは何もかもすっかり忘れてしまった。

残念なことに、友を助けようというアルベールの試みは、このようなかんばしい成果はなかった。

12

アルベールはロジェを見つけることができなかった。その前に馬が蹄鉄《ていてつ》をひとつ落としてしまい、城へ帰らざるをえなかったのだ。しかも間が悪いことに、このときアルベールは城からかなり離れたところにおり、長くて暑い道のりをまともに歩けない馬を引いて戻らなければならなかった。うんざりしたため息をついて、アルベールは歩き始め、頑固な男を救おうという報われない行為のことを考えた。これは、首を突っ込むなという神のお告げかもしれない。

「サー・アルベール！」

自分の名前が呼ばれるのを聞いてアルベールは立

ち止まり、馬に乗った偵察隊がやってくるのを見てほっと胸を撫《な》で下ろした。

「大丈夫ですか？」偵察隊長が心配そうに尋ねた。アルベールはその若い兵士が誰かすぐにわかった。エグバートだ。このところロジェは彼を高く評価していたから、隊長という地位を与えて、その考えを実行に移したのだろう。

「馬が蹄鉄をひとつ落としてしまってね」アルベールはその蹄鉄を差し上げた。

「ラルフ、サー・アルベールにおまえの馬をお貸ししろ。それから、ジェラルドとふたりでサー・アルベールの馬を連れて帰れ」エグバートは命じた。

ラルフがうなずいて馬から降り、アルベールは馬に乗ってモンモランシー城に帰れることになった。

「なぜ偵察に出てきたんだ？」アルベールはエグバートに尋ねた。「サー・ロジェはもめ事でも起こると思っておいでなのか？」

「違います。あなたを捜すためにわれわれをよこされたんです」

「すると、彼は城に戻ったのだな？」

「はい」

「どこに行っていたか、おっしゃったか？」

エグバートは驚いた顔でアルベールをさっと見た。

「いいえ、わたしには何も」

「だろうな。彼は言わんだろう」そのあと、アルベールは城へ帰るまでずっと黙りこくっていた。

残念なことに、城に着いたときには日はとっくに沈み、夕食はすでに終わっていた。アルベールが大広間に入っていったとき、それがわかった。ダドリーがすぐさま駆け寄ってきて、しきりに食事を勧めた。

アルベールは言われるままに腰を下ろして、大広間を見回した。「サー・ロジェはどこだ？」

「お出かけになりました」ダドリーはお手上げだと

いった口調で答えた。「見張りが戻ってくるあなた方を見つけるまでおられましたが、そのあとおひとりで出かけられました」ダドリーは耳打ちするようにアルベールのほうへ体を傾けた。「むっつりとなさって」ひそひそ声で言う。

「で、レディ・マイナは？」

「奥方様は夕食をおとりになって、部屋へ下がられました。やはりふさぎ込んでおいでのようです」ダドリーは心得顔で言い添え、もどかしそうなため息をついた。「今ここで必要なのは、派手な怒鳴り合いだと思うのですが」

アルベールはダドリーの言った解決策にちょっとにやりとしたが、大笑いはできなかった。怒鳴り合いとまではいかなくても、夫婦のあいだでなんらかの意思の疎通が必要だと思ったのだ。「ロジェがどこに行ったか知っているか？」

「いいえ。わたしにはおっしゃいませんでした」

アルベールは落胆するまいと思ったが、ロジェがなんとしても自分を避けようとしているのなら、彼を見つけ出すのはこれほどむずかしくなかったはずだ。

しかしそれでも、アルベールはおせっかいをやめようとは思わなかったので、夕食をすませるとすぐ、城や村の周辺でロジェを捜し始めた。馬屋や武器庫を確かめ、厨房《ちゅうぼう》に行き、召使いたちの居住区までのぞいた。しかし、城内にはどこにもロジェがいる形跡はなかった。

アルベールは疲れて不機嫌になった。ほかにロジェが行きそうな場所として考えられるのは、村の居酒屋しかない。ロジェは、夫を亡くしたヒルダが城にやってくるまで、居酒屋の女給のひとりとねんごろで、足繁《あししげ》く通っていたのだ。アルベールは疲れた足取りで暗い村に入っていった。ときたま子供の泣き声や犬が吠《ほ》える声が聞こえたが、あとはほとんど

静けさに包まれていた。

しかし、その静けさも居酒屋の近くに行くまでだった。やがて、何かのことで言い争っている興奮した声が聞こえてきた。アルベールは話し手たちの声を聞き分けようとしたが、ひとりしかわからなかった。その男はほかの者たちより理性的で、落ち着いている。それは荘園《しょうえん》管理人のラッドで、どうやらいきり立っている男たちをなだめようとしているらしい。

アルベールが居酒屋の扉を押し開けると、とたんにしんとなった。ラッドは立ち上がって仲間たちをなだめている最中だったが、彼がまず最初に気を取り直した。「こんばんは」ラッドは用心深く声をかけた。というのは、サー・アルベールはこうした場所にほとんど出入りしないからだ。

男たちにまじってくつろいでいる赤ら顔のがっしりした若い酒場女を除けば、あとは全員男だったが、彼らも同じように挨拶《あいさつ》した。アルベールは人に不安を抱かせる男ではないからだ。彼は限られた権力しか持たない、情け深い人物として知られていた。事実、ほかのノルマン人貴族と違って人畜無害だった。

「どうしてここにおいでになったんですか？」ラッドが丁重に尋ねた。そして、アルベールが答える前に叫んだ。「モル、サー・アルベールにエールをお出ししろ！」

アルベールは、モンモランシー城の城主がふてくされた子供のように姿をくらましたことを話すのは賢明ではないだろうと考えた。彼は差し出されたエールを快く受け取り、ちびちびすすりながら思案に暮れた。ロジェは裏の部屋にいるのだろうか？　それともモルの妹と一緒に階段上の屋根裏にいるのだろうか？　彼女の噂《うわさ》は耳にしているが、会ったことはない。ロジェの話では、あらゆることにすこぶる貪欲《どんよく》な、色っぽくて気前のいい娘のようだ。

アルベールはラッドにおごられた強い酒をすすった。「おまえたちは話し合いを続けてくれ」彼は自分の存在が話し合いを邪魔していることに気づいて言った。

「おれたちは蹴球《しゅうきゅう》の試合をやるんで、そのときの北の境界について相談してるんです」ラッドが説明した。「バーステッド・オン・メドーの村が試合を申し込んできたんですよ。川のほとりのセント・ニニアン教会の鐘楼を境にすればいいと言う者と、休閑地の樫《かし》の木がいいと言う者といて。あなたはどう思いますか、サー・アルベール？」

「わたしにはさっぱりわからん」アルベールは言葉を濁した。以前、そういった試合を何度か見たことがある。ふたつの村の男たちが空気を入れた豚の膀《ぼう》胱《こう》のボールを奪い合って、ある地点からある地点へ蹴《け》って運ぶゲームだ。どちらかそれに成功した村が勝利を宣言し、負けたほうは全員のエール代を支払わなければならない。というより、立っていられる者全員に酒を振る舞うのだ。決められたルールは、境界と、ボールが地面に接していなければならないということだけで、それ以外はなんでも許される。

「試合はいつやるんだ？」

「二週間後の日曜日です。一緒におやりになりますか？」

「いや、けっこう。誰かにわたしの頭をボールと間違えられるのはごめんだからな。だが、みんなの幸運を祈ろう！」アルベールは杯を上げ、またエールをひと口すすった。この黄金色の液体を飲むと、なんとのどが温かくなるのだろう。最初の一杯を飲み終えると、モルが二杯目を持って現れた。ここで席を立ったら礼儀知らずだと見なされる。それに、今では境界がどう決まるか興味津々だったので、座ったまま耳を澄ましていた。

二杯目も空けて、モルが差し出した三杯目の杯を

受け取ったとき、アルベールは考えた。いずれにしろ、ロジェがすねてどこかへ行ってしまったのなら、忠告に耳を傾けるような心境にはないだろう。そんなときのロジェは平静を取り戻すのに数日かかる場合もある。

アルベールはいつしか、それぞれの選択理由を大声で述べる両者の説得力ある話にうなずいていた。教会の鐘楼は樫の木より高い場所にある。だが、樫の木のまわりのほうが地面はでこぼこしている。対戦相手にとっては、どちらがより試合がやりにくいだろうか。

このエールはたしかにうまい。そう思いながら、アルベールは四杯目に手を伸ばした。蹴球の試合以上に重要なことは何もないと思っていられるのは、なんと楽しいことか。サクソン人の農民のような素朴な暮らしのよさがわかるようになってからずいぶんたつし、こんな楽しい酒を飲むのも久しぶりだ。

話し合いが終わり、野次と怒号のなかで教会の鐘楼が北の境界と決まったころには、アルベールはぐでんぐでんに酔っぱらい、まっすぐに見ることも、ふらつかずに立つこともできなかった。しかし、珍しく心が浮き立ち、自分はロジェの結婚を破綻《はたん》から救える救世主だという気分になっていた。

「ほら、手を貸しましょう」モルが陽気に言って、サー・アルベールの腕の下に肩を入れた。ちょうどラッドも、そろそろ彼をベッドに押し込んだほうがいいと気づいたときだった。

「それは……どうも……きみはすばらしい」アルベールはもつれる舌で言い、自分ではやさしいと思っている笑顔をモルに向けた。

モルは酔っぱらった男を数えきれないくらい見てきているので、にやりと笑ったつもりのアルベールの顔がゆがんでいることに気づいた。「自分でお城

までちゃんと戻れますか？」モルは親切に尋ねて、居酒屋の扉を開けた。

「だ、大丈夫だ」アルベールは答えたが、足は間違った方角に踏み出していた。モルが彼の両肩に手をのせて、正しい方向へやさしく向けてやった。「ありがとう、親切なレディ！」アルベールはお辞儀をしようとして身をかがめたが、ひっくり返りそうになった。

「いったいこれは何事だ！」サー・ロジェが暗闇《くらやみ》から復讐《ふくしゅう》の天使のように現れて、叫んだ。

「わたしだよ」アルベールがまた間の抜けたにやにや笑いを浮かべて言った。

「おまえは迷子になったわけではなかったようだな」ロジェがあざけるように言った。「一日じゅうこの居酒屋に隠れていたのか？」

「いや。あなたを捜していたんですよ。あなたはここにいるかもしれないと思って。でも、いなかった」アルベールは非難しているとも安心したともつかない口調で言い、おぼつかない足取りでよろよろと歩き始めた。

「この方はちょっと……」モルがすまなそうに口を開いた。

「わかっている」ロジェは片方の眉を上げ、唇をゆがめて笑った。

「そんな目で見るな、怒りんぼの老いぼれ熊《ぐま》め！」アルベールはわめいたが、モルが支える手を離すと、もっとふらついた。「この居酒屋は最高だ。モルも最高、わたしも最高の気分だ！　何もかも最高だ！」彼は誰かを抱き締めるように両腕を自分の体に巻きつけた。「マイナも最高だ！」それから顔をしかめて、ロジェに指を突きつけた。「だけど、きさまは違う。きさまはろくでなしだ！」

「本当に？」ロジェは腕を組んで、非難がましく眉根を寄せた。

「わたしは失礼しますよ、旦那《だんな》様。用事がありますので」モルはあわてて逃げ出した。サー・ロジェが怒鳴りだす気なら――彼の顔から判断して、怒鳴りだしそうだったので――そこから遠く離れたかったのだ。

だが実際は、ロジェは怒っていなかった。少なくともサー・アルベールに対しては。彼の様子は滑稽《こっけい》なほど無邪気で、ロジェは自分たちが初めて出会ったときのことを思い出していた。アルベールは杯を握り締めて、溝に転がっていた。そんなときでも彼の物腰には静かな威厳があって、それがロジェには興味深かった。ロジェは滞在先の城の兵舎にアルベールを運び、酔いがさめるのを待った。こうした一風変わった出会いから、ふたりの長い友情が始まったのだ。

しかし今この瞬間は、妻の名前が村の通りでわめかれるのを聞くのはごめんだった。たとえそれがアルベールのほめ言葉だとしても。「さあ、アルベール、ベッドに入る時間だ」ロジェは千鳥足の友に手を貸そうとした。

アルベールはその手を払いのけて、ロジェをにらみつけた。だが、焦点が合わないので、それほど効果はなかった。「きさまの助けなんかいらん！　きさまはばかだ！　お……おお……大ばかだ！」

「おまえだってばかみたいな話しぶりだぞ」ロジェは辛抱強く言い、アルベールの腕をつかんで自分の肩に回した。「今にも泥のなかに顔から突っ込みそうなほどふらついているではないか」

「だからどうだっていうんだ？」アルベールはわめいて、ロジェの肩から腕を離した。とたんによろけたが、なんとか体勢を立て直した。「何を心配してる？　きさまは自分のことしか心配していないんだ、ロジェ。まるで赤ん坊だ。子供だよ。いじめっ子だ！」アルベールは城のほうに乱暴に手を振った。

「あそこには、きさまにはもったいない美人の奥方がいるのに、きさまときたら、居酒屋で女と遊んでいるとは！」

「いや、わたしはここにいなかった。もうたくさんだ」ロジェはきっぱりと言った。「さあ、帰ろう」

「いやだ！　きさまとなんか一緒に帰るもんか。マイナにすまなかったと詫《わ》びるまではな。なんで喧嘩《けんか》したか知らんが、みんなきさまのせいにきまってる」

「謝りたくても、妻はここにいないではないか」ロジェはますますアルベールをさっさとベッドに入れなければと思った。眠れば、酔いをさますことができる。それに、おとなしくなるだろう。

「ほう、奥方はいないって？」アルベールはまわりを見回した。「奥方がいない」彼はまっすぐ身を起こした。そこには、ロジェが初めて泥酔したアルベールを見たときと同じように、見た目はむさくるしいが、ある種の威厳のようなものが漂っていた。

「それではけっこう。じゃあ、行こうか」一歩前へ踏み出したとたん、アルベールは前のめりに倒れた。

ロジェはかがんでアルベールを仰向けに転がし、友人の泥まみれになった顔を調べた。「大丈夫か？」

アルベールが血走った目をしばたたいた。「きみたち夫婦の問題が何か、わかっているんだろう？」ろれつが回らない。「きみたちが似た者同士だってことだ！　ふたりの……その……その……」大きく深呼吸する。「頭の鈍いばかはおたがいに申し分のない相手だってことがわかっていない！　わたしとウィニフレッドのように！」アルベールはまばたきすると、うめき声をあげ、泥で汚れた手で顔を覆った。「ああ、ウィニフレッド、今どこにいるんだ？」アルベールはロジェから身を引き離し、泥のなかにうずくまってすすり泣いた。聞く者の胸が痛くなるような嗚咽《おえつ》だった。

ロジェはどうしていいかわからず、かといって友を放《ほう》っておく気になれなかったので、アルベールの背中を軽く叩《たた》いた。「さあ、アルベール」ロジェはそっと言った。「手を貸すから、家に帰ろう」

「わたしには家などない」アルベールが寂しそうにうめいた。

「わたしが生きているかぎり、わたしの家がおまえの家だ」ロジェは言った。アルベールをいたわるように立ち上がらせる。アルベールはおとなしくなった。前後不覚になりかけているのだ。

ロジェはぐったりしたアルベールをそっと肩に担ぎ上げ、誰も邪魔する者のいない城の馬屋の静かな場所へと運んだ。アルベールを麦わらの山に横たえて、毛布でくるむ。そのあとロジェは、部屋に戻ってもマイナに歓迎されないだろうと思い、自分もアルベールから少し離れたところで横になって眠ろうとした。

脚は疲労で棒のようになっていたが、よく眠れなかった。ロジェは狩りから戻って、アルベールが自分を世話の焼ける子供扱いして捜しに出たことを知ってから、ずっと畑や村の周囲を歩きどおしだった。アルベールが無事だったことはもちろんうれしいし、正直に言えば、妻のことでくよくよしているより、友人の心配をしているほうが気が楽だった。

しかし、アルベールが横にいる今、ロジェの思いは再びマイナの企《たくら》みへと戻っていった。

マイナのせいで不面目な思いをさせられたが、わたしは実際には何もやっておらず、不面目に感じる必要もなかったのだ。マイナはわたしに野蛮な獣になったような気分にさせ、そのあと、だまされやすい愚か者になったような気分にさせた。マイナの嘘《うそ》はまったく弁解の余地がないし、許しがたい。

アルベールはわたしとマイナが似た者同士だと言ったが、わたしたちは少しも似ていない。マイナが

わたしにしたような仕打ちは、わたしは誰に対しても絶対にできない。

アルベールには決して理解できないだろう。アルベールの恋愛経験は汚れのない純愛で、もし彼が失望したのだとすれば、それは相手の女性に対面を重んじる心があったからだ。なかったからではない。

翌朝アルベールが目覚めたとき、無理やり開いた目に真っ先に飛び込んできたのは、馬屋の壁の羽目板にもたれて座っているロジェの姿だった。朝日が彼のまわりに差し込んで、まるでステンドグラスの窓に描かれたイエスの十二使徒のひとりのようだった。

「わたしはどうなったんだ？」アルベールはうめきながら、のろのろと起き上がった。

「酔っぱらったのさ」ロジェが静かに答えた。

「本当に？」

「ああ」

「あなたを捜していたんですよ。居酒屋に入って……あなたは結局あそこにいたのですか？」

「いや」ロジェは立ち上がって、服についた麦わらの屑《くず》を払い落とした。「わたしがたまたま通りかかってよかったよ。でないと、またおまえを溝から引きずり出さなければならなかったかもしれん」

アルベールは自分の汚れた服を渋い顔で見た。

「そんなところのようですな。ああ、頭ががんがんする！」

「すぐに治るさ。頭痛がして、いい気味だ。おまえは村じゅうの目を覚まさせるほどの大騒ぎをしたんだから」

「わたしが？」

「そうだ。なぜわたしを捜していたんだ？　城に一大事が起こったわけでもあるまいに。われわれが戻ったとき、城は静かなものだった」

「マイナのことで話がしたかったんです」

「またか？」ロジェは警戒するように尋ねた。「いい加減にしないか。マイナのことはゆうべ存分にしゃべっただろう」

アルベールは疑わしそうに目を細めた。「あなたたちのあいだに、また何かが起こったはずです。今度はなんですか？」

「それはわたしと妻の問題だ」

「彼女はあなたによく似ています」アルベールはこめかみをもみながら、物思わしい声で言った。

「おまえは世間にそう言いふらしていたな」

「わたしが？」

「ああ、そうだ」

「でも、それは事実です」

「いや、違う」

「ロジェ、マイナも自分が悩んでいることを話していないのではないでしょうか。あなたたちふたりに必要なのは話し合うことです」

「アルベール！」ロジェは声をあげて、鬱積《うつせき》した不満をいくらか解消した。「話し合ったとも！　それでこんな大問題になったんだ——マイナが言ったことで！　おまえはわたしがこの問題を胸にしまっておこうと懸命に努力しているのが気に入らないようだから、話してやろう。ただし、一度きりだぞ。マイナはわたしに嘘をついたんだ。わたしは初夜のとき、一度キスをした以外は彼女に指一本触れていなかったのだ！」

「一度キスをしただけ？」アルベールは信じられないというように言った。

「一度キスをしただけだ。マイナはわたしのワインに一服盛ったんだ。わたしは気を失った。彼女を殴ったりしてはいなかったのだ」

「それはよかった！」アルベールがうれしそうに言った。「あなたにそんなことができるなどとは思い

たくありませんでしたからな」

「しかし、おまえも今なら彼女にどんなことができるかわかるだろう」

「マイナはどうしてそんなことをしたのでしょう？　怖かったのでしょうか？」

ロジェは顔をそむけた。言うべきことは言った。アルベールがドゲール男爵との会話を知る必要はない。マイナが間違っているのだから。「理由などどうでもいい。彼女は卑怯《ひきょう》でたちの悪い嘘をついたから、そのことではわたしは彼女を許さないつもりだ」

アルベールは納得がいかないように眉根を寄せ、悲しげな目になった。「それは厳しすぎますぞ、ロジェ。たぶん彼女にも言い分が……」

「だめだ！　わたしたちは充分すぎるほど話し合ったんだ！　マイナのしたことは絶対に弁解の余地はない」アルベールの思いやりあふれる顔に負けて、ロジェはとうとう悩みの真の原因を告白した。「マイナがわたしに自分が人でなしだと思わせたことが許せないんだ」

アルベールはゆっくりとうなずいた。「これからどうするつもりです？」彼は気落ちしたように尋ねたが、ロジェはアルベールがようやくわかってくれたのでほっとした。「この結婚を無効にするのですか？　初夜にひとりで寝たのなら、結婚の契りは結ばれていない。そのあと、われわれはほかの領地へ行って……」

「あれから結婚の契りは結ばれたのだ」

「そうですか」

「だから、彼女はこの先一生わたしの正式な妻だ」

「とても残念ですよ、ロジェ」ふたりは心地よい沈黙に浸って座っていたが、やがてアルベールが口を開いた。「正直なところ、わたしにはマイナがあなたにそんなことをした理由がわかりません。何か理

由があるはずです。あなたが彼女に説明の機会さえ……」

「アルベール、おまえが忠誠を尽くすのはマイナにか、それともわたしにか？」ロジェは問いただした。何もかも洗いざらい打ち明けたあとでも、まだアルベールがマイナをかばおうとしていることに落胆した。

「もちろんあなたにですよ」アルベールはきっぱりと言った。「いつでも誰よりもまず、あなたにです」

「だったら、頼むからマイナの話はやめてくれ。わたしは自分の結婚のことをもう二度と話したくないんだ。おまえにだろうと、誰にだろうと」

アルベールが返事をする間もなく、狭間《はざま》胸壁から大声が聞こえてきた。ふたりが無言で馬屋の戸口に駆け寄ったちょうどそのとき、中庭の大きな門が勢いよく開いた。

13

馬屋から午前半ばのまぶしい光のなかへ出たとき、ロジェとアルベールは、きらびやかな衣装に身を包んだ若い美女が純白の馬にまたがって中庭に入ってくるのを見た。彼女は、騾馬《らば》に乗った女――彼女の召使いだろう――と、武装した一団を従えている。

「あれは誰です？」アルベールが言った。本能的に身なりを整え、片手でくしゃくしゃに乱れた髪をすく。

「さあな」ロジェは答えて、服から麦わらの残り屑《くず》を無意識のうちに払い落とした。「だが、あの様子からすると、物乞《ものご》いではないな」ロジェは歓迎の笑みを浮かべて前に進み出ると、大声で言った。「モ

ンモランシー城へようこそ」

ロジェはさらに近づいていくと立ち止まって、見知らぬ訪問者を見上げた。透き通るように白くて滑らかな肌、ほっそりした長い首、きらきら光る青い瞳。この女は多くの点で、高い身分と富とが相まってできた女性美の権化だとロジェは思ったが、奇妙なことに、彼女の美貌《びぼう》に少しも魅せられなかった。枕《まくら》の上に広がる赤い髪、欲望をはっきりとたたえた顔、そんなマイナの面影が脳裏にちらついているときはなおさらだ。

美女を見ると挑まないではいられなかったのに、これはいったいどうしたことだ？　結婚前なら、この美女をベッドに連れ込もうと決めただろうに。今ロジェが考えたのは、彼女が何者で、ここへ何をしに来たのかということだけだった。

若い女はその繊細な顔だちに負けず劣らず美しい笑顔をロジェに向け、甘ったるい口調で言った。

「突然お邪魔して、どうかお許しください、サー・ロジェ。ですが、ドゲール男爵から遣わされたとお話しすれば、お怒りにはならないでしょう」

「男爵がこのようなお美しい方を、その方と結婚もなさらないで城からお出しになったのですか？」ロジェはにこやかに言った。

女は軽やかに小さな笑い声をあげた。「まあ、お上手ですこと！」そして周囲を見回し、形のよい眉をちょっと困ったように寄せた。ロジェは女が無言のうちに伝えようとしていることを察して、すばやく手を差し出し、馬から降りるのを手伝った。その間もずっと、訳知り顔のにやにや笑いを浮かべていた。ロジェは女の手練手管を知り抜いている。手助けなしには馬から降りられないという、この計算ずくの見せかけも、その一例だ。

ダドリーが厨房《ちゅうぼう》から小走りに出てきて、見知らぬ訪問者とその供の者たちを見て、口をぽかんと開

け、途中で足を止めた。

「客人だ」ロジェは言わずもがなのことを言った。「妻に伝えてほしい」

ダドリーはうなずいて、無言のまま小走りに大広間に引き返した。

ロジェは不意の訪問客に向き直り、大広間へ案内しようと腕を差し出した。「あなたはわたしの名前をご存じなのに、わたしがあなたの名前を知らないのは不公平ではありませんかな？」ロジェは前腕に置かれた彼女の手がぐにゃぐにゃした魚を思わせることに気づいた。

「まあ、うっかりしていましたわ。お許しくださいな！」女は甲高い声で言った。「わたくしはレディ・ジョゼリン・ド・ボウテットと申します。父はサー・ラナルフ・ド・ボウテット。ドゲール男爵の親戚に当たります」

ロジェはレディ・ジョゼリンを黙って控えていたアルベールに紹介した。アルベールは会釈したが、まだゆうべの後遺症が残っているせいか、挨拶《あいさつ》にはまったく元気がなかった。

ロジェは温かい笑顔で客人を見ると、いつものように振る舞おうと決意を新たにして、大広間へ案内した。「光栄なことですが、どういったご用件でこの城をお訪ねくださったのでしょう？」

レディ・ジョゼリンが答える間もなく、マイナが急いでやってきた。

マイナはぎごちなく立ち止まると、客と供の者たちをさっと観察した。それから彼女の服を見下ろし、背中で両手をきつく握り合わせた。自分の格好を意識し、不意の客に驚いたようなしぐさだった。

ロジェはマイナが身なりを気にするところをこれまで見たことがなかった。マイナはいつも虚栄心など超越しているように見えた。レジナルドやこの女とは大違いで、外見など少しも重要ではないと思っ

ているかのようだった。

　比較してみるなら、このジョゼリンが青白い月の光で、マイナは燃え盛る太陽だろうか。

　しかし、激しやすい気性は長所とは言いがたいぞ、とロジェは自分に思い出させた。

　マイナの鋭い視線が人でごった返す中庭をざっと眺め、それから夫の腕にのせられたレディ・ジョゼリンの手で止まった。その瞬間、マイナは再び、ロジェが知っている意志の強い、自信に満ちた女になった——彼の知っている腹だたしい嘘《うそ》つき女に。

「レディ・ジョゼリン・ド・ボウテット、マイナを紹介いたします」ロジェは威厳のある声で挑戦するように言い、もったいぶって少し間を置いたあと、つけ加えた。「妻です」

　マイナはロジェをまっすぐ見なかった。彼が何をしようとしているかわかった。たぶん生まれてからずっと甘やかされ、ちやほやされてきた、この青白くて着飾りすぎの、作り笑いを浮かべた貴婦人と比べたら、わたしなど取るに足りない存在だとでもいう態度をとって、わたしに恥をかかせようとしているのだ。

　マイナはささやかな優越感のこもった満足の笑みを浮かべた。レディ・ジョゼリンのような人間は、絶対にわたしの育った環境には耐えられないだろう。そう思うと、マイナは強くなれた。

　今の彼女に必要なのは、その強さだった。何度誓いを立てても、決意を固めても、ロジェをひと目見たとたん、愛の記憶がどっとよみがえってくじけそうになった。それと同時に、夫の腕に置かれたレディ・ジョゼリンの手を見た瞬間、怒りで胸がいっぱいになった。マイナは必死になってそんな感情を抑え込んだ。マイナが口を開いたとき、その声は蜜《みつ》のように甘かった。「光栄にもこうしておいでいただいた理由を教えていただけますか？」

「それがその、ちょっと言いにくいんですの」レディ・ジョゼリンは伏し目がちになって、はにかんでいるふりをしながら言った。だが、マイナはそんなことではだまされなかった。ロジェの腕を握り締めているこの虚栄心の強い、狡猾《こうかつ》な娘に、言いにくいことがあるとは思えなかった。ロジェはマイナには見せたことがないほどやさしい笑みを彼女に向けている。「できればなかでお話ししたいんですけれど」

「どうぞわが家でごゆっくりおくつろぎください」ロジェはレディ・ジョゼリンにやさしく言った。ふたりがマイナのそばをさっさと通り過ぎたので、マイナは召使いか犬のようにふたりのあとをついていかざるをえなかった。

　大広間に入ったところで、心配そうな顔をしたダドリーがマイナの横に現れた。「お客様のお部屋を用意させたほうがよろしいでしょうか？」ダドリーは不安げにささやき、レディ・ジョゼリンのほうを身振りで示した。

「そうね」マイナはぴしゃりと言った。自分で意図した以上に言葉に怒りがこもっていたので、無理やり自分を落ち着かせ、感情を抑制しようとした。ここはわたしの家でもあるのだ。わたしはここの女主人なのだ。

　ロジェはレディ・ジョゼリンを暖炉のそばの椅子に案内した。「さて、わが城にお越しになった理由をお聞かせいただけますか？」彼は慇懃《いんぎん》に尋ねた。

　マイナは奇妙な、落ち着かない気分になっていた。冷酷な父親と暮らすうちに、彼女はひるむことなく苦難に耐える方法を学んだ。レジナルドには無理やり何かさせるか、無視すればいいことを学んだし、ほかの異母きょうだいたちに対しては、無表情と沈黙を通した。

　でも、この美女から自分を守るにはどうしたらいいだろう？　いくら比較するまいと思っても、レデ

イ・ジョゼリンの抜けるように白い肌と金髪の美しさは否定しようがない。金糸の刺繍《ししゅう》が施された贅《ぜい》沢《たく》な作りの青い外衣。華奢《きゃしゃ》な頭を覆う薄手の絹の頭巾《ウィンプル》は、宝石をちりばめた頭飾りで押さえてある。そして刺繍をあしらった子山羊《こやぎ》革の手袋に、ドレスの下からのぞく繊細なシュミーズ。これらすべてが一体となって、レディ・ジョゼリンの外見をいっそう完璧《かんぺき》なものにしている。彼女と比べると、自分のドレスがみすぼらしく不格好に思えて、マイナは雌《めす》鹿《じか》のそばに突っ立っている雄牛のように居心地が悪かった。

「レジナルド・チルコット卿《きょう》はまだこちらにおいでだと思いますが？」レディ・ジョゼリンはまたわざとらしく頬を赤らめて尋ねた。

「ええ、おりますが」ロジェは答えて、彼女の甘ったるい声を聞くためにさらに身を乗り出した。マイナは、レディ・ジョゼリンが女だけの輪のなかにいたら、その声は周囲の会話を圧するほど大きいにちがいないと確信していた。

マイナは目の隅で、ダドリーがヒルダとオールディスを階段のほうへせき立てるのを見た。ふたりの召使いは真新しいリネンを腕いっぱいに抱え、洗面器と水差しを持っている。彼女たちはレディ・ジョゼリンを好奇心もあらわな目で見つめながら、部屋を用意するために階段を上がっていった。

「ドゲール男爵のお考えでは……その……男爵はできれば……」レディ・ジョゼリンは早口で言って、困惑した女を見事に演じてのけた。

「なんですか？　男爵は何をお望みなのですか？」マイナは暖炉に近づきながら尋ねた。その口調がぶっきらぼうだったので、ロジェから非難がましくにらまれたが、マイナは気にしなかった。この女のわざとらしい態度にはもうこれ以上我慢できなかったのだ。

「男爵はチルコット卿とわたくしが結婚するべきだとお考えなのです」レディ・ジョゼリンは大きな、青い、牛にとてもよく似た目をロジェに向けてしばたたいた。

洗面器がからからと音をたてて階段から落ちてきた。真っ赤な顔でそれを追ってきたヒルダが、膝を折ってすばやく挨拶した。「申し訳ございません」彼女はあわてて謝ると、洗面器をつかんでまた階段を駆け上がっていった。

「レジナルドはそれについて発言する権利があるのでしょうか?」マイナはすかさず尋ねた。と同時に、兄はどこにいるのだろうと考えた。

レディ・ジョゼリンの視線がマイナに向けられた。その声は相変わらず甘ったるく、子供っぽかったが、洞察力のある目からは無邪気さが消えていた。「ええ、もちろんですわ。チルコット卿はまだこちらにいらっしゃいますの? いらっしゃいませんの?」

そのとき、レジナルドが階段の上に姿を見せた。ベルトのバックルを締めながら、転げ落ちるようにあわてて下りてくる。彼が大急ぎで服を着た証拠はほかにもあった。チュニックの左肩の留め金は曲がり、髪をカールする時間もなかったらしい。レジナルドは階段とレディ・ジョゼリンとのあいだを半分ほど来たあたりで立ち止まり、仰々しくお辞儀をした。

「レジナルド・チルコット、レディ・ジョゼリン・ド・ボウテットをご紹介します」ロジェが重々しく言った。「あなたの未来の妻、とわたしは理解しています」

もう一度お辞儀をしかけたレジナルドは、半分腰をかがめたところで動きを止め、大きく見開いた目を上げた。「ぼくの……ぼくのなんだって?」

「まあ、どうか、サー・ロジェ……ああ、どうしましょう! わたくしはそんな意味で言ったわけでは

ありませんのよ！」レディ・ジョゼリンは即座に異議を唱えた。マイナは困惑している彼女がおもしろくて、必死に笑いを噛《か》み殺した。ドゲール男爵が本当にレジナルドと彼女との結婚を画策しているなら、なぜ事前にその旨を伝えてこなかったのだろう？

「レディがここへ来た理由がなんであれ、われわれは大歓迎だ。どんなに長く滞在することになっても。そうだな、マイナ？」ロジェは妻をちらりと見たが、その意味は非常にはっきりしていた。礼儀にはずれたことをするなら、それなりの覚悟をするんだなと警告しているのだ。

　マイナはにっこりほほえみ、歯の浮くような甘ったるい声で言った。「わたしたちは心から喜んでおりますわ。ワインはいかがですか？　長旅でしたの？」

「ワインをいただけるなら、とてもうれしいですわ。それから、こちらの家令に召使いのブルンヒルデをわたくしどものお部屋へ案内していただけたらありがたいのですけれど」

「もちろんですわ。すぐに取り計らいましょう。では失礼いたします」マイナは急いで階段を上った。

ダドリーはマイナが初めてこの城へやってきたときに泊まった部屋にいた。レディ・ジョゼリンが寝泊まりする準備はすでに始められていたので、マイナはワインとチーズとパンの軽い食事を用意するようにダドリーに頼むだけでよかった。ダドリーは急いでうなずき、作業の仕上げは召使いたちに任せて足早に部屋から出ていった。

　マイナは急いで階下に戻ろうとはしなかった。階下では、夫が今まで知りもしなかった人間に愛想を振りまいている。マイナは洗面器をほんの少しテーブルの中央に動かし、燭台《しょくだい》の蝋燭《ろうそく》の一本をまっすぐに立て直した。ヒルダが水を入れた水差しを持ってきて、震える手でテーブルに置いた。

マイナはすかさず言った。「オールディス、厨房へ行って軽食の用意を手伝って。ここはヒルダとわたしでやるから」

オールディスはうなずき、すぐに出ていった。

彼女がいなくなると、マイナはヒルダに向き直り、心配そうに尋ねた。「どうしたの？　ホリスは大丈夫？」

「あの子は元気です、奥方様」ヒルダは答えて、唇を噛んだ。「なんでも……なんでもありません」

「階段で洗面器を落としたじゃないの」

「洗面器はちょっとへこみましたが、簡単に直せました。本当です！」ヒルダは言ったが、その激しい口調から、なんでもないと言ったのは嘘だとわかった。

「レディ・ジョゼリンのせいなの？　前に彼女に会ったことがあるの？」

「いいえ、違います。レディ・ジョゼリンがわたしにどんな関係があるというのですか？」

「彼女はしばらくここに滞在するかもしれないのよ」

「そうですか」

「もう行っていいわ」マイナは言った。ヒルダが何を悩んでいようと、それを打ち明ける気はなさそうだと感じたからだ。「部屋の準備はすっかり整ったわね」

「ありがとうございます」ヒルダはほっとしたように言うと、部屋から急いで出ていった。

マイナはヒルダのあとからゆっくりと出ていった。レディ・ジョゼリンの突然の来訪を少しも喜んでいない人間は、わたしひとりだけではなさそうだ。でも、ヒルダは何を心配しているのかしら？　レディ・ジョゼリンはヒルダにとってはただの客でしかないのに。

いちばん動揺しているのはレジナルドのはずなの

に。マイナは、レディ・ジョゼリンはとてもずる賢い娘なのではないだろうかと思った。彼女は、単純でうぬぼれ屋だが気のいいレジナルドという男ではなく、彼の称号と、由緒ある家柄の出のチルコット卿と呼ばれる人物に狙《ねら》いをつけたのにちがいない。

マイナは、レジナルドがお辞儀を途中で止めたときのぶざまな格好を思い出した。たぶんレディ・ジョゼリンはレジナルドを自分の好みだとは思わなかっただろう。好みの男はほかにいそうだ。

マイナはふいに、レディ・ジョゼリンがロジェのそばに立っているのを見た瞬間から胸にわだかまっていたある感情に気づいた。子供のころはよく感じたが、モンモランシー城へ来てからはめったに感じたことのない思いだ。

マイナは怖かった。

ロジェがレディ・ジョゼリンを求めるようになるのが怖かった。今でも、彼に愚かな妻だと思われているのではないかと怖かった。彼があのとほうもなく激しい情熱をほかの女と分かち合うのが怖かった。

ロジェのレディ・ジョゼリンに対する態度は、その不安を多少なりとも裏づける証拠に思われた。

彼の言う忠誠と正直さはどうなったの？　彼は参列者と教会の前で、わたしに対して誠実でいると誓ったのだ。彼は必ずその誓いを守るはずだ！

「わたし、きょうは遠乗りに出かけます」それから数日後、マイナは朝食が終わると宣言した。大広間はほとんどががらがらだった。兵士と騎士見習いたちは食事を終えて、大半がその日の務めの準備に取りかかっている。レディ・ジョゼリンが来た日から雨が降ったりやんだりで、男たちは外の仕事に行きたくてうずうずしていた。同じように、マイナも城に閉じこもる生活から抜け出したくて、気取ったレディ・ジョゼリンと、ロジェから離れたくてうずうず

していた。

マイナは、ロジェとレディ・ジョゼリンが一緒にいるときはいつも、ふたりを見張っていた。まるで狩りに出たエドレッドの鷹《たか》のように注意を怠らなかった。絶えず監視しているのはいかにも低俗だし、疲れる。まったくの無駄骨になるのでは、という不安もあった。ロジェが女を籠絡《ろうらく》しようと思えば、最後には間違いなく成功するだろうし、不義を隠したければ、それもできるだろう。肉体的魅力と伊達《だて》男ぶりが強力に結びついている彼にあらがえる女はまずいないだろう。

レディ・ジョゼリンが抵抗できないのは間違いない。

しかし、あのジョゼリンが不義密通を隠せるほど利口だとは思えないし、今までのところ、ロジェと彼女とのあいだに不道徳な関係があるという証拠もない。マイナはまだ、彼が結婚の誓いを守るつもりでいてくれることを願っていた。だからといって、不安や懸念が薄れるわけではなかったが。

「雨が降りそうだぞ」ロジェがマイナの右側の自分の席からそっけなく言った。彼は手を伸ばして杯を取ろうとしたが、危うくマイナの体に触れそうになったので、その手をさっと引っ込めた。

マイナは顔を赤らめて、ロジェの動きを見落とした自分を責めた。もう彼に嫌悪されていることに慣れてもいいころなのに。

「わたくしも遠乗りに出たいですわ」レディ・ジョゼリンがつぶやいた。彼女は男爵の親類であり、この城の客人であるという特別の立場にいる印に、ロジェの右手に席を与えられている。「でも、雨が降りそうならよしましょう。あなたはどうお思いになります?」彼女は隣に座っているレジナルドに尋ねた。

「雨はそのドレスを台なしにしますよ。ぼくもそれ

と似た生地のチュニックを持っていましたが、ひと粒の雨でも、しみが消えませんでした」

「まあ！　だったら、着替えることにしましょう。あの人は……ヒルダでしたかしら？……わたくしの緑色の紋織りを繕ってくれたかしら？」

「そう思います」マイナはそっけなく答えた。

「天気が悪くなるのをおしてお出かけになるのはいかがなものでしょうな」ロジェがレディ・ジョゼリンに言った。「わたしがお世話しているあいだにあなたに病気にでもなられたら、男爵は喜びますまい」

「まあ、お気遣いに感謝いたしますわ」レディ・ジョゼリンは作り笑いを浮かべて言った。「わたくしもご迷惑はかけたくありません。もっとも、男爵はあなたのことを間違いをしでかさない方だと思っていらっしゃいますけど。では、あなたのご忠告に従って、きょうはお城にいることにしましょう」

　マイナは唇を拭《ふ》いて立ち上がった。心はホリスのボールのように揺れ動いていた。遠乗りに出かけようと決心した次の瞬間には、ジョゼリンがついてくるのならやめようと思い、その次にはまた城から出かけたくてたまらなくなった。ただし、ひとりで出かけられればの話だ。「失礼します。じきに戻りますから」マイナは言った。

「どこに行くんだ？」ロジェがやっと周囲の人々やレディ・ジョゼリンではなくマイナを見て、険しい声で尋ねた。

「わたしは少しぐらいの雨は平気だし、わたしの服もだめになったりしないわ。男爵だってわたしが病気になろうがなるまいが、特別ご心配はなさらないはずよ」マイナは淡々と答えた。「では、みなさん、ごきげんよう」

　妻が大広間を出ていくとき、ロジェは腹だちのあまり歯ぎしりした。彼は人が自分の命令に無条件で

従うことに慣れている。しかし、自分が提案したどんなことにも、レディ・ジョゼリンのように無条件で従われるのは必ずしもうれしくなかった。この青白い顔の生気のない女に、決断は自分で下せと怒鳴りつけてやりたかった。口答えに関していえば、ロジェはマイナがそうしてくれたらいいのにと思った。マイナは命令に従うことはおろか、協力することすら平然と拒み、あっさりと彼を無視した。そんな経験がこれまでまったくなかったので、ロジェはどう対処していいか見当もつかなかった。

「奥方様は間違っていらっしゃると思いますわ」レディ・ジョゼリンが同情するような目つきでロジェにしなだれかかり、彼の手に自分の手を重ねた。

「ドゲール男爵は奥方様の身に何か起きたら深く悲しまれるはずです」

ロジェはほとんど彼女の話を聞いていなかったが、謎《なぞ》めいた目を気取り屋の退屈な娘に向けて言った。

「レディ・ジョゼリン、わたしも悲しむでしょう」

男を惑わす能力に自信満々のレディ・ジョゼリンには、サー・ロジェの端整このうえない顔に浮かんだ笑みしか目に入っていなかった。そして、大胆不敵なサー・ロジェ・ド・モンモランシーは妻の肉親であるまぬけな男が隣にいるからこう答えるしかなかったのだろう、と推測した。

サー・ロジェをつかまえそこなったのは本当に残念だわ。レディ・ジョゼリンは必要以上に長くサー・ロジェの力強い手に自分の手を重ねたまま、身内にわき上がった興奮を堪能《たんのう》した。なるほどサー・ロジェは聞きしにまさる男だ。誰も、彼の抗しがたい肉体の存在感を言い表すことはできないだろう。彼が呼び覚ます欲望についても。妻に望ましい女として、処女の価値は充分に承知していたが、彼女はサー・ロジェが自分を誘惑するように仕向けたかった。

彼の奥方がどうしてこんなに夫に無関心でいられるのか、さっぱりわからない。彼女はまるで夫の存在に気づいていないかのように振る舞っている。横柄で、人を見下しているけれど、ばかにちがいないわ。たとえ彼女は認めなくても、ほかの人間は夫の真価を認めていることを気づかせるのは、彼女のためになるかもしれない。

彼女は平凡な顔だちで、恐ろしいほど赤い髪で、気性が激しい。サー・ロジェはもっとおとなしくて女らしい相手を歓迎するにちがいない。

でも、マイナを完全に遠ざけるのは賢いやり方ではないだろう。でないと、レジナルド・チルコットの妻になったとしても、まったく歓迎されないだろうから。チルコット卿は、彼の一族の社会的地位と富を考えれば、すごい掘り出し物だ。それに、サー・ロジェはもう結婚している。だからジョゼリンは自分の膝に手を戻して、無邪気に言った。「お天気がよくなったら、わたくしたちも一緒に遠乗りが楽しめますわね」

「そうですね。今そのことを考えていたのですが、礼拝堂を出るとき、雲が薄れてきていました。狩りでもどうだ、アルベール？」サー・ロジェが言うと、アルベールは賛成した。サー・ロジェは彼女に心をそそられているようなやさしい笑顔を向けた。「ご一緒にいかがですか？　あなたが加わってくださるなら大歓迎いたしますよ」

レディ・ジョゼリンのにこやかな笑顔は心からのもので、勝ち誇ったような目にも嘘偽りはなかった。

「喜んでお誘いをお受けいたしますわ」

14

尾根の今いるところから、マイナはロジェとレディ・ジョゼリン、サー・アルベールの三人がゆっくりと本街道を進んでくるのを見下ろした。愛馬のジネットを馬屋から連れ出すとまもなく、太陽が顔をのぞかせた。暖かくて明るい朝になったので、眼前の光景がはっきりと見えた。

馬に乗った三人のあとを、ブリードンと猟犬たちがやってくる。鷹匠《たかじょう》のエドレッドは大型と小型の二種類の隼《はやぶさ》を運び、もうひとりの召使いが血まみれの包みを携えている。狩りは上首尾だったにちがいない。

マイナは視線を三人の貴族に戻した。雨が降るんじゃなかったの？ か弱い貴婦人は風邪をひくかもしれないんじゃなかった？

ロジェがわたしが遠乗りに行くのをやめさせようとしたのは、それがわたしの楽しみになっているのを知っているからだろう。止めれば、わたしが出かけると言い張るだろうと考えて、わたしに出かけさせるためにわざと反対したのかもしれない。もちろん、彼が妻の結論の出し方をあれこれ推測したとすればの話だが。彼がどう推測したにせよ、麗しきレディ・ジョゼリンとおしゃべりするのに邪魔な小うるさい妻はいない。なるほどサー・アルベールと召使いたちが供をしているけれど、ロジェがその気になれば、いくらでも彼らから雲隠れする方法を見つけられるはずだ。

妻がそこに加わって迷惑しているロジェの姿を想像してごらんなさい。

マイナはじっとしていられなくなった。歯ぎしり

するとジネットに拍車を当て、猛烈なスピードで斜面を駆け下りたが、少しも怖いと思わなかった。それどころか、三人の前に大げさな身ぶりで馬を止めたとき、興奮はさらに募った。

「なんてむちゃなことをするんだ」ロジェが言った。「馬の脚が折れてしまうかもしれないではないか」

「あるいは、わたしの頭が割れてしまうか。でも、なんともなかったわ」マイナは相手を見下したような笑顔でやり返した。「レディ・ジョゼリン、またお会いできてうれしいですわ。あなたはしみのつきやすいドレスを着ていらしたのね！　泥がはねたらどうかお許しください。いいえ、しみになるのは雨でしたわね。こんにちは、サー・アルベール」

　アルベールは返事をする代わりに、無言で会釈した。

「晴れてきましたでしょう」ジョゼリンはどうすることもできないのが悲しいといった様子でロジェからマイナへそわそわと視線を移しながら、静かに言った。「あなたのご主人が狩りに誘ってくださったものですから」

「そうでしょうね」マイナが言うと、ロジェが非難がましい目つきで彼女を見た。マイナはそれを無視して、サー・アルベールのほうに顔を向け、心配そうに尋ねた。「体の具合はよくなりましたか？」

「ええ」アルベールは少年のように顔を赤らめて答えた。「エールを飲みすぎただけですから。それに加えて少し熱が出ましたが、今はもうすっかりよくなりました」

「殿方のなかにも弱さをお認めになる方がいるとわかって、うれしいわ」マイナは言った。

　ロジェは何も言わなかったが、こめかみの血管が脈打ち始めたのがわかった。マイナは、これできょうのところはもう充分だと考え、ジネットを後退させてレディ・ジョゼリンの横に並び、ロジェとアル

ベールを前に行かせた。

「で、殺戮《さつりく》はお楽しみになれました？」マイナはレディ・ジョゼリンにさらりと尋ねた。「獲物のことにかけては、あなたは名人でいらっしゃるのがわかりますわ」

「ご主人は見事な隼をお持ちですわね。これほどよく訓練された隼はめったにいませんわ」

「獲物といえば、レジナルドのことはどうお考えですか？」

「それとこれとどんな関係があるのかわかりませんわ」ジョゼリンが冷ややかに答えたので、マイナは彼女が本当はわかっているのだと確信した。「あなたのお兄様は立派な方ですわ」

「兄はいい夫になるとお思いなんですね？」

「ええ。そう思います」

「あなたにとって？」

レディ・ジョゼリンはとまどったようないぶかしげな目つきでマイナを見た。「お兄様の妻に推薦された方がほかにいらっしゃいますの？」

「ええ、最近の話ではありませんけど。たったひとりの許婚《いいなずけ》にふられてしまいましたの」

「ああ、あのことね」

「マデリン・ド・モンモランシーのことはお聞きになっているでしょう？」

「ええ。彼女はばかだと思いますわ」

ジョゼリンが甘ったるい口調で情け容赦のない非難の言葉を口にしたので、今度はマイナがとまどった。しかし、美しくて頼りなげな仮面の下にあるジョゼリンの本性に迫りつつあることも感じていた。

「彼女は別の男性と恋に落ちたようですわ」マイナは言った。

レディ・ジョゼリンが本当ににやにやした。「その人は平民でしょう。そう聞いておりますけど」

「あなたは愛の力を疑っていらっしゃるんです

ね？」

ジョゼリンは鋭い目つきでマイナを見た。「あなたもわたくしもよく知っていることだと思いますけど」

なんと冷たい口ぶりだろう。なんと感情に欠けていることか。でも、彼女が言っていることは、愛に対するわたし自身の考え方じゃないかしら？

ジョゼリンの表情がいつもの人当たりのいいものに戻った。「でも、わたくしにおききにならないでくださいな。あなたのまわりには愛のためにとても苦しんでいる方がいらっしゃるのですから」

「誰ですか？」マイナは問いただした。だが、ジョゼリンがロジェのことを言うのではないかと思い、一瞬ぞっとした。

「サー・アルベールですわ」

「サー・アルベールですって？」

「ええ。彼の悲恋物語をご存じありませんの？」ジョゼリンは優越感もあらわに尋ねた。

マイナは前方をちらりと見た。そして、夫の友人のことを知りたかったら、ジョゼリンの恩着せがましい態度を我慢しなければならないと考え、首を横に振った。

「そうですか」ジョゼリンは熱っぽく語り始めた。マイナを憤慨させたいというより、自分が知っていることを打ち明けたくてたまらない様子だ。「サー・アルベールが馬上槍《やり》試合の偉大な優勝者だったのは、そんなに昔のことではありませんわ。彼は高位の貴族ではないけれど貴族の出で、その名を轟《とどろ》かせていたとき、ある婦人と出会ったのです。彼女は毛織物商人の妻で、アルベールが当時忠誠を誓っていたジェルヴェ伯爵のお城の近くに住んでいました。それはともかく、彼女は絶世の美女だという評判でした。考えてもごらんください。商人の妻ですよ。でも、美女であろうとなかろうと、彼女はまん

まとアルベールを虜《とりこ》にしてしまったのです。あいにくなことに、さっきも申しましたけれど、彼女は結婚していて、夫はひどい乱暴者でした。アルベールは彼女に一緒に逃げてほしいと頼んだのです。でも、彼女は断りました。不名誉なことだと言って。まったくもう、平民ごときが名誉を気にするなんて。あまりにばかげていますわ。彼女はアルベールが貧しすぎると思ったのではないかしら。いくら騎士だといってもね。だったら彼女は何様なの?」

マイナは、平民が名誉など気にするはずがないというジョゼリンの考えには共鳴しなかったが、黙っていた。アルベールが気の毒で、哀れに思い、話の続きを聞きたかったのだ。それがわかれば、なんとかして彼の役に立てるかもしれない。

「アルベールは彼女に一緒に逃げようと懇願し続けました」ジョゼリンが続けた。「ある日、夫が彼女をひどく叩《たた》いてからはなおさらでした。夫は彼女を殺そうとしたのだと思いますわ。それでも彼女は、アルベールにいくら懇願されても断り続けました。やがて、アルベールは彼女の夫が暴力を振るった理由を知りました。彼女が身ごもって、夫は不貞を働いたと言って妻を責めたのです。夫は、ほかの男の子供を養うつもりはないと言いました。でも、明らかにこれは真実ではありません。アルベールは彼女と愛を交わしていなかったのですから。彼はそれを望んでいたかもしれませんけど……。彼女は利口そうだから、もっと自分を求めさせようとして彼を拒んだのでしょう」

「彼女は不貞を働きたくなかったのかもしれないわ」

「わたくしが言ったことを聞いていらっしゃらなかったの? 彼女は商人の妻にすぎないのよ」ジョゼリンはさげすむようにふんと鼻を鳴らした。「とにかく、アルベールはなんとか彼女から何もかも聞き

出したとき、怒り狂いました。そして商人を見つけ出すと、かっとなって殺してしまいました。ブリッジフォード・ウェルズに住む人々は皆、アルベールがああしたのはもっともだと見なしました。でも信じがたいことに、彼女の見方は違っていました。アルベールに、訓練を積んだ騎士に夫が勝てるわけがないから、彼がしたことは人殺しだと言ったのです。彼女は自分にも罪があるとも言いました。実際に不義は働いていなくても、心のなかで不貞を働いたからと。夫と別れたかったのはたしかだけれど、自分のせいで夫に死んでほしくはなかったと。アルベールは結婚してほしいと必死に頼みました。ひざまずいて懇願しました。考えても見て！　貴族の男が身ごもっている商人の後家にひざまずいたのよ！　とにかく、彼女はそれでも拒絶しました。赤ん坊のためにね。アルベールがその子を憎むのではないか、毛嫌いするのではないかと心配したのです。アルベールはそんなことはしないと説得しようとしたけれど、無駄でした。彼女は姿を消しました。誰もその行く先を知らなかったし、アルベールも二度と彼女に会うことはありませんでした。アルベールはその後、ヨーロッパに行き、二、三度馬上槍試合で闘ったけれど、以前のような闘いぶりは見られなくなりました。だから、食べるのがやっとの分しか稼げなかったし、彼は生きようが死のうがかまわなかったようです。そんなとき、サー・ロジェが彼の友人になり、彼に家を提供したのです」

「アルベールは彼女を捜そうとしたの？」マイナは静かに尋ねた。

「ええ。だけど、まるで地面が口をぱっくり開けて彼女をのみ込んだみたいに、影もかたちもなかったの」

「どうしてあなたはそんなに詳しいの？」

「あら、これは誰もが知っていることですわ。吟遊

詩人はこの悲恋を物語詩《バラッド》にしましたわ。騎士の名前は変えてあるけれど、サー・アルベール・ラクールのことを少しでも知っている人には彼だとわかったわ。すべてがとても滑稽《こっけい》に見えませんこと？　騎士たる者が、たかが商人の妻のことで名を知られるなんて」

「とても悲しくて、とてもすばらしいお話だと思うわ」マイナは前方の白髪まじりの騎士を見ながら言った。

「愛が少しも彼のためにならなかったことだけはたしかですわね」ジョゼリンはまたふんと鼻を鳴らした。

マイナはアルベールの穏やかなやさしさを思った。彼は友人の幸せを気にかけ、マイナや城の女たち全員に、それが貴族であろうとなかろうと、敬意をもって接している。「そうかしら？」マイナはつぶやき、わけがわからずきょとんとしているジョゼリンを残して馬を前に進めた。

八月のある日の明け方、マイナは庭の石のベンチに座って、ぼんやりと棒で地面に模様を描《か》いていた。ここは静かで、鶏の満足そうな低い鳴き声と、ときおりがあがあいう鵞鳥《がちょう》の声を除けば、物音ひとつしない。ここだと、マイナはひとりになって、考え事ができる。

この数日、マイナにはほかの女に愛想を振りまいている夫を観察したり、アルベールの悲恋物語について考えたりする機会がたっぷりとあった。ロジェもアルベールのように、レディ・ジョゼリンの幸せを絶えず気にかけ、いつも丁重に、このうえなく愛想よく接している。ただひとつマイナにわからないのは、ロジェが彼女を本当はどう思っているかということだ。

妻であるマイナに対しては、ロジェはよそよそし

いほど慇懃《いんぎん》で、つねに無愛想だ。まるでマイナが客人で、しかも歓迎されない客であるかのように。マイナはロジェが毎晩どこで過ごしているのかさえ知らない。それを考えるのがいやだったし、真実を知るのはそれ以上にいやだった。

だから、マイナは必死になってロジェを無視しようとした。大広間や厨房《ちゅうぼう》で忙しくしていると、彼を忘れられるときもあった。マイナの理性は、ふたりが寝室で分かち合った嵐《あらし》のようなひとときを思い出そうとはしなかった。ロジェが脱ぎ捨てたチュニックを見てしまうといったなんでもないことが、愛撫《あいぶ》の記憶をどうしようもなくよみがえらせた。

また、ときどき——ここにいるときはとくに、ロジェがやさしくホリスに語りかける光景を思い出した。彼が自分の息子にあんなふうに語りかけるところを思い描くのは、なんとたやすいのだろう。わたしの子供でもある息子。きっと父親に似て、たくましく、断固とした性格で……妻には煙たがられるけれど、美女にとっては魅力的な男になるのだろう。

マイナは腹だたしくなって、地面に描いた模様をめちゃめちゃにした。

もうひとつ、マイナが確信していることがあり、それがさらに彼女を惨めな気分にした。サー・アルベールのマイナに対する態度が目に見えて変わったのだ。相変わらず親切で礼儀正しいが、マイナに話しかけるときの彼の目は、マイナが狼狽《ろうばい》するほど冷ややかだ。

その原因は、婚礼の夜にマイナがしたことをロジェがアルベールに話し、アルベールはマイナが間違っていると思ったのだろう。アルベールの態度は、彼が夫のいちばんの親友であることを考えれば驚くに値しない。そしてマイナは自分のしたことについて意見を変える気はなかった。ただ、アルベールに好意を失ったのが残念で、ロジェが彼女の嘘《うそ》を暴露

しなかったらよかったのにと思った。

今、マイナはこれまで以上にアルベールの友情を求めていた。ききたいことがいろいろとあり、それに答えられそうなのは彼しかいないのだ。愛についてのいろいろなことだ。なぜなら、ロジェを頭から追い払えないのは、彼が心のなかにしっかりと住みついているからだということがようやくわかってきたからだ。彼のことなど全然気にならなかったら、彼を心から追い出すのは簡単なはずなのに。

ロジェのことが気になって仕方がないことは、自分にだけは認めざるをえなかった。これが愛なの？　ロジェがジョゼリンにやさしくするのが金切り声をあげたいほどねたましいのが愛なの？　彼の前では弱気になってしまい、平然としているふりをするのにありったけの自制心が必要なのが愛なの？　それとも、夫の敬意を永遠に失ってしまったという不安なの？

ふたりがたがいの腕のなかで過ごしたひとときをはっきりと思い出せるし、また同じことをしたくてたまらないのが愛なの？　それともこれは単なる欲望なの？　肉欲なの？

庭の木戸がきしみながら開いた。マイナははっとして腰を浮かせた。誰がわたしの安らかなひとときを邪魔しに来たの？　一瞬、ロジェかもしれないと心配になった。

やってきたのは、いつもならかなり遅くまで寝ているレジナルドだった。地味なチュニックとタイツを身につけ、カールしていない髪が、ロジェやドゲール男爵の真似《まね》でもしているかのように痩《や》せた肩にかかっている。あまり見慣れない表情をしていたが、マイナに気づくと、あっと驚いた顔になった。

「どうしてこんなに朝早くここに来たの？」

「ぼくは……その……」レジナルドは肩ごしにちらりと振り返り、それから庭に入って木戸を閉めた。

「おまえと話がしたかったんだ」

マイナはそれを真に受けたりしなかった。兄が早起きをした説明にもなっていない。「何を話したいの？」

「レディ・ジョゼリンのことだよ」レジナルドはいらだたしそうに言った。

「それで？」

「彼女なんか大嫌いだ！」突然激しい口調で怒鳴ったので、いつも穏やかなレジナルドの口から出たことを考えると、なおさら驚かされた。

しかし、実のところ、マイナにはロジェのほかにレディ・ジョゼリンを好きな人間がいるとは思えなかった。彼女は、部屋の整頓《せいとん》の仕方から、繊細な胃袋をびっくりさせる食べ物や、扱いに特別の注意が必要な衣服のことを、子供っぽい、甘ったるい声でひっきりなしに騒ぎ立てている。いつも文句を言う。この数日間だけでも、マイナは、うるさい、もう出ていけと怒鳴りつけたくなったことが何度もあった。

しかし、このレジナルドも同じ思いだったとは！ジョゼリンはせっせと彼にやさしくしている。彼が何を言ってもうっとりした様子を見せ、その巧みさに、マイナもしぶしぶながら彼女に一目置くようになったほどだ。ジョゼリンは可能なかぎりレジナルドの意向に従っている。何時間も彼と服のことで話し込み、ほめ言葉を浴びせるので、マイナはあきれていた。しかし、レジナルドは彼女をわずらわしく思っていることをおくびにも出さなかった。マイナはそれを指摘した。

「ぼくは親切にしているだけだよ」レジナルドは反論した。「つまり、哀れな娘を傷つけたくないんだ。男爵がぼくと彼女を結婚させようと考えているとしても、それは彼女の責任じゃない。彼女は退屈だけど、まずまずやさしいし。つまり、彼女が話したいのは服のことだけなんだ！」

それを聞いて、マイナは笑いを噛《か》み殺した。モンモランシー城へ来る前のレジナルドの主たる関心事は服だったのだから。「じゃあ、お兄様はこの結婚に関しては男爵の意向に従わないつもりだと考えていいのね？」

レジナルドは立ち上がり、興奮した様子で行ったり来たりし始めた。「それが問題なんだ。そう、ぼくはジョゼリンと結婚したくない。彼女はすごい美人だし、たしかに服のことをわかってはいるけど」足を止め、骨をくれとせっつく子犬のように哀れっぽい、訴えるような目でマイナを見た。「ぼくは結婚を承諾しないことを、どうやったら男爵に伝えられる？」レジナルドは懇願するように言ったが、顔には期待の表情が浮かんでいた。「ロジェに頼めば、彼が男爵に話してくれると思うかい？」

「さあ、どうかしら。でも、ジョゼリンと結婚したくないなら、すぐに彼女に言うべきね。彼女がばかなことをして物笑いの種にならないうちに」

レジナルドはぎごちなく咳払《せきばら》いをして、マイナの隣に腰を下ろした。「それもおまえと話したかったことなんだ。ぼくには彼女をがっかりさせる度胸がない。頼むよ、おまえがやってくれないか？　おまえは女だから、どう話したらいいかぼくよりよくわかるだろう。頼むよ、マイナ」

マイナはレディ・ジョゼリンと親戚《しんせき》になるかと思うとぞっとしたし、レジナルドが彼女の巧妙な花婿捕獲作戦に屈服しなかったことを心底うれしく思った。それに、自分がここにいても無駄だと知るのが早ければ早いほど、ジョゼリンがこの城を去るのが早まるだろうと確信してもいた。

でも、それをジョゼリンに話すのはレジナルドがやるべきことではないの？　それに自分の気持ちを男爵に知らせるのもレジナルドがやるべきことではないの？

それが名誉あるやり方というものだが、必死に懇願するレジナルドを見たとき、利口なレディ・ジョゼリンのことだから、泣き叫んだり、レジナルドをうろたえさせたりして、彼の気持ちをぐらつかせ、気づいたときには婚約させているかもしれない、とマイナは考えた。レジナルドが男爵に敢然と立ち向かう光景も想像できなかったので、マイナはゆっくりと言った。「レジナルド、わたしの提案はこうよ。わたしがレディ・ジョゼリンに話すわ。ただし、お兄様がロジェのところへ、男爵とのあいだに入って口添えしてほしいと頼みに行くならね」

「だって、おまえはロジェの妻なんだし、彼もおまえの頼みなら聞くだろうが」

ところがそうとも言えないのよ、とマイナは思った。「ロジェはお兄様よりも男爵のことをよく知っているから、お兄様がこの結婚に抱いている不安をどう説明したらいちばんいいか、わかるはずよ。お兄様は自分が名門の貴族だということを忘れてはいけないわ。それから、ロジェに威張り散らされないようにね。意に染まない人と結婚する必要はないんだし、レディ・ジョゼリンにはほかにも花婿候補がいくらでも現れると思うわ」

「そうさ、そうとも。まさにおまえの言うとおりだ。ロジェとレディ・ジョゼリンのことだが。だけど、ぼくの代わりに彼女に話すと約束してくれるかい？」

「約束するわ」

レジナルドはいきなりマイナをぎゅっと抱き締めた。「ありがとう、マイナ！　なんておまえはやさしいんだ。これで肩の荷が下りたよ！　ぼくはどうしていいかわからなかったんだ！」

庭木戸がまたきしんで開いた。「どうしたの、ヒルダ？」マイナは木戸口に立っている召使いに尋ねた。

「まあ、奥方様、ここにいらしたんですか。おはようございます、レジナルド様」ヒルダは少しあわてたようだが、にこやかに言った。「レディ・ジョゼリンがきょうご希望の肉入りゆで団子は作れないと料理人が言っていることをお伝えに来たんです。それを作る粉がないそうで」

マイナがつぶやいた罵《ののし》り言葉にレジナルドが赤面した。「失礼」マイナは恥ずかしくなってあやまった。「わたしはもう、レディ・ジョゼリンの弱い胃袋を気遣って、彼女の食事にあれこれ頭をひねるのはうんざりなのよ。ソーバートは彼女がここに来てから十年は年取ったんじゃないかしら」

ヒルダは同感だというくすくす笑いを噛み殺した。

「そして、わたしとオールディスはあの方のドレス類を二度と見たくありません。こんなに服に気を配らなければならなかったのは初めてです」

「きみは実によくやったよ」レジナルドがやさしく言った。

「それはあなたがわたしたちにやり方を教えてくださったからですわ」ヒルダはにこやかに答えた。

「レディ・ジョゼリンは誰も彼もこき使うんだ」レジナルドはヒルダのほうへ歩み寄りながら言った。「だから、彼女が帰るのが早ければ早いほど、みんなが幸せになるってものだ」

ふいにマイナは自分が邪魔な存在になっていることに気づいた。レジナルドとヒルダはふたりきりになりたいのかもしれない。あるいは、ふたりきりになるつもりでここに来たら、わたしがいたとか。

レジナルドとヒルダ? まさか、信じられない。

マイナはもう一度ふたりを見た。今度は納得できた。

この思いもかけない恋の戯れをどう考えたらいいのか、さっぱりわからない。単なる火遊びなのか、それとももっと何かあるのか。マイナは大きく咳払

いした。「そろそろ仕事にかからなくては。ソーバートが抱えている難題を知らせてくれてありがとう、ヒルダ。オールディスを手伝って、藺草《いぐさ》の掃除をしてちょうだい」

　ヒルダは一瞬ぎくっとし、あわてて膝を曲げてお辞儀をすると走り去った。

「レジナルド、あとで遠乗りに出たいんだけど」マイナは、小走りで遠ざかるヒルダをレジナルドがずっと見送っていることに気づいた。「一緒にいかが？」

「いや、やめておこう」レジナルドは深々とため息をついて言った。「おまえは飛ばしすぎるから」

「わたしはお兄様を退屈させたくないのよ」

「ぼくのことは気にするな。大丈夫だよ」

「レジナルド？」

「なんだい？」

「わたしはヒルダが好きよ。だから、彼女に傷ついてほしくないの。ただの召使いだけれど」

「彼女が何かは知っているよ。どうして誰かが彼女を傷つけるんだい？　彼女は何か悪いことをしたのかい？　罰しなければならないのか？」

「いいえ、そんなことは何もないわ」マイナはあわててレジナルドを安心させた。「わたしはただ気がついたの……」

「ぼくが彼女に気があることに？」レジナルドが言った。いつもは穏やかな兄がぶっきらぼうな断固とした口調で言ったことに、またしてもマイナは驚いた。「ぼくは彼女を愛している。結婚するつもりなんだ」

「レジナルド！」

「結婚するなと説得しようとしたって無駄だぞ、マイナ」レジナルドは重々しい口調で言った。「おまえが結婚したのは、自分の惨めな境遇を好転させたかったからだとわかっているよ。だけど、ぼくには

そんな必要はない。ぼくはヒルダを愛しているし、ヒルダもぼくを愛している。それ以上言うことはない」

「でも、どうしてそんなに自信満々でいられるの？」マイナはレジナルドから胸の思いを打ち明けられて、今ほど当惑したことはない。「ヒルダはただの召使いよ。もう子供がいるのよ。お兄様は彼女のことをほとんど知らないでしょう！　男爵だって、お兄様が同等かもっと身分の高い裕福な貴族の娘と結婚するためにレディ・ジョゼリンを袖《そで》にするならお許しになるでしょうけど、ヒルダのためにご自分の身内を断られたら、どう思うかしら？　それに、ロジェだってそんなことに巻き込まれるのはいやがるんじゃない？」

　レジナルドはどうしたものかというようにマイナを見たが、すぐにしゃんと背筋を伸ばした。若々しい顔に固い決意が浮かんだ。「だったら、ぼくが自分で男爵に話しに行く」

「ヒルダのためにそうするのね？」

「そうだ」

　マイナはレジナルドをまじまじと見た。兄の変わりように圧倒されていた。愛はこんなふうに人を変身させ、こんなふうに力強くするものなの？「レジナルド、教えて……」マイナは言いかけて、やめた。どう話を進めていいかわからなかったし、自分の目の前にいる若い男性に自分の関心事を打ち明けていいかどうか確信が持てなかったのだ。兄は明らかに変わったとはいえ、レジナルドであることに変わりはないのだから。兄は自分がやっぱりまぬけだったと証明することになるかもしれないし、愛は錯覚にすぎなかったということになるかもしれない。

「お兄様は彼女と知り合ってまだ間もないのだから、絶大な影響力を持つ人物の不興を買うような危険を冒すべきではないわ」マイナは忠告した。

「おまえだって、ロジェのことをまったく知らずに結婚したじゃないか」

マイナはレジナルドの手を取って、静かに言った。

「ねえ、レジナルド、わたしが模範的な結婚生活を送っていると思う?」

今度はレジナルドが驚く番だった。「ああ、もちろんだよ」

マイナは首を振った。「そうじゃないのよ。ロジェはわたしにほとんど口をきいてくれないのよ。わたしよりジョゼリンにやさしくしているの」

「彼はジョゼリンが嫌いだよ。礼儀正しくしているだけさ」

「ずいぶん確信があるような口ぶりね。わたしもそんなふうに思えたらいいのに」

「アルベールは確信しているよ。おまえも彼の意見なら信じられるだろう?」

「どうしてお兄様がアルベールの考えを知っているの?」マイナは尋ねたが、声にはかすかな希望が浮かんでいた。

「彼にきいたんだ」レジナルドの頬がほんのりピンク色になった。「つまり、その……おまえのことが心配だったのさ。ロジェはかなり無礼になることがあるから、彼のおまえに対する口のきき方について彼にひと言言ったほうがいいかもしれないと思ったんだ。幸い、アルベールが、ロジェはいつもいちばん嫌いな人間にいちばん親切にすると説明してくれた」

「それじゃつじつまが合わないわ」

「アルベールが言ったのは、ロジェの礼儀正しさは客のために一張羅を着るのに似ている。人はいちばん着心地のいい服を着ているときが本当の自分で、晴れ着を着ているときはそうじゃない、ということだ」

「つまり、ロジェがわたしに無礼に振る舞うのは、

わたしを好きだからっていうこと？」

「おまえが彼の心をかき乱すからだ。もし彼が心をかき乱されるとしたら、おまえが何を考えているのか、何をしているのか気になっている証拠さ。もしおまえのことを気にしていなかったら、彼は心をかき乱されることもなかった。わかるか？」

「わかると思うわ」叩きつぶそうとしていた希望の種がマイナの心でぱっと花開いたが、ロジェに対する思いが愛だとはまだ確信できなかった。たしかなのは、ロジェに憎まれていないと考えると、信じられないくらい幸せだということだけだ。

「ぼくはヒルダと結婚するつもりだ」レジナルドは真面目《まじめ》くさった顔で繰り返した。「おまえだろうとロジェだろうと男爵だろうと、何を言われてもこの気持ちは変わらないぞ」

マイナはやさしくほほえんだ。「ヒルダはどう思っているの？　彼女に話したの？」

「ぼくと結婚してほしいと申し込んだよ。ヒルダもおまえと同じように考えたよ。ぼくが本気じゃないとか、心を変えるように説得されてしまうにちがいないって」

「ホリスのことは？」

レジナルドの目がうれしそうに輝いた。「あの子はいい子だね。何度か楽しく遊んだよ」

「子供と遊ぶと服が汚れるんじゃないの？」

「ああ。だけど気にしないよ。たくさん持っているから」

レジナルドがどこまで本気か確かめるのに、このひと言が決定的となった。ヒルダへの気持ちが兄の虚栄心をしのいでいるとしたら、その気持ちは本当に深いにちがいない。

マイナはレジナルドにその気持ちを語ってと頼みたくなったが、どんなことであれレジナルドのほうが自分よりよく知っていると思うと、切り出しにく

かった。それでも頼もうとしたとき、アルベールの声が中庭の向こうから聞こえてきた。マイナはもっといいことを思いついた。サー・アルベールのところへ行こう。目的はふたつある。まず、婚礼の夜、なぜあんなことをしたのか説明する。そして、恥ずかしいほどの無知をさらけ出すことなく、愛について彼から教えてもらうのだ。

15

「お邪魔してごめんなさい」マイナは静かに言って、中庭をぶらつきながら話に夢中になっているアルベールと吟遊詩人に近づいていった。「あなたとお話がしたいんですけど、サー・アルベール」

　アルベールはよそよそしい笑みをちらりと浮かべ、わかったというようにうなずいた。吟遊詩人のゲアハートはアルベールより温かい笑みを浮かべて言った。「いずれにしろ、歌の相談は終わったところですから、奥方様。では、ごきげんよう」そして大広間のほうへ歩いていった。

「あなたが吟遊詩人と一緒にこんなに長い時間を過ごしたがるなんて、驚きだわ」マイナはアルベール

を庭のほうへいざなった。

「どうしてですか?」

「だって……だって、彼らがあなたにしたことを考えると……」マイナは適切な言葉が見つからず、口ごもった。

　アルベールは足を止め、マイナをじっと見つめた。

「では、わたしの恋物語をご存じなんですね? 吟遊詩人がそれを歌にしたことも?」

「レディ・ジョゼリンが話してくれました」マイナはこんな話は持ち出さなければよかったと思った。

　しかしアルベールは寛大にほほえみ、庭に向かって歩き続けた。「わたしの恋物語が広く世間で語られても、恥ずかしいとは思いません。今はもう慣れましたよ」

　マイナは過去の過ちを思い出させるものに慣れたということに驚いたが、たしかに彼は少しも気にしていないようだ。「わたしなら、そんなに落ち着き払ってはいられませんわ。その歌を聞いて胸が痛まないのですか?」

　ふたりはもう庭に来ていて、マイナは石のベンチに腰を下ろし、身振りでアルベールに座るように示した。

「わたしたちの愛がこの先ずっと、たぶんわたしたちが死んだあとまでも人々に覚えていてもらえるのだと考えると、うれしいのです」アルベールは悲しそうな笑みを浮かべて言った。「白状すると、わたしは、ウィニフレッドがこの歌を聞いて、わたしが永久に彼女を愛することを知ってくれたらと願いながら生きているのです。彼女がいつかわたしのもとに帰ってくるかもしれないという希望を持ち続けています」彼は真剣な顔でマイナを見た。「さて、どんなご用でしょう?」

　庭に降り注ぐ太陽はまぶしく、暑かったが、マイナが汗をかき始めたのはそのせいではなかった。マ

イナは一瞬ためらい、それから大きく深呼吸して口を開いた。「あなたの助けが必要なんです、サー・アルベール」

「わたしの助け？」彼はけげんそうな顔で尋ねた。

「いいですとも。なんなりと言ってください」

「まず、わたしはあなたのわたしに対する態度が変わったことに気づいています。いいえ、決して責めているわけではないんですよ」マイナはアルベールの反応を見て、あわててつけ加えた。「でも、それはロジェがあなたに婚礼の夜のことを話したせいだろうと思いました」

「その話はロジェがしてくれました」

「わたしが彼をだましたと？」

「そうです」

「彼はその理由を話しましたか？」

アルベールは好奇心もあらわな目つきでマイナを見た。「いいえ」

「わたしは、ロジェが男爵に自分の愛の技巧のうまさをしゃべっているのを聞いてしまったんです。彼は、わたしには魅力がないけれど、夫としての務めは果たすとほのめかし、そのうえさらに、苦もなくわたしに至福の時を体験させられると言ったのです」

アルベールは顔を赤らめて、落ち着かなそうにもじもじした。「ロジェはときどき無分別なことを言うのです」

「もちろん、わたしは不愉快でした」

「彼の言葉があなたを傷つけ、それであなたは仕返ししようとされたんですね」アルベールは事情がのみ込めたというようにうなずいた。

ロジェにしろ誰にしろ、その行為によって傷つけられることもあるのだと言われて、マイナはちょっと身をこわばらせた。しかし、今は身構えている場合ではないと思い直した。わたしがここに来たのは

教えてもらうためで、本心を隠すためではない。

「ええ。自分が美人でないことぐらい知っていますけど、許婚《いいなずけ》からそれを聞くのは……」

「不愉快に思って当たり前ですよ」アルベールは同情するように言った。「あなたが彼に教訓を与えたくなった気持ちはわかります」

「あいにくと、わたしは、体を傷つけられたとほのめかすことがどんなにロジェを動転させるかわからなかったのです。わたしは……男性がそういった行為をひどく恥じるのを知りませんでした。そういう経験がありませんでしたので」

アルベールはマイナの手を取って、兄のように優しく叩《たた》いた。「ロジェが受けた訓練はあなたにはわからないでしょうな。彼を指導した男は、女性を傷つけるのは卑劣でいやしむべき行為だと、生徒たちの頭に叩き込んだのです」アルベールは咳払《せきばら》いをして、かすかな笑みを顔に浮かべた。「それともうひとつ、ロジェは自分のことを愛の達人だと思っています。わたしは彼の友人ですが、あのうぬぼれた傲《ごう》慢《まん》な鼻を折っても悪くないとも思っています。彼にもう少し謙虚さがあるといいんだが」

「それでも」マイナはアルベールの言葉に元気づけられて言った。「わたしの告白が彼を怒らせるとわかっていたら、黙っていました」

「正直であることは決して間違いではありませんよ。間違っているのは、ロジェのかなり理性を欠いた反応です。彼はときどき衝動的になるんですよ。我慢してやってください。彼は富や権力や多くの特性を備えておりますが、気楽な人生を送ってきたわけではないのです。早くに両親と死に別れ、妹と離れ離れになり、兵士だけを相手に長年過ごしてきました。そういったことのせいで、感情を簡単に表さない男になってしまったのです」

「ご両親が亡くなったとき、ロジェはいくつだった

んですか？」

「十歳かそこらです。彼は絶対にその話をしませんので、ほかの人々から、彼の両親は熱病で三日をあけずに亡くなったと聞きました。そして彼はジェルヴェ伯爵に養育されることになり、妹は修道院へ送られました。ふたりが再会したのは十年後です」アルベールはひと息ついてから、先を続けた。「妹が連れていかれたとき、あとを追おうとした彼を力ずくで止めなければならなかったそうです」

マイナは何も言わなかったが、アルベールの言葉に深く心を揺さぶられていた。自分が母親に死なれたときのことや、母を失ったつらさはそう簡単に忘れられるものではない。ロジェはあっという間に家族全部を失ってしまったのだ！　そのせいで、自分の殻に閉じこもるようになり、愛などなしに、ひとりでいるほうがよいと考えるようになったのではないだろうか？

わたしが考えていたのと同じように。「わたしは自分がしたことのせいでロジェに憎まれているのだと思っていました」マイナはつぶやくように言った。「レジナルドが、あなたが兄に言ったことを話してくれるまでは。ロジェのわたしに対する無礼な態度のことですけど」

「ああ、そう、サー・ロジェ・ド・モンモランシーのへそ曲がりの性格のことですな。あれは本当ですよ。彼がレディ・ジョゼリンに対して礼儀正しく振る舞っていることにはまったく意味がありません。彼は妹のマデリンともしょっちゅう口喧嘩《げんか》していました。穏やかなものではありませんでしたよ。それでも彼が妹を深く愛していたことは疑いようがありません」

「そうすると、わたしに対する無礼な態度も？」

「あなたを気にしているということです。思いきって言いますが、ロジェは態度で示したり口で言った

りしているよりもずっとはるかにあなたのことを気にかけていますよ」

「あなたがそう考えていると聞いて、うれしいわ」マイナは心から言うと、背筋をしゃんと伸ばしてアルベールの目をまっすぐに見た。「わたしも彼のことがとても気になるんです。だから考えていたんですけど……」マイナはまた大きく深呼吸した。「サー・アルベール、人は恋に落ちた瞬間をどうやって知るんですか？」

アルベールは顔をほころばせた。「あなたはご自分がロジェに恋しているとお考えなんですね？」

「わかりません」マイナは悲しそうに白状した。

「あなたは困惑している。まずそのことがいいきざしなのです」アルベールの口調はうれしそうで、少しも恩着せがましくなかった。「しかし、残念なことにこれといった徴候はありません。わたしに言えるのは、恋に落ちれば、それがわかってくるということだけです」

「あなたの場合、それはどんなでした？」マイナは静かに尋ねた。「立ち入ったことをうかがってごめんなさい。でも、わたしがこんなことをきけるのはあなたしかいないんです」

「信頼していただけて光栄ですよ、奥方様」

「恋は少しずつ始まるんですか？」

アルベールは肩をすくめた。「自分がいつ恋を始めたのか、正確には言えませんね。ひと目惚《ぼ》れだったのか、しばらくしてから突然ウィニフレッドの優雅な身のこなしがことごとくわたしの心に触れて、欲望に火がついたのか」

「でも、とても苦しくて、もろくて、傷つきやすくなって……」

「愛は何かを賭《か》けるに値します」アルベールはきっぱりと言った。「どんな危険でも冒すに値します。愛は信じられないほど荒々しく、そしてすばらしい

ものですが、破れると、死よりもつらい絶望に追いやられかねません」アルベールの話しぶりはとても物静かで、悲しそうだったので、マイナはたこのできた彼の手を取り、そっと唇を押し当てた。彼を気遣っていること、ひとりで苦しみに耐える必要はないことを示したかった。

　そして心のなかで、アルベールがいまだに崇拝している女性をなんとしても見つけ出そうと決心した。簡単にはいかないだろうが、母方の遠縁のひとりがやはりブリッジフォード・ウェルズの領主ジェルヴェ伯爵の養女だった。そのフリーサ・ケンドリックには一度しか会ったことがないが、アルベールのために、使いを送って行方の知れないウィニフレッドについてどんな情報でも知らせてもらおう。

　マイナは立ち上がり、手を差し出した。「ご親切にありがとう、アルベール」

　アルベールも立ち上がった。「ロジェには愛が必要です、奥方様。彼はまだそのことに気づいていないようだが、とにかく必要なのです」

　マイナはうなずきながらも、次はどうしようかと考えていた。自分自身の気持ちにまだ確信が持てないので、ロジェには話せない。アルベールに話すだけでも、思っていた以上に勇気がいったのだから。

　それに、レジナルドが結婚したがらない色っぽいレディ・ジョゼリンの問題もある。今マイナはある疑問につきまとわれていた。ロジェに愛が必要だとしても、果たして彼はそれを妻に求めるようになるだろうか？

　ロジェはアルベールの最後の言葉もマイナの返事も聞かなかった。そのときにはもう、庭木戸の陰から離れていたが、これほど動揺したのは、ずっと昔マデリンが城を発《た》ったとき以来だ。ロジェは急いでその場を離れた。マイナとアルベールの不実に心の

底まで打ちのめされていた。

愛はどんな危険でも冒すに値するという言葉を聞いた。マイナがアルベールの手に口づけするのを見た。わたしは不実な友に結婚生活についての助言を求めようとしていたとは！

ロジェはよろめいたが、すぐに体を起こし、まわりを見回して、誰も見ていなかったことを確かめた。見られたとしても、酔っていると思われるだけだろう。彼はたしかに酔っている——ただし、失望に。ああ、マイナはよくもわたしを裏切ることができたものだ。わたしはそんなにひどいことをしてはいないはずだ。それに、どうしてアルベールが相手なのだ？ 信頼できる、ただひとりの友人なのに。

ロジェは大広間の扉のところで立ち止まり、戸枠にがっくりともたれて、動く力を取り戻そうとした。考えようとした。

たぶんわたしが勘違いしているのだ。たぶん見たことを誤って解釈しているのだ。わたしは正確には何を見たのだろう？ 親友と妻が庭でふたりきりで寄り添うようにして座り、静かに、だが熱心に話し込んでいた。

いかにも不道徳に見えた。しかし、木戸は開け放たれていた。密会していたのなら、木戸は閉めておくのではないだろうか？

マイナはアルベールの手に口づけをした。唇ではなく。彼の手だ。それの意味するところは？ 何もないか……押し殺した恍惚《こうこつ》の叫びで終わる行為の始まりだったのか？

それを確かめる方法はひとつだけだ。なぜか気が進まなかったが、ロジェは決然として庭へ引き返した。

そこには誰もいなかった。

やはり誤解していたのだ。

どうか、神よ、これがわたしの誤解でありますよ

うに！

　数日後、ロジェはまた狭間《はざま》胸壁に立って考え事に没頭していた。妻とアルベールの関係に関しては、ふたりが庭にいるのを見たときほど確信が持てなくなっていた。ふたりはしばしば話をしているが、その雰囲気はマイナがダドリーやヒルダや城のほかの者たちに見せるほど親密ではない。実際、アルベールとマイナのたがいに対する接し方は、ロジェがレディ・ジョゼリンに示す態度よりも愛情がこもっていない。

　そんな物思いにふけっていると、レジナルドが胸壁の歩廊を横歩きに寄ってきた。

「レジナルド、どうしてまたここへ？」ロジェはひとりだけの時間を邪魔されてむっとした。

「ぼくは、その、ここからの眺めが大好きなんだ」

「ほう」

「そう」レジナルドがさらに近寄ってきたとき、ロジェは彼がいつものようなあきれるほど派手な服を着ていないことに気づいた。実際、彼の服装は……地味に見えた。「それに、あなたに話をする絶好の機会かもしれないと思ったので」

「なんの話だ？」ロジェはうんざりした口調にならないようにしながら尋ねた。レジナルドが少しでも興味を引かれそうなことを言うとは思えなかったのだ。

「レディ・ジョゼリンとドゲール男爵のことだ」

「ジョゼリンと男爵？」ロジェは、レジナルドはどういう意味でこのふたりを結びつけたのだろう、と思った。

　レジナルドは手を振った。「いや、違うんだ！　言い方が適切ではなかった。つまり……その、レディ・ジョゼリンのことをぼくに代わってあなたから男爵に話してもらえないだろうかと思っていたん

だ」

ロジェはおもしろがっていることを隠そうともしなかった。「彼女のことで何を？」

「ぼくは彼女と結婚したくない」

「理由をうかがってもよろしいかな？」

「ヒルダと結婚するつもりなんだ」

ロジェはいきなり体をしゃんと伸ばした。「なんだって？」

「ヒルダと結婚するつもりなんだ」レジナルドは思いがけず大胆不敵に繰り返した。

「彼女は平民だぞ！」

「ヒルダの身分は知っているよ。ぼくは気にしていない」

「ばかな真似《まね》はなさるな、レジナルド」

「愛する女と結婚することがばかな真似だとは思わないよ」レジナルドは喧嘩腰で答えた。「結婚しないほうがばかだと思う」

「後悔なさるぞ！」

「そうは思わない」

「男爵はこんな話はお聞きになりたくないだろう」ロジェは腹だたしげな口調で言った。

「だからあなたに頼みに来たんだ。男爵はあなたに一目置いている。あなたの言うことなら耳を貸すし、それに……」

「わたしは仲立ちをする気はない。きみが人生を台なしにしたいのなら、それはきみの問題だ。わたしに助力を求めないでいただきたい」

「ぼくは人生を台なしにしたりしないよ」

「きみはだまされているんだ！　愛などというものはない」

レジナルドは大きく目を見開いた。その目が悲しそうに陰った。「マイナの夫がそんなことを言うのを聞かされるのはとても残念だ」

ロジェはくるりと背を向けて、歩きだした。これ

以上レジナルドの話を聞きたくなかった。この男は思っていた以上にばか者だ。ずうずうしくもこのわたしを哀れむような口ぶりではないか！　ヒルダのような女と結婚しようだなどと考えるのはばかげている。絶対に認められない！　ヒルダはしっかりした女だし、そこいらの男にはいい妻になるだろうが、貴族の男には向かない。

それに、わたしが彼のために男爵に口添えすると考えるとは！　レジナルドはばかだ。吟遊詩人の歌を聞きすぎた、だまされやすい薄のろだ！

ロジェは怒りに駆られて中庭を突っ切った。この結婚は絶対に阻止しなければならない。ちらりと塔を見上げると、彼の寝室の窓から淡い光がもれていた。マイナと意見が食い違うことは多々あるが、この件については彼女もわたしと同じ考えにちがいない。

「レジナルドとヒルダのばかげた真似はいったいなんだ？」ロジェは問いただしながら寝室に入っていったが、すぐにまた出ていこうとした。マイナが薄い――ひどく薄い――シュミーズ一枚で、波打つ見事な髪をとかしていたからだ。

しかしロジェが部屋から逃げ出す暇もなく、マイナがブラシを手に持ったまま、腰掛けの上でくるりと振り向いた。「ばかな真似じゃないわ。兄は彼女と結婚すると心に決めているのよ」

ロジェはマイナにつかつかと歩み寄り、ブラシをひったくるとテーブルに叩きつけた。「彼は気でも触れたのか？」

マイナがブラシを取り上げ、まっすぐ彼を見つめながらまた髪をとかし始めた。「兄は恋に落ちたと言っているわ」

「まったくばかげている！」

マイナは、ロジェの言い分は声を出して答える値

打ちもないと言うように、肩をすくめただけだった。

「そいつを置いて、わたしに答えろ！」

「あなたは何を質問しているの？」

「レジナルドのことをどうするつもりだ？」

「何も。兄は言い出したら聞かないの。恋に落ちたと言っているわ」

「笑い物になるだけだ！」

「ということは、サー・ロジェ、あなたは愛の力を信じていないと思っていいのね？」マイナは淡々とした口調で尋ね、ゆっくりとブラシを置いた。

「ああ、信じてはいない」

マイナは灰緑色の目でロジェを見つめ、ふっくらした唇を小さく、たぶん意味もなくほころばせた。

「レジナルドは信じているし、自分のしたいことができる成年に達しているのよ」

「それで、きみは？　きみはこの〝愛〟というざれ言をどう思っているんだ？」うっかり言ってしまい、ロジェは自分の弱さを罵《ののし》った。マイナが家の切り盛り以外のことをどう思っているかなど気にするべきではないし、そういった話をするのを避けてきた。実際、マイナがアルベールとおしゃべりしていないかぎり、彼女のことは気にしないよう努めてきた。今はロジェは兎《うさぎ》を見つけた自分の鷹《たか》のようにふたりを監視するようになっているが。

マイナの視線が揺らいだが、ほんの一瞬のことだった。「わたしは愛情というものをほとんど経験したことがないから、愛の力を疑いがちだったわ」彼女は穏やかに答えた。「でも、愛が存在すると確信しているだけでなく、愛に苦しんだと言っている人は大勢いるようね」

「そいつらはばか者だ」

「あなたはサー・アルベール・ラクールもばかだと言うの？」

「愛に関しては、ああ、言うね」

「無情なご意見ね」マイナは立ち上がり、ロジェのほうを向いた。息をのむほどすばらしい裸同然の肢体が彼の前にさらされた。

　薔薇《ばら》色の胸の先が薄地のシュミーズをつんと押し上げているのを見ると、ロジェは嫉妬《しっと》まじりの怒りも忘れて、すげなく拒絶されるのを覚悟で腕に抱き寄せたくなった。マイナはベッドに歩み寄り、まるで愛撫《あいぶ》するようなしぐさで上掛けにぼんやりと片手を走らせた。わざとわたしの注意をそらそうとしているのだろうか？　マイナの過去の嘘《うそ》を考えると、そうした悪巧みをしそうだ。そして、それは成功しかけた。「頼むから体を覆ってくれないか？　きみには羞恥《しゅうち》心というものがないのか？」

「わたしはシュミーズを着ているわ。それに、あなたは夫だもの、わたしは少しも恥ずかしくないわ」

　まったく、なんて生意気な口ぶりだ！　ちゃんと服を着ていれば、ここを指揮するのはわたしだということを思い知らせてやるのに。しかしロジェは、マイナに心をかき乱され、彼女の腕のなかで味わった喜びを痛いほどまざまざと思い出させられた。

　もっと重要な問題は、レジナルドがヒルダと結婚したいと言い出したとんでもない一件だ。ロジェは無理やりそう自分に言い聞かせた。

「すると、あなたは自分が失敗したことをわたしがうまくやれると思っているのね」マイナはベッドから離れた。

「わたしはきみのまぬけな兄上に物の道理を説いて聞かせてほしいだけだ」ロジェはマイナの策略に乗せられないように気を引き締めた。「だいいち、ジョゼリンのことはどうする？　彼女はまだこのことを知らないのだろう？」

「レディ・ジョゼリンのことならわたしよりあなたのほうがよくご存じだと思うけれど。彼女と一緒に過ごす時間が多いんだから。でも、あなたの質問に

答えると、彼女はまだレジナルドの気持ちを知らされていないわ」

「どうしてだ？」

「兄は話すのを渋っているの。彼女を動揺させたくないのよ」

「レジナルドは話をしなければならん。わたしはごめんだ」

「わたしが話すわ。レジナルドにはそう言ってあるわ」

「だったらなぜまだ話していないんだ？」

「話すのに適当な機会がなかったのよ」

「話すのは早いほうがいい。それから、きみのばかな兄上に、わたしは彼に代わって男爵に会いに行くつもりはないと伝えてくれ。物笑いの種になりたかったら、わたしの助けなしでやればいい！」

「あなたを動揺させているのは、わたしのばかな兄が置かれた苦境なの？　それとも、自分の巧妙な計画がもたついてしまったから？」

「巧妙な計画とはなんだ？」

「男爵は、レジナルドの服従を確かなものにするためにあなたの妹さんと彼を結婚させたかったんじゃないの？　兄をあなたの支配下に置き、その結果として自分の支配下に置くために」

「男爵はわたしを支配してはいない」

マイナが疑わしそうに片方の眉をつり上げたので、ロジェはかっとなった。

「つまり、あなたはわたしに途方に暮れた哀れなレジナルドを説得してほしいのね？　兄に従うようにわたしが促すと本当に思っているの？」

「わたしの頼みがむずかしすぎるということはないはずだ。彼とわたしの意見が一致しないのはきみのせいにちがいない」

マイナは悲しそうにため息をついた。「偉大なサー・ロジェがただの女の影響力に邪魔されるとは。

なんてかわいそうに」

「マイナ……」ロジェは警告したが、何を言うつもりかわからなかった。

「だけど、あなただってヒルダに幸せになってほしいでしょう」マイナが腕組みをして、透けて見えるピンク色の胸の先をようやく隠したので、ロジェはほっとした。「それとも、レジナルドがあなたから彼女の愛を奪ったと思っているの？　ヒルダがあなたとベッドを共にしようとしなくなったから」

「わたしはきみがこの城に来る前からヒルダとはベッドを共にしていない」弁解がましく答えたロジェは、マイナの言葉につられてついうっかり白状してしまった自分をまたもや罵った。実のところ、彼はさまざまな場所で夜を過ごしていた。暖かくて晴れた夜はマイナの庭でひとりで眠り、それ以外は兵士たちと過ごしていた。彼が妻と寝ていないことを誰も気づかないようにと願いながら。ロジェは窓辺に歩み寄り、夜空をじっと見上げているふりをした。

「だったら、ほかの男がヒルダを妻に望んだとしても気にしないでしょう？」

ロジェは目の隅で、マイナがやっとベルベットのローブを羽織るのを見た。初めて目にするそのローブは、布地がどっしりとしていて、濃い藍色《あいいろ》のせいでマイナの肌は透き通っているように見えた。

ロジェはマイナに向き直り、彼女の目がいっそう深い青色に、まるでたそがれの西の空のように陰っていることに気づいた。「問題の男がわたしの大君主に忠誠を誓ったノルマン人貴族だとしたら、わたしは気にする」

「レジナルドは誰にも忠誠を誓っていないわ」

「まさか」

マイナは唇をぴくりとさせたが、顔はしかめなかった。ロジェはしぶしぶながらその自制心に感心した。「レジナルドがフランスからここへ来たのはつ

い二、三カ月前よ」マイナが淡々と説明しながら、ローブをぴったりとかき合わせたので、また非の打ちどころない体の曲線があらわになった。「それから、念のために言っておくと、男爵はレジナルドより身分が低いのよ。レジナルドが忠誠を誓うとしたら、相手は国王陛下か男爵の大君主であるトレヴェリアン伯爵でしょうね。ほら、お嬢様が貴族の生まれでない男性と結婚した」

マイナが言ったことにロジェは驚いた。レジナルドが男爵の臣下でないとは、ついぞ考えたこともなかったのだ。だとしたら――この驚くべき話に間違いはないはずだ――男爵が何を望もうと関係ない。

「だったら、レジナルドはなぜ男爵がわたしの妹との縁組を申し出たときに承諾したのだ?」

「レジナルドのことを知っていれば、察しがつくはずよ。男爵は権力があり、説得力のある方よ。レジナルドは男爵の友情と自分と男爵のあいだの同盟を尊重しているの。男爵があなたの妹さんとの縁組を提案したときは、それが男爵のお考えだったという点が重要だったのよ。それに、レジナルドには断る理由がなかったし。だけど、明らかに事情は変わったわ」

「明らかに」ロジェはあざけるように同じ言葉を繰り返した。「わたしは愛の力を忘れていた」

マイナが敵意のこもった目でロジェを見た。そのまなざしに、ロジェは認めたくはなかったが、心が痛んだ。「それとも、やっとレジナルドが自分で決断を下せるまでに成長し、何もわからないまま従うのをやめたということかしら」

マイナはその言葉にありったけの侮蔑《ぶべつ》をこめた。彼女は強く非難すると同時に、誰もが自分に従うとロジェが期待するのはばかげているとほのめかしたのだ。くそ、わたしには決してマイナが理解できないだろう! 理解したくもないし、理解する必要が

あるとも思わない。

ロジェはいきり立って歯ぎしりすると、それ以上何も言わずに寝室を飛び出し、扉を手荒く閉めた。レジナルドのことは運命の手にゆだねようと決めていた。

ロジェは階段のいちばん下で立ち止まった。大広間をすばやく見回したが、レジナルドはいなかった。兵士が数名、兵舎へ引き上げる前にエールを飲みながら仲間同士でおしゃべりしている。何人かは、さいころ遊びやチェスをし、アルベールと吟遊詩人は並んで座って、静かに歌っていた。

ロジェは自分に気づいた者たちに軽くうなずき、大広間を突っ切って中庭へ出た。さらに歩き続け、城を離れる。城外に出て歩哨《ほしょう》からも見えなくなると、川のほとりに行って、草に覆われた岸辺にどさりと腰を下ろした。

寝室に行ってマイナに話をしたりするべきではなかった。マイナが結婚についてどう考えているにしろ、ロジェは、異母兄がやさしくて善良だが召使いにすぎない女と結婚することにマイナが賛成したりしないだろうと思い込んでいた。レジナルドが愛について語ったことは頭の鈍い薄のろのざれ言だという自分の考えを、マイナも認めるだろうと思い込んでいた。彼女の意見が自分と一致しないだろうとは夢にも思っていなかった。

それに、マイナとふたりきりになりたいとは思っていなかった。寝室へ行ったのは、この問題をできるかぎり長く秘密にしておく必要があったからだ。心の奥深くで、自分たちの寝室という親密なところで、彼女が……誰かを愛していると言うかもしれないと、半ば願っていたわけではない。

たとえ彼が自分の考えを軽率に口に出したとしても、マイナが彼のような……恋わずらいにかかったまぬけな男に理解を示したり同情したりしないのは、

あの敵意むき出しの顔を見れば一目瞭然《りょうぜん》だった。

ロジェは地面に寝転がって夜空にきらきらまたたく星を見つめながら、自分の相反する感情を読み解こうとした。

レジナルドはばか者で、おまけに自分が語った愛に惑わされているのかもしれない。そして、アルベールは人妻を愛してその将来を棒に振った、哀れな男かもしれない。

しかし、そういうわたしはどうだ？　わたしはいつもマイナと一緒にいて、あの声を聞き、あのきらきらした美しい目にちらつく感情の動きを眺め、体に回される腕の感触を感じたい。彼女にわたしの子供を産んでほしい。死ぬまでずっとそばにいてほしい。わたしに負けないくらい激しい情熱でわたしを求めてほしい。

それなのに、わたしは思いきってマイナに触れることさえできない。どんなに彼女がわたしの無防備な心の奥深くにまで入り込んだかを彼女に知られる勇気がない。彼女がわたしのことをなんとも思っていないのが怖いからだ

たぶんこれは、他人はどうであれ、自分だけはほかの人間を必要としていないと思い上がっていたことに対する神の懲らしめだろう。

そうだとすれば、ロジェは今、その思い上がりを後悔していた。恋をしている今は。

寝室の扉が音をたてて閉まると、マイナは震えるため息をつきながら腰掛けに座り込んだ。ロジェと面と向かってやり合ったことで気弱になり、必死に冷静さを保とうとしていたせいで精根尽き果てた。心のなかは、混乱したさまざまな感情がせめぎ合っている。

結婚の契りを結んだ夜以来ずっと、夫の姿を見たり声を聞いたりすると、まず心臓がどきどきし始め、

彼の腕のなかで味わっためくるめく喜びの思い出がよみがえる。

　長いことマイナは、夫が自分のもとに来て彼女と話しをし、思いを分かち合えれば、と願っていた。しかし、ロジェはこともあろうにレジナルドの一件で興奮して、義憤に駆られた支配者か何かのように寝室に入ってきた。ロジェ・ド・モンモランシーが信じようと信じまいと、レジナルドは充分に自分で自分のことを決められるのだ。

　マイナは重苦しいため息をついた。本当に彼女を悩ませているのは、そのことではない。もっとがっくりきているのは、ロジェの彼女に対する態度だった。彼が自分のことを少しでも気にしているのかどうか知りたくて、マイナは欲望に狂った女のような気分でわざとロジェを誘惑しようとした。

　それでどうなっただろう？　何かで体を隠すように言われ、恥ずかしくないのかとなじられたのだ！

　穴があったら入りたかった。自分がばかみたいに思えて、当面の問題に集中しようと努力し、無関心を装おうとしたが、そうするのがますますむずかしくなった。少なくとも心のなかでは、仮面はいとも簡単にはがれ落ちた。仮面が落ちたあとは、不屈の精神が必要だった。弱気にならずに、彼の言葉や表情や頼みに心を動かされているのを見せてしまいそうになった。これほど無視しにくい男性は、世界広しといえどもほかにいない。

　わたしは愚か者だ。弱くて、恋わずらいにかかった愚か者だ。

16

三日後、ロジェは自分の寝室への階段を忍び足で上がっていった。ほかの領地に行っていたのだ。今回はアルベールは城に残していった。今夜、ロジェは何事もなければいいがと願いながら、ひそかに戻ってきた。ベッドでひとりきりではないマイナを目にすることになるのかもしれないと怖かった。

もしマイナがアルベールとベッドにいるところを押さえたら、どんな罰を与えようと完全に正当化されるし、彼らが罪を犯しているなら罰しよう、とロジェは固く心に決めている。

もしマイナがひとりきりなら、頭にこびりついて離れない不安は軽くなるだろう。

心が決まっているにもかかわらず、足元がふらつき、閂《かんぬき》を引き上げようと伸ばした手はためらった。

ロジェは自分に言い聞かせた。わたしは正しいのだ。ここはわたしの城で、マイナはわたしの妻だ。不貞の言い訳はいっさい認められない。たとえ、以前わたしが彼女に無礼な言動を働いたとしても、あるいは自分が男爵になんと言ったとしても。わたしは、男爵に誓った忠誠を裏切るつもりがないのと同様に、結婚の誓いを裏切るつもりはない。信頼する家臣アルベールも決して忠誠の誓いを破ってはならないのだ。彼も許すことはできない。

とうとうロジェは閂をそっと引き上げ、暗い部屋に足を踏み入れた。絨毯《じゅうたん》で足音が消される。

マイナはベッドで眠っていた。月明かりではっきりと見える。ひとりだった。希望とないまぜになった安堵《あんど》が全身をどっと駆け抜けた。

マイナはなんと安らかで、なんと無防備に見える

ことか。昼間の態度とは大違いだ。昼間のマイナはひどくよそよそしくて、冷淡で……孤独に見える。その孤独を癒《いや》すために、わたしは何をしてやっただろう？　何もしなかった。だが、わたしに嘘《うそ》をついたのは彼女の過ちだ。そうではないか？

　もしわたしが女に生まれて、自分のことがあんなふうに評価されるのを聞いたら、やはりなんらかの仕返しを考えたのではないだろうか？　わたしから冷たくされて、マイナが別の男に慰めを求めたとしても、それは当然のことではないだろうか？

　ふたりはわたしよりはるかに利口なのかもしれない。たぶんわたしが帰ることをどうにかして事前に知ったのだ。ふたりに対する疑いが絶対に消えてなくなりそうもないことに気づいて、ロジェは胸がむかつき、がっくり肩を落として、部屋から出ていこうとした。するとそのとき、マイナが起き上がり、眠たそうな声で尋ねた。「そこにいるのは誰？　なんの用？」

　寝乱れた髪が色白のすべすべした顔にまつわりついている。マイナはこの前と同じ薄いシュミーズを着ていたが、上掛けを胸まで引き上げた。

　気をそそるマイナの姿を見たとたん、ロジェの体は反応し、このあとどう出たものか考えるのに一瞬立ち遅れた。ロジェは彼女を試すつもりだった。本当に不貞を働いているなら、わたしの抱擁を歓迎しないはずだ。もし受け入れるのが義務だと考えているとしたら、結婚の契りを結んだ夜のように熱狂的に応《こた》えることはまずあるまい。

「わたしだ。ロジェだ。きみの夫だよ」ロジェは静かに答えて、そっと扉を閉めた。

「どうして戻ってきたの？」マイナは明らかに当惑し、かなり驚いている。「何か悪いことでもあったの？」

「家に帰りたかったのさ」ロジェはさらに近寄って

いった。

マイナはもじもじして、ほつれ毛を女らしい優雅な手つきでかき上げた。ロジェの欲望に火がついた。

「なぜ……なぜここにいるの？」

「夫が自分の寝室にいる理由を説明する必要はない」ロジェは答えると、チュニックを脱いだ。

マイナは身じろぎもしなかった。目の前に彼がいることがほとんど信じられなかった。ロジェが遠く離れた場所ではなく、ここにいる！ 誘うような、官能的な口調を使っているのは、チュニックを脱いでたくましい胸やがっしりした広い肩をあらわにする前から、わたしの体をぞくぞくさせるため？

ロジェがベッドのほうに歩いてきて、その端に腰かけたので、マイナは息を殺した。彼がどうして戻ってきたのかわからず、それに、もう一度質問するべきかどうかもわからなかった。そのとき、ほつれ毛をかき上げようとロジェの手が伸び、指がマイナの頬をかすめた。こんな何気ないしぐさがわたしには圧倒的で強烈な効果を及ぼすなんて、誰が思っただろう？ マイナは全身から力が抜け、頭のなかが真っ白になった。残っているのは、また彼に触れてもらいたいという焼けつくような欲望だけだ。

これは肉欲なの？ それとも愛なの？ 肉欲か愛か、わたしは気になるの？ 彼はどうなのだろう？

「ロジェ、なぜここにいるの？」

ロジェは身を乗り出してマイナの額にそっとキスし、マイナの両肩をつかむと、唇をゆっくり首筋のほうへ滑らせた。「きみと一緒にいたいからだ」彼はささやいた。

「どうして？」マイナの声は、枕《まくら》の上に押し倒されると、さらに低いうめき声になった。

わたしが欲しいと言って。マイナは切に思った。わたしが必要だと言って。わたしを愛していると言って！ ロジェは体をゆっくりとマイナの上に重ね、

片方の脚を彼女の腿にのせた。

「それが重要な問題なのか?」ロジェはマイナの脚のあいだで動きながら、彼女の硬くなった胸の先をシュミーズの上から舌でもてあそんだ。マイナはその感覚に溺《おぼ》れそうになった。

しかし、完全に溺れたわけではない。彼は肉欲を満足させるためにわたしを利用しようとしているだけかもしれないという恐ろしい考えが心に浮かんだ。ほかにどんな理由で彼がここに来るだろう? ずっとわたしをほったらかしにしていながら、どうして今? たぶんジョゼリンを口説いたけれど拒絶されて、法的には断られるはずのないところに来たのだろう。

「なぜここにいるの?」マイナはもう一度問いただし、肘をついて体を起こし、ロジェから離れようとした。ああ、なんてこと。彼に抱かれていると、こんなにも簡単に力がなくなってしまうとは。

「これはわたしのベッドだ」ロジェは片方の手でマイナの脚を撫《な》で上げた。「きみはわたしの妻だ。ほかにどんな理由がいる?」

「今までずっと夜はどこにいたの?」

「そんなことはどうでもいい。わたしは今ここにいる。そして、きみが欲しいんだ」

「どうして?」

ロジェは表情をこわばらせて、少し体を引いた。マイナが彼の目に落胆としか言いようのないものを見たのは、そのときだった。「どうやらきみはわたしを求めていないようだ」ロジェは少し苦しそうに言うと、起き上がり、こうつけ加えた。「だったら、きみを自由にしてやろう」

マイナは、彼の当惑した顔つきや動揺した声をどう解釈していいかわからなかった。「ロジェ……」

ロジェがマイナを見た目つきはあざけりに満ちていた。「どうしたんだ? 気が変わったのか? わ

たしを拒絶したほうがいいと考えたんだろう？」

マイナはベッドから下りて、ロジェと向き合った。混乱していたが、たとえ寝室にいても負けるものかと決心していた。「わたしに無理強いするつもり？」

「もちろん違う！」ロジェはチュニックを乱暴に拾い上げた。

マイナはこれ以上このどっちつかずの状態に我慢できなかった。「ロジェ、わたしたちは話し合わなければならないわ」断固として、かつ必死になって言う。

「きみはわたしに寝室から出ていってほしいことをはっきりとさせたから、出ていくんだ。わたしのおしゃべりできみを困らせるつもりはない。おやすみ、奥方様」

ロジェは出ていった。またしてもマイナをひとり残して。

マイナは閉まった扉をなすすべもなく見つめた。怒りを爆発させれば胸がすっとするだろうと思ったが、そんな気持ちにはなれなかった。その代わり、妹と一緒にいようと必死になった寂しい少年のことを考えた。ロジェの目に、その子供の面影を見た。彼がその遠い昔の日に感じたであろうこともよくわかった。自分が愛する人間が去っていくのを見つめながら、見捨てられ、完全にひとりぼっちになってしまったと感じていたのだろう。

安息日の夜明けは晴れ上がり、秋の訪れを思わせた。ロジェはミサに参列し、そのあと、いつもの安息日と変わらない様子で朝食をとった。マイナは大広間の高座でロジェの左に座った。レジナルドのヒルダに対する気持ちにまったく気づいていないレディ・ジョゼリンがロジェの右手に座っている。アルベールはレディ・ジョゼリンの右、レジナルドはマイナの左で、ジョゼリンからできるだけ離れている。

ヒルダは賢明にも引っ込んでいた。無言ですばやく給仕をすますと、さっさと厨房《ちゅうぼう》に逃げ込んでしまった。

ロジェは、アルベールがなんのためらいもなくレディ・ジョゼリンの隣の席を受け入れたことに気づいた。だが、アルベールは利口な男だ。マイナの隣に座らなくてもよしとしたのは、ただ単に疑いをそらすためなのかもしれない。

いつものように、マイナは夫に話しかけようとしなかった。といって、誰ともそんなに話しているわけではなかった。

このような状況はしだいに耐えがたいものになっていった。しかし残念ながら、ロジェはこれにどう対処するか決めあぐねていた。決断できないこと自体、驚くべきことだ。ロジェはこれまで何につけてもきっぱりと断を下してきたが、それはたぶん、さほど重大な問題ではなかったということなのだろう。大広間で席についたとき、ロジェは自分の選択肢をもう一度検討してみた。

今この場で、大広間に皆が集まっている前で、マイナとアルベールを非難することもできる。しかし、ふたりが不貞を働いているというたしかな証拠はない。彼自身、はっきりしたことは何も見ていないし、密会の現場を見たり、睦言《むつごと》を立ち聞きしたと告げに来た者もいない。この件も、さらに上の権威者の判断を仰がなくてはならないだろう。つまり、ドゲール男爵の判断を。以前のロジェは、男爵が自分に有利な判定を下してくれるものと絶対の自信を持っていた。しかし、男爵がマイナに感服しているところを見ているので、今はそれほど確信を持てなかった。男爵がわたしに不利な裁定を下したら、面目が丸つぶれだ。

ダドリーや家臣のひとりかふたりに打ち明けて、悪事の証拠を見つける手助けをしてもらうという案

も考えられる。しかしそれだと、他人に自分の恥をさらすことになるし、夫として失格だったのを認めることになる。

　マイナとアルベールに率直にきくこともできる。だが、もはやふたりの言葉を信じられるかどうかわからなかったし、実際、彼らに不信感を抱いているのだから、そんなことをしてもまったく無意味だ。

　もうひとつ、奥の手がある。それでは心の安らぎは少しも得られそうにないが、人前で面目を失わずにすむ唯一の方法だろう。つまり、ふたりの関係をこれまでどおり続けさせるのだ。ただし、マイナとその愛人に不利な証拠を確実につかむまで。

「わたしの話を聞いておられなかったのですか、ロジェ？」アルベールが大きな声で言って、ロジェの憂鬱《ゆううつ》な物思いを中断させた。「きょうは狩り日和ですぞ」

　ロジェは自分がレディ・ジョゼリンの木皿のあたりをじっと見ていたことに気づき、あわててアルベールに目をやった。「それはいい考えだ」そう答えながら、ほかにどんな会話を聞きもらし、たがいに交わされたどんなまなざしや笑みを見逃したのだろうと考えた。

　レディ・ジョゼリンは明らかにロジェの注意が自分に向けられていたと誤解したようで、にこやかな作り笑いを浮かべ、興奮した口調で言った。「まあ、なんておもしろそうだこと！　あなたが狩りをするところを見るのはとても楽しみですわ」

「試合のことをお忘れではないでしょう？」マイナが尋ねた。

　ロジェは振り向いて妻を見た。ああ、どうして初対面のときのように、明るすぎる髪をした、痩《や》せた、平凡な容貌《ようぼう》の女としてマイナを見ることができないのだ？　ほかのどんな女の美しさも月並みなものにしてしまう、色白で、緑色の瞳の、魅力あふれる女

にいつ変身したのだ？　「試合？」ロジェはぼんやりと尋ねた。

「蹴球《しゅうきゅう》の試合よ、ここの村とバーステッド・オン・メドーの。正午過ぎに始まるのよ。村人はあなたが来てくれるのを期待しているわ。せめて見物だけでもね」

ロジェは、マイナの〝見物だけでもね〟という言い方に顔をしかめないではいられなかった。まるで彼には試合に参加する能力がないかのような口振りだ。「ああ、そうだ、試合があったな。わたしは指揮を執るように頼まれているんだ。で、アルベール、おまえは試合に出るつもりか？」

「年を考えて、おとなしく観客になるつもりですよ」

「まさか！　わたしよりそれほど年上ではないのに。そうじゃないか、マイナ？」

「サー・アルベールが出場なさりたくないのなら、彼の意思を尊重するべきだわ」

そうすればふたりきりになれるからか？　ロジェは軽蔑《けいべつ》するように考えた。「おまえが役立たずの老いぼれだと村人に思ってほしくはないな」ロジェは文句を言った。「村人がおまえの騎士としての能力に疑いを抱くかもしれないから。おまえは自分の面倒だけみていればいい。選手が密集したところからは遠ざかっていられるだろう」

アルベールが温厚な笑みを浮かべ、それがロジェをいらだたせた。アルベールは本当に見た目どおり潔白なのだろうか？　それとも、人をあざむくのがものすごくうまいのだろうか？　「あなたがそうまでおっしゃるなら、出場しましょう。ですが、あらかじめ申し上げておくと、わたしは足が速くありませんぞ。ぶざまな真似《まね》をして、皆に恥をかかせるにちがいありません」

「またご謙遜《けんそん》を！」マイナが叫んだ。「きっとあな

たは大活躍なさるはずよ。なにしろ、あなたがお持ちのノルマン人の名誉心が鼓舞するでしょうから」

ロジェはマイナの母親がサクソン人だったことを考えて、いぶかるような目でさっと彼女を見たが、マイナは椅子から立ち上がりかけていて、その視線に気づかなかった。

「失礼させていただくわ。出場者にチーズと蜂蜜《はちみつ》酒を振る舞うために食料貯蔵庫から出すように言ってあるの。ダドリーが万事取り計らってくれているはずだけれど、いちおう確かめなければならないので」

マイナが厨房に通じる廊下に消えると、レディ・ジョゼリンがロジェの腕に触れた。「試合を見るのが楽しみですわ」彼女は静かに言って、黒くて長いまつげをぱたぱたさせた。「ああいう荒っぽい競技のことは話に聞いているだけで、一度も見たことがありませんの」

ロジェは袖《そで》に置かれた白くてやわらかい、ほっそりした手を見下ろし、レディ・ジョゼリンはわざとわたしを誘惑しようとしているのだろうかと考えた。

ロジェは挑発的な笑みを浮かべた。「退屈なさらないとお約束しますよ」

レディ・ジョゼリンはロジェにじろじろ見られて赤面し、顔をそむけたが、手はわざととしか思えないほどゆっくりと彼の腕を撫で下ろした。「チルコット卿《きょう》、あなたは？ あなたのご活躍も拝見できるのかしら？」

「とんでもない！」レジナルドはきっぱり言った。

「空気でふくらませた膀胱《ぼうこう》を追いかけてほっつき回りたいとは思いません！」

「きみがいなくても、ノルマン人の名誉は守れると思う」ロジェは腰を上げた。アルベールも立ち上がった。「わたしは服を着替えてこよう」ロジェは、地面が選手の足でこね回されてぬかるみになるだろ

うと考えて、言った。牧草地や川岸はとくにひどくぬかるむ。「いいな、アルベール？」

「ええ」元の友人が答えた。「試合は正午きっかりに、十字路で開始です」

「その前に共有草地で村人に合流しよう」ロジェはそう言うと、寝室へ向かった。

寝室は、案の定、誰もいなかった。ロジェはだめになってもかまわない古いチュニックとズボンに手早く着替えた。衣装箱のいちばん底に古びたブーツも見つけた。このブーツはぬかるみでは滑りやすいかもしれないが、いいほうのブーツをだめにしたくはなかった。マイナのテーブルに筆記用具があることに気づいたのは、古いブーツに履き替えているときだった。

マイナは何を書いたのだろう？

ロジェはテーブルに行き、インク壺《つぼ》や羽根ペン、なんの印もない小さな羊皮紙や赤い封蝋《ふうろう》をよく見た。封蝋を使うということは、たとえば目録のような単純な家政上の文書ではなく、秘密の通信を意味する。

マイナは誰に手紙を書いているんだ？　たしかマイナと少しでも交流がある親戚《しんせき》はレジナルドしかいないはずだ。だが、彼は今この城にいる。

ほかに連絡を取りたい友人か別の親戚がいるのだろうか？　だとしたら、その理由は？　幸せな結婚生活について書き送りたいというのであるはずがない。

別の考えが思い浮かんだとき、一瞬ロジェは息をのんだ。マイナがわたしを捨てる計画でいるとすれば、自分と愛人のために、隠れ家と、それを提供してくれる誰かを見つけようとしているのにちがいない。

突然、目に涙がこみ上げた。

ロジェはすばやく涙を拭《ぬぐ》った。わたしはロジェ・ド・モンモランシーで、マイナはわたしの妻だ。妻

に人前で恥をかかされるぐらいなら、その前に地獄に落とされたほうがましだ！

寝室の扉が開き、激しい怒りでいっぱいのロジェはさっと振り向いた。マイナだろうと思っていたが、そこにいたのはレディ・ジョゼリンだった。ジョゼリンは目を見開き、後ずさった。ロジェはほほえんだ。「驚くではありませんか」ロジェは言い訳がましく言った。

「わたくし……あの……レディ・マイナに試合のいちばんいい観戦場所を教えていただきに来ましたの」

「主門の上の狭間《はざま》胸壁がいいでしょうな」ロジェは言いながらレディ・ジョゼリンに近づいていった。「ダドリーがあなたのために椅子と軽食を用意することになっています」

そうとも、わたしはサー・ロジェ・ド・モンモランシーで、たいていの女はわたしに抱かれたがるのだ。

「いちばん大きな声援はわたしのために取っておいてください」彼は静かに言った。

ジョゼリンが恥ずかしそうに色っぽく目を伏せてささやいた。「あなたには奥方様がいらっしゃいますのに」

「でも、あなたはとてもお美しい」ロジェはつぶやくように言った。

「サー・ロジェ、こんなことは差し障りがありますわ」ジョゼリンは異を唱えながらもロジェに身を寄せ、片手を慣れたしぐさで彼の腕に走らせた。

ロジェはジョゼリンの青い目を見下ろし、そこに冷めた計算があるのを見た。情熱の炎もなければ、熱く燃える欲望もなく、胸を焦がす秘めた思いも見られなかった。「まったくそのとおりです」ロジェはふいに彼女にも自分にも嫌悪を感じて、彼女から離れた。「わたしに言えるのは、あなたの美貌に酔

わされたにちがいないということだけです。酔っぱらいのようにわれを忘れてしまった。どうかお許しください」

ジョゼリンの表情は傷つけられた自尊心と、とまどいと欲求不満が作り出した最高傑作だった。

「もう出ていかれたほうがいい」ロジェは言った。彼女を追い払おうとしているように聞こえようと聞こえまいとかまわなかった。

「ええ、そういたしますわ」レディ・ジョゼリンは冷ややかに答えた。もはや口調は甘美さが消えて、花崗岩《かこうがん》のように硬くなっている。「あなたがわたくしに言い寄ったことが男爵のお耳に入らなければよろしいけれど」

「それは脅しですか？」ロジェは穏やかに尋ねた。妻の不貞が引き起こした胸の痛みに比べれば、男爵の怒りなど、ものの数ではない。

「たぶん」ジョゼリンはまたほほえんで、扉を閉め、寝室にふたりきりになった。「そんな必要はないかもしれませんわ」

ロジェはこのゲームにうんざりした。ああだこうだと推測するのにうんざりした。何もかもうんざりだった。「もう行かなくては」

ロジェは険しい顔でジョゼリンのそばをすり抜け、中庭へ向かった。過去に何人も重傷者を出した試合に出場する前に、そこでアルベールと落ち合うことになっている。

マイナは、ダドリーが城壁の歩廊の厳選した場所に置いた椅子のひとつに腰かけた。ここからだと、マイナとレディ・ジョゼリンは快適に試合を観戦できる。もしロジェの組がうまくやれれば、ボールをまず共有地に出し、森を横切り、牧草地を抜けてバーステッドのセント・ニニアン教会のほうへ持ち込むはずだ。共有草地に集まったモンモランシーの男

たちがここからはっきりと見える。ラッドが率いる数名の村人と、ロジェの率いる城の兵士たちだ。

ダドリーは小さなテーブルも置くように命じていた。その上にはワインと果物がのっている。晴れた暖かい日で、そよ風がさわやかだ。結婚生活が万事順調に運んでいたら、この日を思いきり楽しめただろうに、とマイナは思った。だが実際は、一時の気晴らしにすぎず、それもほとんど効果があがっていなかった。

マイナの視線は、歩兵たちに静かに話しかけている夫から離れなかった。なんとたくましく見えることだろう。いかにも指揮官然としている。ロジェが厳しい表情をしているのがわかったので、ふくらませた豚の膀胱を奪い合う競技であろうと、大戦《おおいくさ》のつもりで取り組もうとしているのだろうと思った。

アルベールが自信のなさそうな様子でぶらぶらと歩いて、ラッドや村人たちに合流した。マイナは、ロジェはどうしてあれほどしつこくアルベールを試合に参加させようとしたのだろう、と考えた。ロジェがアルベールに参加してほしがっているのは明らかだったし、アルベールもほかの多くの人たちと同様、主君の命令に逆らわなかった。

「レディ・マイナ、ここでしたの！」ジョゼリンが声をあげて隣の椅子に座った。「そこいらじゅう捜しましたのよ。それにチルコット卿も。彼はどこにもいらっしゃらないのよ」

「レジナルドはほかのことで忙しいんですよ」マイナは弁解した。レジナルドの居場所は見当がついたが、ジョゼリンに教えるつもりはさらさらなかった。

「この数日、あまり彼を見かけませんでしたわ」ジョゼリンが残念そうに言ったので、マイナは彼女に同情しかけた。もしジョゼリンが、レジナルドをさらに上の身分なり富を得るための手段と考えているなら、彼に自分と結婚する気がないのを知ったら、

さぞやがっかりするだろう。

男たちが十字路のほうへ移動し始めた。十字路の白い目印がはっきり見える。そこが森にいちばん近いところで、モンモランシー城に続く本街道がロンドンへ向かう街道と合流し、バーステッド・オン・メドーに至る北国街道に分岐する。

「ずいぶん大勢いますこと！」ジョゼリンが言った。「大男も何人かいるわ。ねえ、あそこのあの人を見て！」

「あれはラッドといって、うちの村の管理人ですわ」

「バーステッドの男たちは何人いますの？」

「バーステッド・ホールの領主は小作人のほとんどが参加することをお許しになったと、ダドリーから聞いていますわ。あそこは領地が広いですし、サー・ジョージは兵士もかなりたくさん送り込んでいます。こちらの二倍近くはいるでしょうね」

「まあ！」ジョゼリンが叫んだ。「チルコット卿が出場をお断りになったのも当然だわ。彼のようにやさしい方には安全とは言えないでしょうから。とても気の荒い男もなかにはいるようですし」

「いいえ、心配なさる必要はありませんよ」ヒルダが快活に言った。焼きたてのロールパンを持ってきたところで、おいしそうなにおいが漂っている。「サー・ロジェの兵はよく訓練されています。いつもけが人はひとりも出ません。骨の一本や二本は折れたりしますけど」

「サー・ロジェの兵がよく訓練されているとしても、それは戦いの訓練で、こんな農民の遊びではないでしょう」ジョゼリンがやり返した。いくら適切な意見でも、召使いの差し出口には我慢ならないということが、その口調にははっきりと表れていた。

「兵士たちはしょっちゅうこの競技をやっています。ほかの競技も。サー・ロジェは、これをやると敏《びん》

捷《しょう》さが保てるとおっしゃっています」ヒルダはそれでもやめなかった。

「下がっていいわ」ジョゼリンが尊大に言った。

マイナは異母兄とヒルダとの結婚があるとはまだ確信しきれずにいた。だが、ヒルダの態度から判断すると、彼女は結婚できると確信しているようだ。しかしながら、ヒルダは頭がいいから、自分が歓迎されていない場所にぐずぐずしてはいなかった。

「今の話は本当ですの?」ヒルダが行ってしまうと、ジョゼリンがマイナに尋ねた。

「ええ、本当です。ロジェはおもしろい訓練方法をいろいろと考案しているんですよ」

ロジェからその話を聞いたわけではない。先だっての午前中、ロジェの兵がよく似た試合をするのを見て、マイナは楽しいひとときを過ごした。最初は彼らが軽薄なことをしていると思って面食らったが、アルベールが時間をかけて説明してくれたところでは、兵士たちの敏捷性を維持するのに明らかに役立つそうだ。

マイナは、歩哨《ほしょう》たちが村人を見ながら、ぼそぼそと試合結果の賭《かけ》をしていることに気づいた。歩哨たちのほかには誰も付近にいない。

マイナはレジナルドに力を貸すと言っていた。今がジョゼリンに結婚に対する期待を捨てさせる好機かもしれない。これまでそれを先延ばしにしていたのは、ジョゼリンが感情的になりそうだということと、不信の念に駆られて夫が不貞を働いている徴候がないかずっと見張り続けていたからだった。しかし、早くジョゼリンに話さなければ、自分でレジナルドとヒルダの関係に気づいた彼女が怒り狂って、男爵を巻き込んでしまうかもしれない。

「レディ・ジョゼリン、お話ししなければならないことがありますの」マイナは穏やかに切り出した。

ジョゼリンがけげんそうな顔でマイナを見た。

「ずいぶん深刻な口ぶりですのね」

「そうなんです。わかっていただけると思うのですが、レジナルドはあなたと結婚するつもりはありません」

　レディ・ジョゼリンは目をぱちくりさせた。一度、二度、三度と目をぱちくりさせると、口を開いて閉じ、また開いた。「彼がわたくしを拒んでいるとおっしゃっているの？」

「男爵ははっきりしたことは何も取り決めていらっしゃらないと、わたしは了解しています。あなたは、レジナルドに会って、この縁組が双方に受け入れられるかどうか確かめに来られただけでしょう。正式な婚約には至っていないはずです」

「男爵はそれを望んでいます」レディ・ジョゼリンはぴしゃりと言った。あの魅力的なか弱さは影もかたちもなかった。「わたくしにそうおっしゃったわ」

「男爵は花婿候補ではありませんから」マイナはやり返した。「レジナルドはあなたとは結婚しないことに決めましたが、あなたはどうぞまだこのお城にご滞在ください」これ以上レディ・ジョゼリンにつき合うのは耐えがたいが、レジナルドのために辛抱しなければならないとマイナは思った。

「彼はわたくしを望んでいない？」ジョゼリンは信じられないといった口ぶりで何度も繰り返した。

「わたしなら」マイナは言った。「それを個人的な侮辱とは受け取りませんけど……」

「侮辱だわよ。あなたのめかし込んだ気取り屋のお兄様みたいな人物が、厚かましくもわたくしとの縁組を断るなんて」ジョゼリンは最も貴婦人らしからぬ態度でうなるように言うと、ぱっと立ち上がった。

「でも、これは形を変えた神のお恵みだと考えることにするわ。あんな人と結婚したくなどなかったし、ただ儀礼上、丁重に振る舞っていただけよ。それに、あなたの一族と同盟を結びたくもないわ。あなたの

お兄様やあなたや、あなたの好色な夫なんかとも」
ジョゼリンは目を細め、マイナに不愉快なほど顔を近づけてささやいた。「あっ、そうだわ、奥方様。わたくしならサー・ロジェ・ド・モンモランシーを注意深く見張っているわね。家族の名誉が大事だったら。きょうだって、わたくしを誘惑しようとしたのよ」

ジョゼリンが驚いたことに、レディ・マイナは動揺もしなければ、顔色ひとつ変えなかった。ジョゼリンもサー・ロジェの妻が冷淡で、感情のない女だとは知っていたが、夫の背信を告げられてもまるで動じない妻がいようとは信じられなかった。

「お発《た》ちになったほうがよろしいと思いますわ。きょうにも」マイナは静かに言った。

「ええ、出ていきますとも。喜んで！　あなたにも、あなたの夫にも、あなたのまぬけなお兄様にも二度と会いたくないわ。わたくしにどんな仕打ちをしたか、ドゲール男爵の耳に入るまで待ってらっしゃい！」

マイナは冷ややかにジョゼリンを見つめた。「言っておきますけど、サー・ロジェは男爵のお気に入りだということをお忘れにならないように。ご自分が男爵の絶対的な寵愛《ちょうあい》を受けているという自信がないかぎり、男爵にご自分とサー・ロジェのどちらをより重視しているかといった選択は迫らないほうがいいと思いますわ。男爵は独り身だということも指摘しておきましょう」

一瞬、ジョゼリンはとまどったように見えたが、すぐに堂々とした態度でマイナのそばを離れていった。

マイナはその場にじっとしていた。ひとりぼっちで考えにふけり、苦悩に浸っていた。恐ろしい疑惑が裏づけられたのだ。

ロジェはわたしを求めていない。

全身が麻痺《まひ》したような感じだ。まるでお城全体ががらがらと音をたてて崩れ落ち、大量の石の下に埋まってしまったように感じた。

　アルベールはなんと言っていたかしら？　愛に破れると、死よりもつらい絶望に追いやられかねない？　ああ、神様、わたしは彼の言葉が恐ろしい真実であるとわかりました！　マイナは両手で顔を覆い、必死に苦痛のうめきをもらすまいとした。

「大丈夫ですよ、奥方様」歩哨のひとりが大声で言った。「あの方はけがはなさっていらっしゃいません。立ち上がろうとしていますよ、ほら」

　マイナはゆっくりと両手を顔から離して、兵士が指し示した方角を目で追った。ロジェが立ち上がると、次の瞬間にはもう、大柄な男を追う一団のあとを走っていた。一団の前方にボールが軽く蹴《け》り出された。

　彼をごらんなさい。マイナは苦々しく考えた。忠誠と正直さについてご託を並べたサー・ロジェ・ド・モンモランシーを。

　あれはすべて嘘だったのだ。

17

「なんだ、もう息切れしたのか？」ロジェはアルベールに全速力で追いつくと尋ねた。アルベールはかがんで膝に手をつき、苦しそうにあえいでいる。

「そんなにおまえをこき使ってはいないはずだが」

「ええ、たしかに。でも、わたしはもう若くないんだ」アルベールはあえいで言った。

　大きな叫び声がモンモランシー側から上がり、ボールがうなりをあげてロジェとアルベールのそばを飛んでいった。「ようし！」ロジェはボールを追って突進した。そしてすばやく片足でボールの動きを止めると、後方のバーステッドのほうへ蹴《け》り戻そうとした。味方の男たちがどっとそばを駆け抜けた。

「受け取れ！」ロジェはアルベールに叫んだ。アルベールは素直に前方へ走った。

「ロジェ、たかがゲームではありませんか」アルベールは息を切らしながらぶつくさ言って立ち止まり、また息をついて、ボールの場所に目をやった。

「やめるのか？」ロジェは腰に手を当てて、挑発するように尋ねた。「おまえは溝にでも寝転がって休んだほうがいいかもしれんな」

　アルベールが怒りの目で探るようにロジェを見た。

「何がおっしゃりたいんです？」

「たぶんおまえの戦いの日々は終わったのに、わたしがほかのことに気をとられていて、それに気づかなかったのだろう」

　腹だたしい嫉妬《しっと》にさいなまれているロジェは、アルベールがいかにもうれしそうに顔をほころばせたので、がっかりした。「ほう、するとこれはあなたがわたしを試すやり方なんですな？」アルベールは

陽気に尋ねた。「では、急いでください、サー・ロジェ！」アルベールは元気を取り戻して脱兎《だつと》のごとく走りだし、ロジェはボールばかりか彼までも追う羽目になった。

アルベールはボールをとらえると、巧みな足さばきを披露した。足のあいだですばやくボールを転がしながら、セント・ニニアン教会のほうにかなりの距離を進める。ロジェはマイナが狭間《はざま》胸壁から見物していることを承知していたので、ついになんとかアルベールからボールを奪うと、前に突進したが、相手のバーステッドの汗まみれの一団が手ぐすね引いて待ち構えていた。

アルベールは負けてはならじとボールめがけて走り、主君からボールを奪い返した。そして、敵のラインを驚くほど巧みに縫うようにして進んでいった。それをロジェと味方が追いかける。ロジェは歯ぎしりした。アルベールを勝利の立て役者にさせてなるものか。アルベールに近づくと、ロジェはいきなり乱暴に肘打ちを食らわせ、泥のなかに突き倒した。

そのときには荘園《しようえん》管理人のラッドと、足は彼より遅いが体格では負けない十人の仲間がロジェに追いついていた。彼らがロジェを守るように取り囲み、責める敵方をがっちりさえぎった。おかげでロジェは教会まで残りの数ヤードを踏んばることができた。

ついにボールが教会の壁に到達すると、ロジェは歓声をあげた。ラッドやほかの選手たちからも大歓声があがった。

歓呼の声と雄叫《おたけ》びが静まったとき、ようやくロジェはアルベールが起き上がっていないことに気づいた。

「ここもよくできているわね」マイナは中庭をざっと見渡して、ダドリーに言った。試合終了に備えて、架台式テーブルが大広間から持ち出され、組み立て

られた。エールの大樽《おおだる》もあとは飲み口をつけるばかりになって置かれている。モンモランシー側が勝とうが負けようが、選手はのどが渇いているだろうし、努力には報いてやらねばならないとマイナは決めていた。そして、勝った場合は、村人たちが城内にもっと樽を運び込む算段になっていた。

ボールが狭間胸壁から見えないところに行ってしまうと、期待感が城じゅうにみなぎった。モンモランシー側の負けに賭《か》けた連中は少数派だが、すでに持ち場を離れて、たがいに慰め合うために居酒屋に出かけてしまった。僚友に賭けた者たちはわくわくしながら押し黙っている。

ヒルダはどこにも見当たらなかった。怒り狂ったレディ・ジョゼリンから大急ぎで手伝いを押しつけられたのだ。騒々しく出発の準備を始めたジョゼリンは見るからに不機嫌だったが、マイナは気にしなかった。彼女がいなくなってくれたらほっとするだろう。

突然歓声があがった。狭間胸壁の、さっきまでマイナがいた場所で見ていた吟遊詩人が大声をあげた。

「勝ったぞ！」

城じゅうから興奮のざわめきがわき起こった。祝宴の準備が第一の関心事であるダドリーですら、歓呼の声に同調した。

マイナは中庭から比較的静かな自分の庭へとぶらぶらと歩いていった。もうすぐロジェと男たちが城に戻ってきて、笑いさざめき、エールをあおるだろう。わたしがいなくても気づかないはずだ。

石のベンチに沈み込むと、マイナは額に手を当て、咲き誇っている花々をじっと見つめた。この結婚に踏み切ったとき、マイナは無邪気な期待もばかげた幻想もあまり抱いていなかった。実際、ロジェがほかの女ともベッドを共にすると最初から明言していれば、たぶんそれを婚姻の契約の一部として受け入

れただろう。

しかし、ロジェはそんなことはひと言も口にしなかった。どちらかといえば、貞節の誓いを忠実に守るように思えた。あとから考えれば、それが愚かだったのかもしれない。だがマイナはそう思い、彼が少しもおもしろみのないジョゼリンを誘惑しようとしたことを知って、今、胸が張り裂けそうになっている。忠誠と正直さについて彼から非難されたあとだけに、よけいつらい。ロジェという男は恥知らずで不正直な悪党だ。

でも、わたしにできることは何もない。結婚の契りは結ばれてしまい、わたしはほかに行くところがない。

最悪なのは、彼を心の底から憎み続けたいのに、希望のない愛のはかなさしか感じられないことだ。

「奥方様！」突然ダドリーが切迫した声で中庭から叫んだ。

マイナが顔を上げて、何事かしらと立ち上がったとき、庭木戸がぱっと開いた。「どうしたの？」マイナは試合で男たちが何人か転倒したことを考えながらおそるおそる尋ねた。「ロジェに何か……？」

「いいえ。サー・アルベールです」

それを聞いてマイナはちょっと安心したが、ダドリーのほうへ走り、男たちの一団が城門から人をかき分けて進んでくるのを見つめた。沈んだ様子の集団の先頭にロジェがいて、意識を失ったアルベールを腕に抱えていた。

「何があったの？」マイナは夫のもとへと走りながら叫び、夫の横を足早に歩いた。

「転んで、頭を打ったんだ」

アルベールが小さくうめいた。ロジェが驚いたことには、マイナがにっこりした。「いい徴候よ。彼を大広間へ運んで」マイナはてきぱきと指示した。「ダドリー、お湯と清潔な布切れがいるわ。村に薬

屋はいるの?」

「いいえ、おりません」ダドリーはアルベールの額から血が流れているのを見て、弱々しく答えた。

「薬屋は定期的にやってまいりますが……」

「お湯と布を持ってきて」

「はい、奥方様」ダドリーは急いで厨房《ちゅうぼう》へ向かった。

「気をつけて!」マイナが鋭く言った。ロジェがけが人を抱えたまま横向きになって大広間の入り口を入ろうとしたときだ。

ヒルダは彼らを見ると息をのんだ。

「ダドリーを手伝って」マイナが命じた。「今、厨房にいるわ」ヒルダはうなずくと、その場を離れた。

ロジェは身をかがめて、うめいているアルベールを長椅子に下ろそうとした。

「だめ、ここじゃだめよ」マイナが言った。「わたしたちの寝室に連れていって」

ロジェはさっとマイナを見た。

「あっちのほうが静かだし、ベッドもやわらかいからよ」

ロジェは無言で友人を抱え上げ、マイナのあとに続いた。アルベールを自分のベッドに横たえると、マイナに押しのけられてうしろに下がった。マイナは慎重な手つきでアルベールの頭から血まみれの髪をそっと払いのけた。

「岩に?」彼女はロジェが召使いか何かのようにきいた。

「ああ」ロジェは答えた。アルベールのことが心配でたまらず、あまり腹もたたなかった。これはわたしのせいだ。わたしがアルベールを突き倒し、頭にけがをさせたのだ。

「アルベール、わたしの声が聞こえる?」マイナはささやくような答えを聞いて、うなずいた。「意識があるなら、けがはそれほどひどくないでしょう。

残念ながら、わたしは頭のけがにはあまり詳しくないの。わたしが知っているのは鞭《むち》の傷とかあざだから。頭の傷はわたしの手に負えないわ。ここには医学の知識がある人はいないの？」

「ブリードンだ」ロジェは即座に答えた。

「猟犬係の？」マイナはけが人のそばから振り向き、ロジェを疑わしそうに見た。

「彼は出血の止め方や感染を防ぐ方法を知っている。そのほかのことは……」

マイナは顔をしかめ、つぶやいた。「お湯を持ってくるはずのダドリーはどこ？」

「はい、ここに」ダドリーが廊下から返事をした。

マイナはロジェのことなど忘れたかのように、またアルベールに注意を戻した。

ダミアン神父がよろよろとやってきた。神父は部屋に入るなりベッドの近くにひざまずき、両手を握り合わせて目を固くつぶると、ラテン語でぼそぼそつぶやき始めた。彼なりに心から祈りを捧《ささ》げているのだ。

ロジェはふいにぱっと顔を輝かせた。「ガブリエル神父だ！　セント・クリストファー修道院の大修道院長だ。彼はわたしが同じようなけがをしたときに看病してくれた。彼ならどうしたらいいか知っているだろう」

「だけど、遠すぎるわ。お連れするにはかなり時間がかかるでしょう」

「今すぐレイヴンに乗って出発すれば問題ない。ガブリエル神父用にもう一頭足の速い馬を連れていく。神父は立派なやさしい方で、アルベールのことも知っている。きっと来てくれる」

「だったら、ここで時間を無駄にしないで」

ロジェは心配そうにガブリエル神父を見守った。やさしい灰色の目は厳しくなっているにちがいない。

神父はアルベールの包帯を外して、慎重に頭の傷を調べた。マイナはベッドの枕元《まくらもと》に立って、唇を噛《か》み、ロジェがこれまで見たこともない心配そうな表情を浮かべている。

マイナも疲れた顔をしていた。ダドリーの話では、ほとんどアルベールのそばから離れなかったようだ。ロジェはそのことでマイナを責める気になれなかった。南に何マイルも行った修道院からガブリエル神父を連れてくることのほうが大事だと思っていなかったら、自分もそばについていただろう。

大急ぎで神父を迎えに行く道すがら、ロジェは自分の心のなかをじっと見つめた。事故のあと、ロジェはおのれの冷酷さにぞっとなった。アルベールはもう何年もいちばんの親友だったのに、臆病《おくびょう》で卑しむべきことをしてしまった。本当に不貞があったとしても、マイナを許したほどにはアルベールを許さず、確たる証拠もなしに危うく彼を殺すところだったのだ。

「実に的確な処置です」ガブリエル神父が小声で言った。アルベールの上に体をかがめてにおいを嗅《か》ぐ。「感染の徴候はまったくありませんが、正直言って、この湿布薬にはなじみがありません」

「それはおれが自分で作りました」隅にいたブリードンが言った。例によって足元に犬がいて、おとなしく伏せている。「ここにいるデイジーがいばらにからまったときに試しました」ブリードンは説明しながら、花の名前とは似ても似つかない獰猛《どうもう》な顔つきの大きな猟犬を指さした。「魔法のように効きましたよ」

「あとでぜひ調合した材料を教えてください」ガブリエル神父はそう言うと、マイナにほほえみかけ、ベッドのそばから立ち上がった。「重傷ですが、命に別状はありません。何度か意識が戻ったでしょう?」

「はい。わたしの質問にもちゃんと答えました」

「それはけっこう。二、三時間ごとに起こしてください。でも、最悪の状態は脱したと思います」

「間違いありませんか?」マイナは尋ねた。その声ににじむ必死な思いに、ロジェは深く傷ついた。

「ありませんとも」ガブリエル神父は言った。「ご主人がこの春に負った傷ほど重傷ではありません。あなたも同意してくださるでしょうが、ご主人はすっかり回復しておいでだ。もっとも、サー・アルベールはロジェほど頑健ではありませんから、時間はしばらくかかりますが。二、三日休んで安静にしている必要があります。サー・ロジェ、あなたには彼がわたしの言いつけを守るように気をつけていただきたい。あなたが同じ状態だったときよりももっとよく守るように」

「それはわたしが気をつけます、神父様」マイナが言った。「長旅のあとで、さぞお疲れでしょう。ロジェが厨房にご案内しますので、何か召し上がってください。まだ夕食まではしばらく時間がありますから」

ロジェはマイナに一緒に行くかと尋ねかけたが、結局、口には出さなかった。どのみち、彼女は断るだろう。それにロジェはガブリエル神父が好きだったので、妻が何を考えているのか思い悩むことなく、しばらく男同士で楽しむつもりだった。

「こちらに、神父」ロジェは先に立って部屋を出た。「ブリードン、下がってよい」

「はい」猟犬係が低く口笛を吹くと、デイジーがのっそり起き上がり、三人のあとに続いた。マイナとその愛人をふたりきりにして。

厨房に行き、ガブリエル神父に栄養たっぷりのシチューと小さな黒パンの塊とエールが供されると、神父はやさしいが鋭い視線をロジェに向けた。まわりでソーバートやヒルダやほかの召使いたちが食事

の準備にせわしなく立ち働いていたが、神父はうるさがっている様子は少しもなかった。「さて、教えてください。頭の具合はまだよくないのですか？」

「いや、全然」

「ほかにどこか悪いところは？」

わたしが深く思い悩んでいるのがはた目にもわかるのだろうか、とロジェは思った。もっとうまく隠さなければ。

「疲れたご様子だからです。「なぜそんなことをおききになる？」

「疲れたご様子だからです。たぶんアルベールのことがご心配で……」

「そうだ。ところで、しばらく滞在していただけるのかな？」

「残念ながら。すぐに修道院に戻らなくてはなりません。わたしがここへ来たのは、あなたとアルベールが好きだからです」

「感謝します」

レジナルドがぶらぶらと厨房に入ってきて、テーブルについているガブリエル神父を見て声をあげた。

「神父！　ここで何をしているんです？」

「神父はアルベールを診に来られたのだ。きみも喜んでくれるだろうが、彼は瀕死《ひんし》の重傷ではなかった」ロジェが答えた。

「それはよかった。ぼくの失礼をお許しください、神父」レジナルドは反対側の長椅子に滑り込んだ。「なにしろびっくりしてしまって。あなたも認めるでしょうが、ぼくたちが最後に会ったときの状況はお世辞にも愉快とは言いかねるものでしたからね」

ずいぶん寛大な言い方だとロジェは思った。ガブリエル神父が最後にレジナルドに会ったのは、ダーヴィズ・アプ・イオロがレジナルドになりすましてロジェの妹マデリンと結婚できるように、ウェールズ人の一団がレジナルドを誘拐し、そのあとで解放したばかりのときだ。

「では、アルベールはよくなるんですね？」レジナ

ルドが心配そうに尋ねた。

「時間はかかりますが、ええ、よくなると思いますよ」

「神父はどれくらいここにいらっしゃるんです？」

「明日には修道院へ戻ります」

「それは残念だな。多くの人がやってきては去っていく。ドゲール男爵、レディ・ジョゼリン、そして今度はあなた。もっと長くいてくださるかと思っていたのに」

ヒルダが高座のテーブルにかけるリネンを抱えて通りかかり、廊下に出て、大広間へ向かった。

「さて、ぼくは行かなくては」レジナルドはあわてて言った。「夕食のときにまたお目にかかれますね？」

「もちろんですとも」

レジナルドは明るい笑みを浮かべながら、少し前にヒルダが向かったほうにぶらぶら出ていった。

「彼はすっかり変わりましたね」ガブリエル神父が言った。

「愛の力だ」ロジェは言ったが、自分で意図した以上に軽蔑《けいべつ》があらわになってしまった。

「それはとても影響力のある感情ですな」

ロジェは愛に関する話などしたくなかった。「修道院の様子を聞かせてください。ジェラルド神父は相変わらずあなたの悩みの種か？」

ガブリエル神父は悲しそうにくすりと笑った。

「ええ、そのとおりです。まさにそのとおり。彼に監督を任せてこられて、とてもうれしく思っています。これで少しのあいだ彼も満足するでしょう」

「男爵に苦情を訴えたらいい。ジェラルド神父をよそへ送ってくれるにちがいない」

「いいえ、その必要はありません。ジェラルドにも彼なりの長所があります。ときどき野心を前面に出すときなどは」

「あなたは、彼に対してわたしよりはるかに我慢強い」

「わたしが彼に辛抱しているのは、人は誰でもそれなりに弱いものだとわかっているからです。あなたでさえもね」

ロジェはガブリエル神父を驚いた目でちらりと見た。

神父は何事もなかったように食べ続けている。短い沈黙のあと、彼は言った。「あなたは実にすばらしい奥方様をお持ちですね、ロジェ」神父はにっこりほほえみ、ロジェの顔を見た。「聖職者の口からこんなことを聞いたら驚きますかな？　なるほどわたしは聖職者ですが、人間でもあります。あなたがあのような奥方様を選ぶとは思ってもいませんでした。彼女のよさは見かけだけではわからないと思うからです。実にうれしい驚きですな」

「わたしは彼女のよさをわかって妻に選んだわけではない。これは、マデリンがダーヴィズと結婚したために果たせなかった、わが一族とチルコット家を結びつけるための取り決めによる結婚だ」

「ほう。では、あなたは妹ごのためにご自分を犠牲にされたのですな？」

「ええ」

「愛はさまざまな形で表れますが、わたしは無私の犠牲的行為にはいつも感動させられます。あなたは妹ごをとても幸せにしたんですよ、ロジェ」ガブリエル神父は声をひそめた。「でも、あなたはどうです？　ご自分の決断に満足していないのですか？」

ロジェは使い古したテーブルの表面にぐるぐる円を描いていた自分の人差し指をじっと見つめた。

「もちろん満足しています。そうでないと言うつもりはありません」

「ぶしつけなことを尋ねてすみません」神父はやさしく言った。「わたしはあなたが幸せかどうか気が

かりなのです。奥方様を愛せるようになると思いますか？　政略で娶《めと》った奥方様でも」

「無私の犠牲を払った妻でも？」ロジェはわざとあざけるような口調で尋ねた。

「そうです」

　ロジェは顔をそむけて、つぶやいた。「たぶん」

それからにやりと笑って神父に視線を戻した。「さあ、南からのたよりを聞かせてください。あなた方セント・クリストファーの神父たちはあらゆる噂《うわさ》を耳にしているはずだ」

　ほかに何を考えていたにせよ、ガブリエル神父が気づいたときには話題はすっかり変わっていた。もうこれ以上サー・ロジェ・ド・モンモランシーとその花嫁のことを話し合うのは無理なようだ。

18

　およそ二週間後、マイナはため息をついて寝室を見回した。乱雑になっているので、ロジェがここで着替えたのがわかった。マイナは彼が脱ぎ捨てたチュニックに手を伸ばし、近ごろでは夫にいちばん近づけるときといったらこれぐらいだと思い、心が沈んだ。

　ロジェはマイナを避けられるときは必ず避け、領地内のほかの場所で毎日過ごしている。帰ってくると、マイナだけでなく、ダドリーを除いて、ほかの者に対してもつっけんどんだ。

　マイナはロジェに、ジョゼリンと浮気をしたのかどうか、面と向かって問い詰めたことはない。冷静

に考えて、ロジェはジョゼリンがほのめかしたようなやましいことはしてはいないはずだという結論に達した。結局のところ、ジョゼリンが怒り狂い、動転して、ロジェの言動を誤解したのだろう。

マイナはロジェにどう思われているのか考えて何時間も実りのない時を過ごし、いつも答えが出ないままあきらめた。ときどき、ひどく憂鬱《ゆううつ》なときは、ロジェがあんなにむっつりしているのは、レディ・ジョゼリンが荷物をまとめて出ていってしまったからだろうか、それともいつもの彼に戻っただけなのだろうかという思いに惑わされた。

マイナはロジェのチュニックをたたみ、衣装箱にしまった。ため息がもれる。自分の寝室を取り戻せてうれしいが、またしてもひとりで使う羽目になってしまった。サー・アルベールは快方に向かっており、じきに全快するだろう。マイナはなんとか時間を見つけて、できるかぎり看病してきた。いつしかそれはロジェから遠ざかっているための口実となり、避難所となっていた。今は寂しいが、ロジェがいればいたで、つらい気持ちになる。彼にレディ・ジョゼリンと比べられ、わたしのほうがいたらないと思われているのだろうと考えてしまうのだ。

ロジェの胸のうちがどうであれ、レディ・ジョゼリンが出発してくれてマイナはほっとした。マイナを悩ませた貴婦人はすぐに城を発《た》つと言って聞かなかった。蹴球《しゅうきゅう》の祝勝会もサー・アルベールの容態もジョゼリンの決意にはなんの影響も及ぼさなかったようで、突然の予定の変更をあくまで押し通した。

村人のほとんどがサー・アルベールを好いていたので、祝勝会は沈みがちだった。しかし、命にかかわるけがではないとマイナから聞くと、雰囲気はがらりと変わって明るくなった。噂《うわさ》では、レジナルドが気むずかしいレディ・ジョゼリンの物真似《ものまね》を驚

くほど上手にやってみせて、城じゅうの召使いが笑い転げたという。ヒルダも負けず劣らず上手にロジェの声色を真似たと聞いて、マイナは、わたしも見たかったのに、と意地悪く思った。モンモランシー城の奥方を冗談の種にした者がいるという話は聞かなかったが、たぶんそれもあったろう。マイナは、自分の物真似は好意的にやってもらえたのならいいけれどと思った。領民たちは彼女に敬意をもって接し、心から好感を寄せてくれる。それらはマイナが長年、のどから手が出るほど欲しかったものだ。今はそれで満足する方法を学ばなければならない。

　マイナは頭巾《ウィンプル》を手早く整えた。日々の生活に関しては、マイナはひとりでいることに慣れている。人とのつき合いを楽しむようになったのは、結婚してからだ。レジナルドがまったくの薄のろでないことがわかったのも、うれしい驚きだった。レジナルドは自分にまったく自信が持てなかっただけで、そのせいでなんでも言われるままにやってきたのだ。まだかなり虚栄心が強いが、着るものや髪に対するこだわりは、体裁を繕うことで自信のなさを覆い隠す必要があったからだろうとマイナは推測した。ヒルダに愛されて自信がついたのか、最近はめったに着るもののことでやきもきしなくなった。

　悲しいことだが、レジナルドがヒルダとの結婚に固執するなら、ふたりはこの城を出ていくだろうし、ロジェがこの結婚に腹をたて続けていたら、この先いつふたりに再会できるかわからない。またもやマイナは完全にひとりぼっちになって、友人もまったくいなくなってしまう。

　それがどうだというの？　ひとりぼっちのほうが、誰かほかの人間に自分の幸福をゆだねるよりましだ。ひとりぼっちのほうが、男の不当な怒りの標的になるよりましだ。ひとりぼっちのほうが……ひとりぼっちはぞっとする。

マイナは腰掛けに沈み込んだ。孤独感でいっぱいになり、ロジェに対するもはや否定しようのない、報われない愛によっていっそう苦しめられた。たったひとつの慰めは、アルベールとのおしゃべりから得られた。マイナは悲しみを胸に秘めていたが、彼も同じ思いを味わったことがあるのを知っているだけでも助けになった。マイナはアルベールを説得して、ウィニフレッドについて詳細を聞き出した。彼の行方知れずの恋人のことはすでにこっそり捜索を始めていたので、彼が何か手がかりになりそうなことを話してくれるかもしれないと期待したのだ。恋人の居場所を捜していることは、万が一無駄骨に終わった場合を考えて、彼には告げていない。

フリーサ・ケンドリックはマイナの一通目の手紙に返事をくれたが、かんばしい知らせではなかった。ウィニフレッドの行く先は誰も知らないものの、ブリッジフォード・ウェルズを訪れた行商人のひとりが、しばらく前にヨークで彼女とその息子を見かけたと言っているそうだ。フリーサにはヨークに力になってくれそうな貴族の知り合いがいて、名前を教えてくれた。マイナはその人物に手紙を書き、また残念ながらわからないという返事が来て、別の噂や知人の名前を教えられ、またさらに手紙を書いた。マイナには、ウィニフレッドについて確実なことがいつかわかればいいと思う以外に何もできなかった。アルベールが彼女を捜すのをあきらめたのも不思議はなかった。

扉が鋭くノックされた。「お入り」マイナはヒルダかオールディスが部屋の片づけに来たのだろうと思って言った。

そうではなかった。ロジェが手に一枚の羊皮紙を持って入ってきた。「きょう使者が着いた。ダドリーがきみに届けようとしたので、わたしが持っていくと言った」

「ありがとう」マイナは便りを受け取ろうと手を差し出した。ロジェの厳しい顔つきに不安を覚えていることを表に出さないようにしていた。

「これはなんだ?」ロジェが問いただした。

「サー・ジョン・デラポントからの手紙だと思うけど」

「なぜその男がきみに手紙をよこしたんだ?」

「わたしが手紙をもらうと、何か不都合でもあるの?」マイナはロジェの態度をいぶかしく思いながら尋ねた。ロジェの声は険しく、明らかに怒っているが、目は……目に浮かんでいるのは怒りではなかった。

ロジェが部屋を横切ってきた。彼がひどく緊張した様子なのにマイナは気づいた。「わたしは高潔な男のようにこれに対処できると思っていた」ロジェはマイナを見もせずに言った。「きみが何をしようとわたしには関係ないと思っていた。なんの影響も受けないと。だが、わたしたち双方にとって残念なことだが、そうではないとわかった」ロジェはくるりとマイナに向き直った。「サー・ジョン・デラポントはきみとアルベールがここを出たあと受け入れてくれるのか?」

マイナはものも言えないほど驚いて、ロジェをまじまじと見た。「あなたはなんの……なんの話をしているの?」

「きみが出ていく話だ」

マイナはロジェの言葉にはっと息をのみ、手のなかの羊皮紙をぎゅっと握り締めた。「あなたはわたしを追い出すつもりなの?」ささやくように言う。胸がむかつき、心が痛んだ。「わたしはそんなにあなたをいらいらさせるの? だからなの?」

「きみが行きたいなら、止めはしない」

「あなたに追い出されないかぎり、この城を出ていくつもりはないわ」マイナはきっぱりとした口調で

言おうとしたが、完全に失敗した。

「わたしは自分の家で笑い物にされる気はない。人にうしろ指を差されて、妻を寝取られた男と陰で嘲《ちょう》笑《しょう》されたくない。きみが出ていけば、少なくとも不面目なことの大部分はきみと一緒になくなる」

「ロジェ」マイナは懇願するように両手を差し出して叫んだ。「なんの話をしているのか、さっぱりわからないわ。誰があなたのことを妻を寝取られた男だなんて思うの？」マイナは目を細めた。ようやく彼の言葉の意味がのみ込めてきた。「それに、なぜ？」

「わたしが思っているんだ。それに、何も知らない田舎娘みたいなふりをするな。以前にも、そういうのは嫌いだと言ったはずだ」

ロジェはわたしが不貞を働いていると思っているのだ！　彼を裏切っていると思っているのだ！

「アルベールと！」マイナは今考えたことをあえぐように声に出して締めくくった。「わたしがアルベールとふたりであなたの面目を失わせようとしていると思っているのね」マイナは立ち上がるとロジェにつかつかと歩み寄り、その胸を指で突いた。「わたしにそんな裏切りができると、本心から思っているのね？　アルベールにもそんなことができると？」

わたしの非難はマイナを激しく動揺させた。やはりわたしの誤解だったのだ、とロジェは歓喜した。マイナはわたしに貞節を尽くしているのだ！　誰だってこれほど上手に驚いたりうろたえたりしたふりはできるものではない。

しかしすぐに、ここ数日脳裏から消えることのなかった疑惑が苦しみとなって襲ってきた。わたしが彼女の不実に気づいたので驚いているだけかもしれない。わたしがサー・ジョン・デラポントからの便

りの内容を言い当てたのでびっくりしたのかもしれない。「きみは以前にもわたしをだました」ロジェはにべもなく言って、すでに責めさいなまれている心を守るかのように腕を組んだ。

「よくもそんなことを！」マイナはいきり立ち、ロジェをにらみつけた。自分がそんな恥知らずな真似ができる女だと彼が思っていることを知り、かんかんになった。心のまわりに慎重に築き上げてきた壁が——愛の力が崩し始めていた壁が、このときいっきに崩れ落ちた。「よくもそんなことでわたしを責められるわね！　よくもアルベールを——あなたの最も忠実な友を責められるわね！　ここに恥知らずがいるとしたら、それはさもしいことを考えたあなたよ。レディ・ジョゼリンを誘惑しようとしたんだから！　自分で忠誠と正直さについてご託を並べたくせに！　この下劣で破廉恥なろくでなし！」

「あのうぬぼれ屋の浮気女とこれとどんな関係があるんだ？」ロジェは激しくやり返した。「きみは自分がアルベールのことを心にかけていることを否定するのか？」

「彼を心にかけている？　いいえ、否定はしないわ。あなたはジョゼリンを誘惑しようとしたことを否定するの？」

「誘惑したとしても、それはほんの一瞬魔が差しただけだ！」

「魔が差す？　あなたはそれを魔が差すって言うのね？」

「わたしは誓いを破ってはいない。きみと違って、礼拝堂の扉の外で立てた誓いを忘れてはいない！」

「さんざん偉そうなことを言ったのだから、そう願いたいものだわ。わたしだって誓いを忘れてはいないわ」マイナは大きく息をつくと、声を落として慎重に話し出した。「わたしはアルベールをやさしい兄のように思って心にかけているの。友だちとして思

っているの。彼を心にかけるのは……あなたがそうしているからよ」マイナは怒りに慰めを求めることができなかった。ロジェにあんな目で見つめられていては無理だ。まるで彼はマイナに魂まで傷つけられたようだった。「いったい、どうしてそんなふうに――」

「きみが庭でアルベールと一緒にいるのを見た」ロジェはさっきよりも穏やかに言った。「きみは彼の手にキスしていた」

「わたしをこっそり見張っていたのね？」

「きみはわたしの妻だ。わたしはきみが彼と一緒にいて、恋人同士のようにささやき合っているのを見た」

「わたしが庭木戸を閉めなかったから、わたしたちを見たんでしょう。愛人と密会するなら、わたしがもっと利口にやると思わない？」

「あるいは、木戸を開けておく程度には利口だったのかもしれない。そのとき誰かが通りかかっても疑われないように」

マイナはロジェの心の葛藤《かっとう》を見た。彼はわたしを信じたがっている。ちょうどわたしが、ジョゼリンを軽蔑《けいべつ》する彼の態度が見せかけではなかったと信じ、それがわかって元気を取り戻したように、わたしを信じたいと思っているのだ。「あなたの胸にきいて、ロジェ。そんな疑いはばかげているわ」

「だったら、なぜアルベールとふたりきりでいたんだ？」

「あることで彼と話がしたかったからよ」

「こっそりときかなくてはならないとは、どんな話だ？」ロジェの声は厳しかったが、その目には妻の言葉を信じたいという強い願望があって、マイナの琴線に触れた。

今こそ絶好の機会だ。マイナは屈辱を覚悟で本心を打ち明けることにした。なぜなら、これ以上自分

たちの不安定な関係に耐えられなかったからだ。彼が自分を裏切らなかったと信じている。そして何よりも、彼の目にある切ないまでの願いを信じた。

「わたしはアルベールに、恋に落ちたとき、人はそれをどんなふうにして知るのかききたかったの」

　ロジェは目を見開き、マイナの言葉に強い衝撃を覚えたかのように、実際にのけぞった。

　賽《さい》は投げられた。マイナは先を続けた。「あなたが愛などというものを信じていないのは知っているわ」マイナは、自分が間違っていて、ロジェが本心では愛を信じていればいいけれどと願いながら言った。「わたしも以前はそう考えていたわ。だって、愛が存在するというどんな証拠があるの？　わたしは、あなたに我慢できればそれで充分だと納得して、あなたと結婚したの。大事なのは、レディ・マイナ・ド・モンモランシーになることだったから。尊敬され、それ相応の価値ある人間になりたかったの。それから……」初めてマイナの決意が揺らいだ。しかしロジェの顔を見て、その目に熱い期待を認めたとき、最後までしつこくまつわりついていた話すべきかどうかという疑念は消えた。「それから、わたしのなかにあんなすばらしい喜びをかき立てられる、この世でただひとりの男性と結婚したのだと気づいたの。彼はわたしをレディ・マイナ・ド・モンモランシーだからではなく、一個の人間として尊敬してくれたわ。わたしを子供やおもちゃ扱いしなかった。そして、情熱のなんたるかを教えてくれたわ。だけど、わたしは自分が感じているものが愛なのかどうかわからなかったから、アルベールに助けを求めたの」

「きみは……きみはわたしを捨てる気はなかったんだな？」

「ええ、ロジェ、あなたを捨てる気はなかったわ」

「ああ！」ロジェは苦悶《くもん》に満ちた声でうめき、両手

で顔を覆った。「許してくれ、マイナ。わたしは……とても怖かったのだ……わたしは心にかけた人間をすべて奪い去られてきた。今度のことは、責められるべきは自分だとわかっていた。わたしは……きみを邪険にした。きみなんか、きみの愛なんかいらないと思おうとした。でも、間違いだった。ひどい間違いだった！」

マイナはロジェに近づき、両腕を回して抱き寄せた。彼の告白を聞き、天にも昇る心地だった。彼が自分をさらけ出していることに胸が熱くなった。

「わたしも怖かったのよ、ロジェ。あなたの求める妻でないことが怖かったの。あなたに憎まれるのが怖かったの」

ロジェはマイナの肩をつかみ、マイナの顔を探るように見た。「絶対にきみを憎んだりはできないよ、マイナ。きみが結婚の誓いを破ったと思い込んで怒り狂おうとしたときでさえ、悲しみしか感じなかった」

「あなたはわたしたちを自由にしてくれようとしたわ。投獄することもできたのに、自由にしようとした」

「自分の誤解のせいできみを罰すると思うと、耐えられなかったんだ」

「わたしを愛しているからね？」マイナはすばらしい微笑で美しい顔を輝かせた。

「きみを愛しているからだ」

「ロジェ、ロジェ、わたしもあなたを愛しているわ。心の底から」

「マイナ！」ロジェはため息をついた。「マイナ、いとしい人！」マイナの顔に、目に、頬にキスの雨を降らせる。「わたしの最愛の人」彼はそっとささやいた。

マイナはロジェの固い胸に預けた肩を震わせてすすり泣いた。これほど幸せな思いを味わったことは

ないのになぜ涙がこぼれるのか、さっぱりわからなかった。

ロジェはしばらくマイナを抱いていた。マイナは懸命に胸躍る喜びと深い安堵《あんど》感に慣れようとした。これまでずっと負ってきた肩の荷が下りていた。

「ききたいことがある」ロジェがようやく口を開いた。「なぜサー・ジョン・デラポントに手紙を書いたのだ？　そんな人物は知らないが」

「わたしも知らないわ」マイナはロジェをぎゅっと抱き締め、彼の目を見上げた。「わたしはウィニフレッドを捜しているの」

「アルベールのウィニフレッドか？」

「そうよ」

ロジェは頭をのけぞらせて笑った。深くて張りのある魅力的な声が石造りの部屋にこだまする。マイナも一緒に笑った。ともに喜び合えることに新たな解放感を覚え、幸せを確信していた。「ああ、マイナ、わたしはばかだった。目の見えない傲慢《ごうまん》な愚か者だった！」彼はマイナをきつく抱き締めながら言った。「わたしは嫉妬《しっと》で気が変になりそうだったというのに、きみはアルベールとウィニフレッドを再会させようとしていたとは」ロジェは真剣な口調になった。「何か成果はあったのか？」

「残念ながら、ないわ。今のところは」マイナは体を離し、横目でちらりとロジェを見た。「なぜあなたは庭でわたしとアルベールが話していたことについてきかなかったの？」

「偉大なサー・ロジェ・ド・モンモランシーが妻がほかの男を好きかもしれないと認めるのか？」ロジェはけげんそうな顔をした。「きみはよくもそんなことがきけるな？」

「夫と同じくらい傲慢で自信満々のサー・ロジェの妻は、自分の弱さを認める気になれなかったの。夫に恋をしていて、嫉妬でいっぱいだったことを認め

られなかったのよ」

「きみは見事にそれを隠し通したよ」

「確信できなかったの。彼女はあんな美人で……」

「彼女はおつむの弱い気取り屋で、きみほど美しくはない」

「これであなたも恋をしていることがわかったわ」マイナは寛大な微笑を浮かべて言った。「わたしのほうがジョゼリンよりも美しいと思うなんて。わたしたちは吟遊詩人に、貴族の結婚に新しい風習を持ち込んだといって嫌われるわね。想像してみて——たがいに恋をし合っている夫と妻を」

「わたしたちはたがいに恋をしていて、今はたがいにそれがわかっているから、結婚生活を新たに始めたいのだが」ロジェはやさしくマイナの頬を愛撫《あいぶ》しながら言った。「不安や嫉妬を隠すのはもうやめて」

「そうね。まったく同感だわ」マイナはロジェの手を取った。そしてなまめかしくほほえみ、彼の手のひらに唇を押し当てると、その唇を手首に滑らせ、それから一本一本の指先にキスをした。

「ああ」マイナが彼のもう一方の手を取って、同じように挑発的にキスを続けると、ロジェは思わず声をもらした。

「わたしはアルベールにこんなふうにキスをしていなかったでしょう?」マイナは欲望と幸せに満ちた声で、まったく恥じらいもなく、誘惑するように言った。

「ああ。もしきみがこんなことをしていたら、アルベールだってわたしがこれからしようとしていることをしたかもしれない」ロジェはマイナを抱き上げ、ベッドに運んだ。

それからしばらくして、ヒルダがオールディスを連れて、閉まった寝室の扉をためらいがちにノックした。「奥方様?」ヒルダは静かに呼びかけた。

すぐに返事がなかったので、ヒルダは心配そうにオールディスを見た。

「奥方様は朝っぱらから寝室で何をなさっているのかしら？」

「具合でも悪いのかね？」オールディスが言った。

ヒルダはもっと強くノックした。「奥方様！」

「どうしたの？」マイナの返事が聞こえた。声が妙にくぐもっている。

ふたりの召使いは目を見交わした。「元気そうな声じゃないね？」オールディスがささやいた。

「お部屋の掃除にまいりました」ヒルダは大きな声で言った。

「あとにしろ！」別の声が怒鳴った。

召使いたちは今度は目を丸くして見つめ合った。その張りのある厳しい声は聞き間違えようがない。ヒルダはくすくす笑い始めた。オールディスも続けて笑いだした。

「とっととうせろ！」サー・ロジェがわめいた。

ふたりはそそくさと階段に向かった。「レジナルドに詳しい話を聞いてもらわないと」ヒルダは楽しそうにささやいた。「彼は心配して病気になりそうだったのよ！」

19

　一カ月ほどのち、ロジェは肘をついて体を起こし、裸で眠っている妻をいとしそうに見つめた。どうして彼女には魅力がないなどと思ったのだろう、と考ながら頭を下げて、マイナの絹のようにすべすべした耳たぶにキスをする。マイナは溌剌《はつらつ》として生気に満ちあふれ、そのときどきで青にも緑にも灰色にもなる、信じがたい瞳を持っている。その目に愛と幸せが映っているのを見るのは、なんとうれしいことか！　わたしは世界一幸運な男だ。すばらしい妻がいて、この城をただの城塞《じようさい》ではなく温かい家庭にしてくれる。そしてゆうべ、最高にうれしい知らせをもたらしてくれた。わたしは父親になるのだ。

「ロジェ？」マイナが眠そうに言うと、寝返りを打って仰向けになった。夫にほほえみかけ、上掛けを慎み深く引き上げる。

　ロジェはみだらな目つきでそれを引き下げ、妻のサテンのように滑らかな肌をさらけ出した。「ほかの誰かが来るのを待っていたのか？」ふざけて尋ねる。

「ロジェ！」マイナは顔をしかめて、たしなめた。「そんなことを言って、趣味が悪いわ」

「幸せすぎて、これ以外の趣味には頭が回らないんだ」ロジェは身をかがめてマイナに唇を重ねた。うれしいことに、いつものようにすぐさま情熱的な反応が返ってきた。「きみには慎みというものがないようだな」ロジェは唇を離して言った。「そんな体になっても」

「こうなったのはあなたのせいよ」マイナはとがめたが、目は笑っていた。「わたしたちの子供は見た

こともないほど頑固な子よ、きっと」

「だったら、息子には厳しいしつけが必要だな。きみはそれにうってつけの母親だ」

　マイナはちょっと眉をひそめた。「わたし、絶対に子供を殴ったりしないわ、ロジェ」

　ロジェはにっこりほほえんで、マイナの頬にそっと手を触れた。「わかっているとも。そんなつもりで言ったのではない。とはいえ、きみが息子に言われて気を変わるようなことなどあるものか」

「あなたもね」マイナはロジェに体をすり寄せた。

「生まれてくるのは女の子かもしれないし」

「だったら、娘が結婚しようと決めた哀れな男は大変だな。彼女が母親のような意志の強さを持っていたら」

「アルベールに息子がいないのがとても残念だわ」

「彼が今でもウィニフレッドを愛していなかったらなあ。まだそんな年ではないのだから」

　マイナは夫を疑わしそうに見た。「それはあなたたち男の虚栄心が言わせているのよ、ロジェ。若い女は若い男を求めるものよ。それに、アルベールの心はとっくに予約済みだわ」

「その後、何かわかったか？」

　マイナはため息をつき、首を振った。「いいえ。ある毛織物商人が去年ウィニフレッドと息子を見かけたという手紙をもらってからは全然……」

「希望を捨てないようにしよう。なにしろ、わたしだってきみが自分の人生に入り込んでくるまで、愛などというものは信じなかったのだから。奇跡は起こる」

「そうね、奇跡は起こるわ」マイナはゆっくりと言い、その気充分の体をロジェの裸体に押しつけた。

「マイナ、きみは満足するということがないようだな」

「だって、わたしたちはずいぶん夜を無駄にしたの

よ、ロジェ」

「それには同感だが」ロジェはすばやくマイナを愛《あい》撫《ぶ》しながら言った。「わたしは家臣を訓練しなければならない。このところ、かなりさぼっているんでね」ロジェはしぶしぶベッドから下りて、衣装箱のところへ行った。

「刈り入れの監督もあるわね」マイナは満ち足りたため息をつき、上掛けの下にもぐり込んだ。

「きみにはやることがないのか、奥方様？」ロジェはズボンを身につけながら言った。

「ダドリーがちゃんと取り仕切っているはずよ」

ロジェは、マイナにもよくわかるようになったいたずらっぽい目つきをした。そして突然ベッドに駆け寄ったかと思うと、マイナのそばに飛び上がった。

「仕事などどうでもいい。今朝はアルベールに訓練をやらせよう」

マイナの返事はうれしそうな笑い声だけだった。

数分後、ロジェはベッドに寝転がり、汗まみれの額を拭《ぬぐ》った。「きみは信じられないほどすばらしい恋人だ、マイナ！」

「あなたの過去の女たちよりよかった？」

「おや、妬《や》いているのか？」ロジェはマイナにほほえみかけた。「そんな必要はない。わたしは彼女たちの誰も心から愛したことはないんだ」

「よかった。さあ、アルベールかダドリーを手伝いに行ったほうがいいんじゃない？　それとも、ラッドが干し草用の牧草地をどう決めたか見てくるか」

「いつもながら、きみの言うとおりだ、ダーリン」ロジェは腰を上げて、ため息とともにズボンをはき直した。「ああ、わたしはもう疲れきっている」

「すぐに元気になるわよ」マイナの言葉には同情のかけらもなかった。

「一日じゅうベッドに寝ていられたらいいんだが」

ロジェは意味ありげにマイナを見た。

「なんていやらしいの！　わたしはそんなことはしないわ！　以前のあなたのほうが好きだったわ。とげとげしくて無礼だったときのあなたのほうが。あのころは少なくともわたしにはやることがあったもの」マイナはくすっと笑った。ロジェが大好きになった笑い声だ。

「きみはわたしの繊細な感情をぼろぼろにする」ロジェは口をとがらせてベッドから抜け出し、衣装箱のなかを探し始めた。「灰色のチュニックはどうした？」

「そこにあるでしょう」マイナはベッド脇《わき》に山になった衣類を指さした。「ロジェ、着るものにもっと気を配らなければいけないわ」

「だったら、わたしを焦らせないでくれ」ロジェはしわくちゃのチュニックを頭からかぶった。

「だらしなく見えるわ」

「レジナルドを見習えと言っているのか？　あれほど身なりを気にする人間はほかに知らない」

「レジナルドといえば」マイナはベッドから出て、同じく床の衣類の山にあったシュミーズを身につけた。「男爵は激怒されると思う？　結婚式は遅らせるべきだったのかもしれないわ」

「じきにわかるさ。わたしも遅らせるのは歓迎だったが、レジナルドが聞き入れなかっただろう。近ごろの彼は変わったから」

「愛の力だと思うわ」

　ふたりは愉快そうに目を見交わしたが、すぐにマイナはしかめっ面になった。

「レジナルドとヒルダはすぐにフランスに出発するべきだと、わたしは真剣に思っているのよ。ふたりが行ってしまうのは残念だけど」

「驚いたことに、わたしもレジナルドが行ってしまったら寂しくなると思う。彼は見違えるほど立派に

なったな。わたしの影響にちがいない」

マイナはドレスのうしろの紐《ひも》を手探りしながら、首を振った。「まだまだ傲慢《ごうまん》な貴族ね！」

ロジェが背後に回って、マイナの手から紐を取った。彼の温かい息がマイナの頬にかかる。「マイナ！」警告するように言ったロジェの声は笑いに満ちていた。

マイナはロジェに背中を預けた。「わたしを笑わせるときのあなたが好きよ」

ロジェは身をかがめて、マイナの額にそっとキスをした。「きみは誘惑するのがうまいな。だが、レジナルドについては、彼は国を出るのが賢明だと思う。男爵には友人が大勢いるから」

「わたしもそう思うんだけど……」

そのとき、寝室の扉があわただしくノックされた。ロジェがさっと後ずさったので、マイナは危うく倒れそうになった。「どうした？」ロジェは扉に駆け寄り、すばやく押し開けた。

ひどくあわてたダドリーが立っていた。「男爵です。ドゲール男爵が！　おいでになりました！　大広間にいらっしゃいます！」

「ドゲール男爵？」ロジェはきょとんとした顔で尋ねた。

「どうしていいかわからなかったので、大広間にお通ししました！」ダドリーが両の手を握り合わせて叫んだ。「何をしにいらしたのでしょう？　厨房《ちゅうぼう》にはふさわしい肉がございません！」

「ワインをお出しして、わたしたちがお迎えに出なかったことをお詫《わ》びしてちょうだい。それから、すぐにまいりますと伝えて」マイナが命じると、ダドリーはうなずき、ずんぐりした脚を精いっぱい速く動かして下がった。

マイナは紐を手早く結んだ。「ロジェ、黒いチュニックを着て！」

「わかった！」ロジェはブーツを履いている途中で手を止めた。「男爵はもう結婚式の話を聞いていると思うか？」

「さあ。ダドリーにレジナルドを捜させて、しばらくお城に近づかないように伝えてもらうわ」

ロジェは扉に向かう途中で立ち止まり、きっぱりと言った。「それはだめだ。レジナルドは何も悪いことはしていない。男爵に自分で直接話をつけるべきだ。なんといっても彼はチルコット一族なのだから」

マイナはため息をつき、うなずいた。とかしていない髪をスカーフで覆い、頭飾りでしっかりと押さえる。「男爵をいちばんよく知っているのはあなただもの。わたしはレジナルドがまだ逃げ出していないことを祈るばかりよ」

「すぐにわかるさ」

ロジェとマイナは手に手を取って廊下を急ぎ、階段を軽やかに駆け下りた。それから、急に足を止めた。

ドゲール男爵は天国の門に立つ審判の使徒、聖ペテロのような面持ちで暖炉のそばに座っていた。レジナルドが青ざめた顔をしながらも挑戦的な態度で、新妻の手をしっかり握って男爵の前に立っていた。着ているチュニックは男爵のものよりはるかに地味で、顔は怯《おび》えているようでもあり勇気を奮い起こしているようでもある。ヒルダはあふれるばかりの美しさを際立たせる見事な新しい青のドレスを着て、レジナルドのそばに決然として立っていた。その光景を見たとたん、ロジェはマイナの異母兄をこれまで少しも評価しなかったことを恥じた。ロジェは足早に前に進み、男爵の非難するような視線をとらえた。

「すると、ロジェ」ドゲール男爵が厳しい口調で言った。「おまえはこのふたりの結婚を許したのだな」

「はい、男爵」ロジェはお辞儀をして答えた。「許しました」

「ロジェがぼくに許可を与えたのではありません」レジナルドが力強く言った。「彼はぼくの主君ではないし、ドゲール男爵、あなたも違う」

「誰がわたしに忠誠を誓い、誰が誓っていないかはよく承知している」男爵は静かに答えた。「わたしはきみを責めようとして来たのではない。たとえきみがレディ・ジョゼリンを侮辱したとしてもな。彼女は城に戻ってきたとき非常に動揺していた」男爵はロジェにかすかな笑みを向けた。「ジョゼリンはわたしが彼女を慰めるべきだと思ったようだ。わたしは遠慮しておいたが。彼女はわたしの城を出て、北のサー・トーマス・タラントの荘園《しょうえん》へ行った。彼の息子が妻を求めているという噂《うわさ》だ」

ロジェとマイナはひとまずほっとして、たがいに目を見交わした。レジナルドとヒルダはどうにか弱弱しい笑みを浮かべた。

ひどく緊張した様子のオールディスがワインを入れた大きな器と杯をのせた盆を持ってきた。もうひとり、新参の召使いが椅子を三脚、男爵のそばに寄せた。「一緒にどうだ?」男爵が皆に尋ねた。オールディスが盆を置いたが、手がひどく震えているので、盆がかたかた鳴った。

ヒルダがあわててオールディスの手伝いに駆け寄り、友人を思いやりのある目で見た。

「ヒルダ」レジナルドがたしなめるように言った。「それはもうオールディスの仕事だよ」

ヒルダは顔を赤らめてテーブルから離れた。オールディスが膝を曲げてお辞儀し、うわずった、不安そうな声で言った。「もっと杯を持ってまいります」オールディスは大広間から走り出ると、急ぐあまり、転がっていた火つけ道具につまずきそうになった。

「座りなさい」男爵は自分でも無意識のうちに大広

間を取り仕切っていた。ロジェは男爵のしたいようにさせることにした。「正直に言えば、わたしはチルコット卿《きょう》が結婚を決めたという話にいい気はしなかった。しかし、チルコット卿からそれはもう既成事実だと聞かされては、受け入れるしかない。わたしがここへ来た本当の理由はそのことではないのだ。最近、また領地を手に入れてな。そのなかに死んだサー・ギイ・ド・ロベスピエールの荘園も入っている」男爵の声は軽蔑《けいべつ》に満ちていたが、ロジェもまったく同じ思いだった。サー・ギイは腐りきった邪悪な男だったからだ。「わたしは誰かを罰するつもりはない」男爵の言葉には虐げられていた小作人たちに対する同情がにじみ出ていた。「しかし、わたしに代わってあの領地を守る騎士が必要だ。チルコット卿、きみはすでにフランスに広大な領地を持っていたな。あそこも引き継いでもらえないかと頼みに来たのだが」

「ぼくはあなたに忠誠を誓わなければならないんですね？」レジナルドは疑わしそうに尋ね、ロジェを見た。ロジェがそのとおりだと軽くうなずいた。

「ああ、そうだ」男爵が答えた。「これはきみにとっては身分が下がるように思えるだろうが、断らないでもらいたい。わたしにはどんな相手と同盟を結ぶかということが重要なのだ。今は平穏な時代に思えるが、そんなものはあっという間に変わってしまう。そこで、きみの妻の……出自が……かなり役に立つかもしれないと思ったのだ。小作人はきみなら受け入れやすいだろうし」

「そういう事情なら、ぼくも申しますが、妻はフランスに住むことを喜んでおりません。生まれ故郷から遠く離れることになりますから」レジナルドはためらいがちに言った。「もちろんぼくはときどきフランスに行かなければなりませんが、向こうの家令は実に頼りになる、信頼できる男です。ぼくがいち

いち口出ししなくなるのを喜ぶでしょう」

「わたしもお兄様がすぐそばにいてくれたらうれしいわ」マイナが言った。

　男爵は心から満足そうにほほえんだ。「では、承知してくれるな？」

「承知します。小作人にとってはよき主人に、あなたにとってはよき同盟者になるよう最善を尽くします、ドゲール男爵」レジナルドは言った。

「必ずそうなってくれるだろう」男爵は答え、それから哀愁を帯びた目でロジェを見た。「結婚は大いにおまえのためになっているようだな、ロジェ」

「そのとおりです」ロジェはマイナをちらりと見て、にっこりほほえんだ。「妻が身ごもっているとご報告できるのはうれしいかぎりです」

「それはすばらしい！」男爵は叫ぶなり、立ち上がってマイナの両頬にキスをした。「めでたいことだ、奥方。おまえは本当に幸運な男だ、ロジェ！」

　男爵の声には一抹の悲しみがあり、マイナはその理由に見当がついた。男爵には権力も富も才能もあり、妻も幾人か持ったが、着実に増え続ける領地を遺《のこ》せる息子が死んでしまって、いないのだ。

「祝宴を開かなくてはな」男爵が言った。

　マイナはダドリーが狼狽《ろうばい》していたことを考えて、どうしたら必要な食料を見つけるか買い求めるかできるだろうと思った。それからどれくらい費用がかかるかも。

「費用はもちろんわたし持ちだ」男爵が言った。「ロジェとレジナルドは喜んで肉を調達する狩りにわたしの供をしてくれるだろう」

　マイナには男爵がどうやってダドリーの心配事を知ったのかわからなかったが、そんなことはどうでもよかった。ロジェは狩りとなるといつも夢中になるからだ。もっともそれは、ベッドの上で……あるいは森のなかで……川のそばの柳の下で……別のお

楽しみにふけっていないときの話だが。

「荘園管理人が刈り入れを監督してくれるでしょうから」ロジェが言った。「狩りのお供ができるのは光栄の至りです」

レジナルドはごくりと唾《つば》をのみ込んだ。「男爵、もしお許しいただけるなら、狩りはぼくの趣味に合わないのですが」

「それで食料を調達するとしてもか？　よし、許そう。きみはかわいい奥方と居残ってもよい。奥方にはわたしが先だってここを訪問したときに礼儀を欠いた振る舞いをしたことを許していただきたいものだ」

ヒルダは真っ赤になり、大きくうなずいた。

男爵は大広間をぐるりと見回した。「ずいぶん変わったな、ロジェ。奥方が取り仕切ったにちがいない」

「そのとおりです」

「まだアルベールを見かけないが。事故の話は聞いたが、すっかり回復したのか？」

ロジェはうしろめたそうな顔をして立ち上がった。

「彼は今、兵士たちの訓練を監督しているはずです」

男爵も立ち上がった。「おまえが訓練を他人任せにするのを見ようとは！　サー・ロジェ・ド・モンモランシーたる者が自分の仕事をないがしろにするほどだとしたら、さぞや幸せな結婚生活を送っているにちがいない」

「男爵、わたしは……」

「冗談だ、ロジェ。さて、アルベールに挨拶《あいさつ》してこよう。きみはついてこなくていいぞ、レジナルド。新婚ほやほやの夫婦は自分たちだけでいるほうがずっと楽しいだろうからな。マイナ、一緒に来ていただけるかな。わたしは美女に同行してもらうのが好きでな」

「喜んで、男爵」

マイナはレジナルドとヒルダにうれしそうにほほえみかけると、夫とその主君のあとに続いた。兄とヒルダがフランスに住まなくていいのだと考えるとうれしかった。それに、レジナルドがフランスに用事で行っているあいだ、ヒルダはモンモランシー城に来ていられるだろう。

アルベールは数名の歩兵と城に滞在しているひとりふたりの若い騎士とその従者たちを、村の外の、収穫祭に使われる共有地に連れ出していた。近くまで行くと、彼らがここまで訓練に連れ出された理由がわかった。鎖帷子《かたびら》で全身を包んだ男たちが、アルベールに足の遅さや不器用さを叱咤《しった》されながら、ふくらませた豚の膀胱《ぼうこう》をせっせと追いかけていた。

アルベールは男爵とロジェとマイナに気づいて軽くお辞儀をした。ほかの男たちは全員汗だくで、はあはあ息を切らしている者もいれば、二、三人はへとへとになっている。彼らは試合を中断したが、ロジェに怒鳴られて再開した。

アルベールが近づいてきた。「おはようございます、ドゲール男爵。またお目にかかれて――」

突然アルベールは口をつぐみ、まるで幽霊でも見るように男爵たちの背後をじっと見つめた。

マイナとロジェと男爵は肩ごしにちらりと目をやり、くるりと振り返った。婦人用の馬にまたがった女が村のほうへ向かっている。そばにやはり馬に乗った若者がいた。女はマントをまとい、若者も見かけない顔だったが、三人が視線をアルベールに戻す前に、彼はもう全速力で駆けだしていた。

「ウィニフレッド!」アルベールは両腕を振りながら叫んだ。彼はもはや分別盛りの騎士ではなく、若者に戻っていた。声に驚きと喜びがあふれている。

女性がフードを脱いで顔をあらわにした。絶世の美女とは言えないが、まぶしい笑顔は容貌《ようぼう》の欠点を補ってあまりあった。アルベールが駆け寄ると、女

はすばやく馬から降りた。そして両腕を大きく広げて、彼の名前を呼んだ。アルベールが腕に抱き寄せると、ウィニフレッドは彼をぎゅっと抱き締めた。ふたりの興奮した会話の一部がマイナにも聞き取れた。物語詩《バラッド》のことや何か手紙のことも言っている。

　若者が馬から降りるところは、涙でかすんでよく見えなかった。自分がこの感動的な再会にささやかな役割を果たしたのだと思うと、マイナは胸がいっぱいになった。

「すると、あれがかの有名なウィニフレッドか」男爵がしみじみと言った。「アルベールにあれほどの情熱をかき立てさせるような婦人には見えないが」

「愛の力を見くびってはいけません」ロジェは言いながらマイナに歩み寄り、そばに引き寄せた。「約束するよ、わたしはもう二度と見くびらない」

「わたしもよ」マイナは満足そうに言い、両手を差しのべ、最愛のノルマン人にキスをした。

とっておきの、ときめきを。
ハーレクイン

赤毛の貴婦人

2000年11月5日発行

著　　者　マーガレット・ムーア
訳　　者　井上　碧（いのうえ　みどり）

発 行 人　安田　洨
発 行 所　株式会社ハーレクイン
東京都千代田区内神田1-14-6
電話 03-3292-8091（営業）
03-3292-8457（読者サービス係）

印刷・製本　凸版印刷株式会社
東京都板橋区志村1-11-1

編集協力　有限会社イルマ出版企画

落丁・乱丁本はお取り替えいたします。

ISBN4-596-00491-9 C0297

ハーレクイン社シリーズロマンス 11月20日の新刊

ハーレクイン・ロマンス〈イギリスの作家によるハーレクインの代表的なシリーズ〉　各640円

レディは恋泥棒		ジャクリーン・バード／駒月雅子 訳	R-1625
白雪姫の嘘		ロビン・ドナルド／小砂　恵 訳	R-1626
夢をかなえた一夜（バロン家の恋物語Ⅲ）		サンドラ・マートン／漆原　麗 訳	R-1627
償いの結婚		スーザン・マッカーシー／村山汎子 訳	R-1628
過去からの誘惑者	♥	キャロル・モーティマー／橋　由美 訳	R-1629
誤解の果てに		エマ・リッチモンド／高田真紗子 訳	R-1630
不本意なゲーム		キャスリン・ロス／有沢瞳子 訳	R-1631
クリスマス・ファンタジー		リンゼイ・スティーヴンス／久坂　翠 訳	R-1632

ハーレクイン・スーパーロマンス〈テーマ性の高いドラマティックな長編シリーズ〉　各860円

花嫁はドクターの娘		ジュディス・ボウエン／渡辺千穂子 訳	S-414
いつもきみを見ていた	♥	タラ・T・クイン／鈴木たえ子 訳	S-415

ハーレクイン・テンプテーション〈都会的な恋をセクシーに描いたシリーズ〉　各690円

恋のテイスティング（恋人はメールオーダーで）		サンディ・スティーン／藤峰みちか 訳	T-369
ベルベットの誘惑（炎のとき）	♥	キャリー・アレクサンダー／佐々木真澄 訳	T-370

ハーレクイン・プレゼンツ 作家シリーズ〈人気作家のベストセラーを集めたシリーズ〉

ミラー・イメージ（エマ・ダーシー傑作集4）	エマ・ダーシー／仲本ヒロコ 訳	P-131	650円
ミスティーモーニング（オハーリー家の物語Ⅰ）	ノーラ・ロバーツ／立花奈緒 訳	P-132	680円

シルエット・ロマンス〈優しさにあふれる愛を新鮮なタッチで描くシリーズ〉　各610円

花嫁を演じて（シンデレラ・ブライド）	♥	エリザベス・ハービソン／山口絵夢 訳	L-921
赤ちゃんがほしい！		テリー・エッシグ／永幡みちこ 訳	L-922
魅惑のワルツ（愛する人は他人？）		カレン・ローズ・スミス／渡辺弥生 訳	L-923
許されない愛（宿命の指輪）		パトリシア・セアー／青山　葵 訳	L-924

シルエット・ラブ ストリーム〈アメリカを舞台に実力派作家が描くバラエティ豊かなシリーズ〉　各670円

吹雪のファンタジー（クリスマスは大騒ぎⅠ）		ジュール・マクブライド／米崎邦子 訳	LS-99
誘惑の湖	♥	リンダ・ハワード／新井ひろみ 訳	LS-100

あなたの投票で2000年下半期のNO.1を決定します！

「読者が選ぶ ベスト作品コンテスト 2000」開催中！

※詳しくは9月20日刊をご覧ください。

♥ 今月のおすすめ

別途消費税がかかります。